현대소설을 찾아서

김진기 저

머리말

　세상은 다면의 마스크를 쓴 괴물이다. 나는 지금까지 괴물의 눈과 코, 그리고 입을 보아왔다. 그리고 가슴과 배와 두 다리를 보아왔다. 그래서 세상은 나에게 보이지 않았다. 이제 나는 그렇게 보지 않는다. 괴물을 괴물 자체로 보고자 한다. 괴물을 괴물 자체로 보기 위해서는 괴물의 눈과 코, 입, 그리고 가슴과 배, 두 다리를 하나씩 보아야 한다. 그래서 그것들이 하나의 괴물로 보이도록 정신력을 모으지 않으면 안 된다. 안 그러면 괴물은 보이지 않는다. 조각난 것들만 무성한 폐허일 뿐.....

　참으로 여러 길을 갔었다. 참으로 세상을 이해하고 싶었다. 이 책은 그러한 이해 노력의 보잘 것 없는 산물이다. 이 책이 일정한 경향 아래 묶이지 않은 것도 그러한 방황의 소산인 것 같아 안쓰럽다. 이제 방황을 그쳤으면 한다. 그렇지 않으면 세상은 조각난 파편일 뿐.....

　조각난 파편에도 의미가 있다면 그것은 이 책을 읽는 독자들의 몫이다. 독자들이 제발 그런 의미들을 찾도록 바라는 것은 지적 무책임이지만 농시에 독자들의 능력을 믿는 것이기

도 하다. 보잘 것 없는 책을 출판해 주신 도서출판 보고사 김
홍국 사장님과 편집부 식구들에게 머리 숙여 감사드린다. 더
좋은 책을 내도록 최선을 다하겠다.

나를 바라보는
빛나는 눈동자들에 맞서며
김 진 기 씀

목차

I
작가와 작품 세계

채만식의 작가적 자세

1. 사회와 작가

일제 식민지 시기의 문학사를 돌이켜볼 때, 그 시대 조건 속에서 우리 문학이 어떤 태도를 기반으로 작품을 생산했는 가 하는 문제는 근본적인 것이므로 매번 문제로 제기되는 점 이다. 하나의 민족이, 더군다나 오랜 역사적 전통을 가졌다는 자부심을 가져온 민족이 다른 민족에게 자신들의 운명을 빼 앗기고 살아가는 시대의 고뇌, 그 고뇌로부터 결코 자유롭지 못했던 지식인으로서의 작가가 가지고 있었던 인식지형과 실 천양상은 오늘을 사는 우리들에게도 충분한 삶의 지침을 주 고 있다.

인간이 살아가는 현실은 1천 년 전이나 10년 전이나 그 유 형에 있어서는 비슷하다. 사람과 사람이 만나고 사랑하고 갈 등하고 화해하고 일상을 살아가고, 자신의 삶을 되돌아보고 내일을 설계하고……. 삶의 유형이 이러하기만 하다면 우리 는 과연 어디에서 삶의 의미를 찾아야 하는 것일까? 삶에 대한 의미부여는 결국 자신이 세계를 어떻게 바라보는가하는 의제설정에서 출발할 수밖에 없는 것이다. 그리고 이때, 우리가 자신의 삶의 방향을 설정하는데 있어서 중요한 하나의 조건으로 작용하는 것이 이른바 사회적·역사적 환경이라고 부르는 외부적 요소이다.

여기서 우리는 일제 식민지 시기를 살아간 채만식을 통해서 그의 인식과 실천의 양상, 그리고 작품 세계를 살펴보려고 한다. 채만식은 식민지 시기의 소설가들 중에서도 독특한 소설 미학을 일군 작가로 평가받고 있다. 그가 보여준 풍자의 기법은 현실모순에 대한 유효한 대응수단이면서 현실의 모습을 곱씹게 만드는 장치로 기능했다고 평가받고 있다. 분명히 그의 소설작품들 속에는 이러한 것들이 중요한 것으로 기능하고 있다. 그렇다면, 채만식이 보여준 풍자의 기법이 그의 인식적 특성과 어떤 조응관계를 맺고 있는 것일까라는 궁금증이 일어난다. 한 작가의 기법은 그의 세계인식과 결코 떼어놓을 수 없을 정도로 밀접한 관계에 놓여있는 것이기 때문이다. 그래서 이 글에서는 채만식의 풍자의 기법에 대한 탐구를 통해서 소설가 채만식의 인식의 지형을 살펴보려고 한다.

2. 사회와 작가의 거리

채만식이 첫 소설 「세 길로」를 발표(《조선문단》 3호)한 것은 1924년 12월이다. 이때 그는 일본유학에서 돌아와 《동아 일보》에 입사하여 정치부 기자로 일하고 있던 중이었다. 일 본에서 고등교육을 받고 조선으로 돌아와 신문사 정치부 기 자의 직업을 가지고 있던 채만식에게 소설을 과연 어떤 의미 였을까? 1924년에 데뷔한 후 30년대 중반 이후 활발한 작품 을 내놓으며 활동하던 때인 1934년 그는 「창작의 태도와 실 제」라는 글을 통해서 자신의 작가적 태도에 관한 일단을 밝 히고 있다.

> 나는 한 뿌띠 부르 인테리요, 내가 농촌의 중산가(中産家)에서 태어난 이래 반생을 그 환경에 순응하는 생활을 해온 때문이오. '생활'의 힘으로가 아니라 서적으로써 이론적으로 프롤레타리아적 세계관을 파악은 했소. ─ 대부분의 인테리의 예대로 ─ 그러나 그 러므로 나는 노동자·농촌과 같은 세계관을 가지기는 했을지언 정 그들의 생활과 감정을 가지지 못했소.
> 또 한가지 더구나 안된 것은 나는 아직까지 계급진영에 들어 가 정치적 ××의 체험도 가지지 못했소.
> 이러한 나로서 과거에 노동자·농촌의 생활이나 또는 그들의 정치적 ××을 주제로 한 몇 개 작품을 써 내놓았다는 것은 낯이 따가운 돈키호테식의 만용이요 선의(?)의 무지이었소.

《조선일보》(1934. 1. 11)에 발표한 이 글에서 우리가 읽을 수 있듯이, 그는 자신을 '뿌띠 부르 인텔리'로 규정하면서 계급주의적 세계관은 가지고 있었지만 그것에 따르는 실제 생활과 감정을 갖추지 못했다고 고백하고 있다. 그런데 이 점은 작가에게는 치명적인 결함으로 비판받을 수 있는 점이다. 작가의 세계관이 그것을 구체화할 수 있는 생활과 감정을 갖추지 못했다는 것은 작품으로 구체화하는 과정에서 다분히 추상화의 위험을 내포하고 있기 때문이다. 그런데 이 지점에서 채만식은 자신의 세계관과 현실 생활 감정과의 괴리를 담담히 밝히고 있을뿐더러, 자신의 작품활동을 '돈키호테식의 만용이요 선의의 무지'라고까지 말하고 있는 것이다. 그렇다면, 우리는 이러한 그의 발언을 어떻게 이해할 것인가?

채만식은 1920년대의 기간 동안 사회주의와의 친연성을 보여주고 있다. 그러다가 1930년대로 들어오면서는 사회주의 사상에 대한 자신의 입장을 정리하면서 이전과는 다른 모습을 보여주게 된다. 가령 1934년 작인 「레디 메이드 인생」에서, 작품 속에 등장하는 주인공 P는 '지식인 실업자'로 등장하는데, 취직자리를 알아보러 다니는 그는 자신을 다음과 같이 말하고 있다.

「허허……그러면 P군은 ××주의잔가?」
「되다가 찌뿌러진 찌스러깁니다. 철저한 ××주의자라면 이렇게 선생님한테 와서 취직 운동도 아니합니다.」
「못써. 그렇게 과격한 사상으로 기울어서야 쓰나……」

여기서 취직자리를 알아보러 다니는 P의 모습에서 우리는 이념과 현실의 시소게임에서 현실이 승리하였을 때 그 이념이 어떻게 대우받는지를 알 수 있다. P는 사회주의라는 이념 자체에 대한 신념을 버린 것은 아니다. 아니, 그 신념의 확실성에 대해서는 굳게 믿고 있다. '철저한 ××주의자'가 아니기 때문에 자신이 이렇게 취직운동을 하러 다닌다는 것은, 철저한 사회주의자는 취직운동에 신경쓰지 않는다는 것을 말하기 때문이다. 이를 통해서 채만식은 두 가지를 동시에 말하고 있는 것이다. 즉, 사회주의라는 이념에 대한 신념은 변함이 없다는 것과 그럼에도 불구하고 현실의 힘은 그 신념마저 변화시킬 정도로 강력하다는 것이다. 그렇다면, 이러한 이념(신념)과 현실 사이에서 채만식은 어떤 태도를 취하고 있는가? 이것이 그의 작품 세계를 탐색하는 탐조등이 될 수 있을 것이다.

여기서 우리는, 채만식의 소설을 현실의 무게에 눌려 자신의 신념을 포기한 것으로 읽어야하는가. 하지만 채만식이 20년대에 가졌던 사회주의에 대한 태도는 30년대로 넘어오면서는 그 표현의 방법이 변형되어 나타나는데, 이것을 신념의 포기로 보기에는 무리가 따른다. 그리고 1920년대 채만식의 '사회주의'는 현실비판의 한 방편으로서의 의미가 지배적인 것이었다. 그래서 1930년대의 변화된 현실 속에서 자신의 신념을 적용시키기 위한 하나의 방편으로 사회주의에 대한 표현

방법이 변화된 것으로 이해하는 것이 더욱 타당할 것이다. 바로 여기에 채만식의 독특함이 나타난다. 그가 사회를 바라보는 기본적인 시선에는 변화가 없지만 그것을 표현하는 것에는 변화가 나타나는데, 그것이 이른바 '풍자'라고 하는 것이다. 1930년대에 넘어오면서 「탁류」(1937년)와 「태평천하」(1938년)에서 풍자의 방법은 본격적으로 발휘된다. 그런데 이들 작품이 나오게된 1937년과 1938년은 일제의 식민지 지배가 어느 때보다 악랄하게 전개되던 때였다. 1937년 일본의 만주침략으로 식민지 조선은 일제의 전쟁을 후방지원하기 위해서 병참기지가 되었고 그에 따른 경제침탈과 민족말살정책이 더욱 악랄하게 전개되었다. 이러한 신산스러운 사회적 배경 속에서 채만식은 조선의 현실을 '풍자'의 방법으로 소설화하였던 것이다. 즉 그는 현실의 엄혹한 객관적 조건 속에서 현실에 정면으로 맞서서 직접적으로 대응하기보다는 그러한 현실에 대해서 일정한 거리를 유지하며 '풍자'함으로써 우회적으로 비판하는 방법을 선택했던 것이다.

풍자는 대상의 부정적인 면에 대한 비판정신의 소산이다. 즉 정면에서의 비판이 아니라 대상의 부정적인 면을 에돌아 들추어냄으로써 충격 효과를 노리는 방법인 것이다. 이러한 풍자의 정신으로 세상을 바라볼 때, 중요한 것은 작가가 바라보는 입지점이 혼들리지 않아야 한다는 점이다. 작가는 풍자의 대상이 되는 세상을 내려다보는 입장에서 그 속에 살아가는 인간군상들의 삶을 전체적으로 조망할 수 있어야 하는 것이다. 그런데 바로 이 지점에 문제가 발생할 소지가 다분히 존재한다. 그것인 즉, 마치 담장 위를 걷는 것과 같아서, 작가가 현실에 대한 비판적 시선의 거리를 팽팽하게 유지할 때에는 풍자의 방법이 적절하게 구현될 수 있다. 하지만 현실의 압력 혹은 작가의 자기 확신이 흔들릴 때에는 담장의 한쪽으로, 즉 현실 속으로 빠져버리거나 아니면 풍자를 포기하고 직접적으로 발언하거나 귀착되어버릴 가능성이 짙은 것이다. 그런데 채만식은 현실이 자신을 옥죄어 오자 현실에 협력하는 쪽으로 방향을 선회한다.

1940년대로 들어서면서 채만식은 이전에 가졌던 풍자정신에서 후퇴한 모습을 보여준다. 「냉동어(冷凍魚)」(1940)라는 작품 속에서 그는 현실과 신념 사이의 혼란한 모습을 '그대로' 보여주고 있다. 의식상의 '냉동어(冷凍魚)'가 되어 버린 지식인의 모습을 보여주는 이 소설에서 채만식은 주인공 대영을 통해, 이른바 '생활'을 중요성을 내보이며 사회주의를 아편으로 말하고 있는 것이다.

  * 신념이야 오죽 오만하며 찬란한고!
  그러나 아무리 산을 뽑잘 신념인들, 대지의 현실을 닫고 서지

못한 이상, 즉 생활이 따르지 못한 이상 그는 결국 남의 집 식객
이요 걸인에 지나지 못하는 것…….

　* 대영은 두어 걸음 건성으로 되돌아오면서, 여전히 방금 방백
(傍白)을 하던 무연한 그 기분인 채…….
　"……오직, 오직 그저, 신념만은 버리질 않구서 있으니 유일한
위안이랄는지!……공기만 먹구 생명을 지탱하면서 봄을 기대리
는 양서류의 동면처럼……."

　* "저어 예전……그쪽측에선 들, ××를 갖다가 아편이라구 하
잖았어요?"
　"으음!"
　"지금은 그런데 말씀이죠……남을 아편이라구 하던 그 자신이
고만 아편이 됐겠죠!……"
　"그 자신이!"

　여기서 우리는 채만식이 '신념의 자리'에 '생활'을 위치시
키고, 현실을 살아가는 '지식인'을 '양서류'로 보며, 결국은
그 '신념'을 '아편'으로까지 인식하고 있음을 확인할 수 있다.
여기서 그가 말하고 있는 지식인의 존재가 양서류의 모습을
띠고 있다는 것은 의미심장한 것이다. 양서류는 생존을 위해
서 다른 형태로 호흡할 수 있는 종이다. 채만식이 지식인을
양서류로 규정했다는 것은 사회적 환경이 변화된 가운데 살
아가야 하는 자신의 삶을 비유적으로 표현한 것으로 읽을 수

있는 것이다. 그리고 그런 지식인이 자신이 가졌던 사회주의 라는 신념을 아편으로 비유한 것은, 그만큼 신념을 버리기 힘 들다는 뜻이면서 동시에 아편처럼 현실의 삶에는 해악만 끼 치는 것으로 인식하고 있다는 인식에서 나온 것으로 볼 수 있 다. 「냉동어」에서 주인공 대영을 통해 중요시되는 것은 "생 활"이다. 소설의 곳곳에서 우리는 작가가 "생활"의 중요성을 강조하고 있음을 찾아 볼 수 있다. 채만식은 「냉동어」를 내 놓기 전에 이미 단편 「집」에서 생활의 안정감에 대한 희구를 보여주고 있다. 생활의 안정에 대한 희구는 그의 개인적 이력 에서 볼 때에도 자연스러운 일이었다. 당시 가족들(아버지와 형 들)의 미두와 금광사업에서의 실패로 인해 하루 아침에 집안 이 몰락했던 것이다. 동경에 유학을 보낼 정도의 집안에서 자 신의 붓 한 자루에 모든 가족의 생계가 달려있게 된 상황으로 뒤바뀐 현실 속에서 작가는 결코 생활이 주는 무게를 무시할 수 없었던 것이다. 게다가 이러한 신산스러운 때에 시대적 조 건 또한 그에게 감당하기 힘든 무게로 다가왔던 것이다. 이처 럼 희망보다는 절망이 짙어가는 현실에서도 채만식은 어떻게 든 살아야한다는 생존의 의지만은 놓지지 않고 있다. 「집」의 마지막 부분에서 작가는, 생활을 위협하는 현실의 폭력을 '장 마'로 표현하면서 그 속에서라도 살아야한다는 생존의 의지 를 드러내고 있다. 그런데 여기서 '장마'로 설정된 현실의 폭력이 문제된다. 현실의 폭력적 상황을 장마로 설정함으로써 그것에 대응하기 보다는 일단 피하고 보자는 식의 대응방법이 나올 수 있는 여지가 마련된 것이다. 즉, 현실에 대응하려는 적극적인 의지가 약해질 수 있다는 것이다.

채만식의 현실 인식과 대응양상의 전체적 과정에서 볼 때, 점점 심해지는 현실의 폭력을 장마로 인식하고 그것에 대한 적극적인 대응의지가 약화되는 것은 현실에 대하는 작가의 시선이 자꾸 안으로 위축되는 현상과 무관하지 않다. 이는 「집」의 후일담을 다루고 있는 「삽화」에 오면서 분명하게 나타나는데, 이 작품이 더욱 문제되는 것은 여기서 작가가 비판하는 대상이 조선인의 민족성이기 때문이다. 「삽화」에서 제시되고 있는 인물들의 속악함은 곧 민족혐오증으로 연결되고 그것은 일제 말기 그가 보여준 친일행위로 이어진다는 점은 주목할 필요가 있다. 여기에서 그가 쓴 글을 통해서 친일의 논리가 어떻게 펼쳐지는지 잠깐 살펴보자.

어떤 우수한 민족이 다른 어떤 우수치 못한 민족에 비하여 보다 높은 지위가 요구되는 것은 마치 성인이 소아에게 비하여 보다 많은 식량이 요구되는 것과 조금도 다를 바 없이 지극히 자연한 현상인 것이다. (중략) 우리 일본 민족에 의한 지나대륙의 경륜은 한 우수한 민족으로서의 정당한 권리요, 따라서 하나의 세계사적 필연인 것이다.

1940년 11월 22∼23일 《매일신보》에 발표한 이 글을 통해서 우리가 알 수 있는 것은, 이광수가 주장했던 민족우열성론과 유사한 사회진화론적 입장을 그가 취하고 있다는 점이다. 이광수의 주장이나 채만식의 주장에서 우리는 일제의 식민지 지배를 합리화하는 친일의 논리를 다시 한 번 확인할 수 있다. 이광수의 민족우열성론에 입각한 민족개조론이나 채만식의 사회진화론은 모두 우리의 민족성을 도덕적 측면에서 부정적으로 인식하고 있었다는 점에서 주목을 요한다. 이광수는 그의 「민족개조론」에서 "또 하나 당시의 지도자가 자각치 못한 중요한 점 ─ 이야말로 참으로 근본적으로 중요한 점은, 민족의 개조는 도덕적 방면으로부터 들어가야만 할 것이다 ─ 특별히 조선민족의 쇠퇴의 원인은 도덕적 원인이 근본이니, 이를 개조함에는 도덕적 개조, 정신적 개조가 가장 근본이 되는 것이라"고 주장하고 있다. 이러한 이광수와 비슷하게 채만식이 조선 민족의 도덕성에 대해서 부정적으로 인식하며, 더 나아가 " '나도 오늘부터는 황국신민으로 할 노릇을 다하는 백성이로라', '나도 오늘부터는 천하에 부끄럽지 아니한 황국신민이로라'고 큰소리를 쳐도 좋게 되었다"라고 까지 말하게 된 것은 대체 무슨 연유인지 그 이유가 궁금하지 않을 수 없다. 결론부터 말하자면, 그것은 채만식이 1920년대에 생각했던 사회변혁의 의지가 직접석인 방향에서 간접적인 풍자

로 바뀐 이후에 다시 객관적 현실의 엄혹함으로 인해 '풍자'
를 유지할 수 없게 되자 균형을 잃어버리고 친일로 기울었기
때문이다. 채만식에게 '풍자'는 현실과의 긴장된 거리를 유지
하면서 자신의 신념(사회주의로 대변되는 변혁에 대한 신념)을 내
재할 수 있었던 방법이었던 것이다. 그러던 것이 현실 변혁의
신념보다는 현실 생활의 무게가 과중하게 다가오자, 후퇴하여
친일로 나아가게 되었던 것이다.

이태준의 『별은 창마다』

1. 상허 이태준

상허 이태준은 여러모로 문제적인 인물이다. 그가 우리 문학사에서 굵직굵직한 행적을 보였다는 데서도 이미 문제적이지만, 그의 문학적 양상의 다양함도 그 문제성을 더해주는 것에 한몫하는 것이기도 하다. 그는 고아로 자라 일본 유학까지 다녀왔으며 귀국하여서는 문학사적 의미에 있어 카프에 버금가는 구인회의 핵심회원으로 활동했다. 일제 말기에는 <인문평론>과 더불어 문단을 주도했던 <문장>의 편집을 주관, 많은 작가들을 배출했으며 대동아전쟁기에는 씻을 수 없는 오점, 친일을 하기도 하였다. 해방 후에는 과거, 자신의 소위 순수문학적 태도를 버리고 「해방전후」, 『농토』 등을 씀으로써 세인의 관심과 우려를 낳았지만 더 나아가 급기야 월북까지 감행함으로써 그를 가까이 했던 많은 사람들에게 정신적 충격을 주기도 하였다.

한편 그의 작품 세계 또한 다양한 계기들로 짜여져 있어 독자들의 일관된 독서과정을 교란시키기도 한다. 때로는 목청을 높여 개화의 이상을 부르짖지만 그 반대편에는 고완의 세계가 음전히 가로놓여 있다. 또 단편의 주조가 대상과의 냉정한 거리 유지(미적 통제)를 통해 형성되어 있다면 그의 장편에는 대상과의 거리획득에 실패하여 강한 자의식이 노출되어 있다. 그리고 그가 형식미를 옹호하는 구인회의 핵심회원으로 있었던 만치 문장강화와 같은 기술의 문제에 집착함은 이해할 수 있겠는데 그의 실제 작품은 모더니즘적이라기보다는 오히려 리얼리즘, 보다 구체적으로는 자연주의적 양상으로 점철되어 있다. 물론 이 말이 그의 작품 속에 나타나는 애수라든가 분위기 등의 인상주의적 요소까지 부정하는 것은 아니다.

이와 같은 혼란에 질서를 부여하기란 용이한 일이 아니다. 따라서 이태준에 대한 연구가 다양하게 전개되어 왔지만 보다 세밀한 천착을 요구하는 부분들이 정밀하게 해석되지 않고서는 이태준의 작품세계를 온전히 이해했다고 할 수 없다. 이러한 해석상의 질문들은 추후 계속 해결해야 할 과제라 생각된다.

이태준의 작품세계는 단편을 중심으로 할 때 크게 세 시기로 구분된다. 제 1기는 그의 처녀작 「오몽녀」를 쓴 이후부터 「장마」 이전까지라 할 수 있고 제 2기는 「장마」 이후부터 해방 이전까지, 그리고 제 3기는 해방이후의 작품들을 꼽을 수 있다. 여기서 「장마」를 분기점으로 삼은 이유는 첫째, 대상과의 철저한 거리획득을 통해 창작되던 작품세계가 「장마」에 이르러 그 긴장이 점차 깨어지기 때문이다. 지금까지의 그의 작품들은 작가 또는 서술자가 대상의 세계로부터 몸을 감추고 오직 관찰로만 대상을 파악했다면, 그래서 작가 또는 서술자가 작품의 후경에 머물러 있어 우리로서는 단지 톤으로서만 그 존재를 확인할 수 있었다면, 「장마」에 이르러서는 '나'가 작품의 전면에 등장하고 있으며 동시에 그 '나'가 인식의 대상의 아니라 인식과정 그 자체를 드러내고 있다. 이러한 양상은 이후의 「패강냉」, 「영월영감」, 「토끼이야기」, 「무연」에 이르기까지 광범위하게 나타나고 있다.

둘째는 이전의 작품이 현실의 알레고리로 존재하고 있었다면 장마 이후의 작품들은 인물들이 현실 그 자체에 직면하여 알레고리의 세계로 초월되지 못한다는 점이다. 예컨대 「산월이」라든가, 「불우선생」, 「사막의 화원」, 「서글픈이야기」 등은 개별적 대상을 통해서 곧장 식민지 현실을 환기시키고 있다. 그 환기는 물론 식민지 현실에 대한 비판, 즉 민족 전체를 문제삼으려는 의지의 소산이다. 개별적인 사건을 통해서 전체를 보여주려는 이 전체에의 지향성이 이태준 초기 소설의 근간에 자리잡고 있는 것인데 이 지향성은 그러나 장마 이후부터 알레고리가 아니라 '나'의 현실직면이라는 구체적 현실로의 접근으로 변모되고 있는 것이다. 이는 이태준이 이 시기를 중심으로 하여 현실에 대한 태도에 변화를 보이고 있다는 말도 된다. 아닌 게 아니라 이후 「패강냉」, 「농군」, 「영월영감」과 같은 작품에 이르러서는 현실극복의 태도가 이전의 관찰자적 자세에서 벗어나 주체가 감당해야 할 직접적인 문제로 대두되고 있다. 즉 현실을 타인을 통해 보여주는 것이 아니라 자기의 문제로 파악하게 된다는 말이다. 그러나 일제의 탄압이 거세어 가던 40년 이후에는 점차 체관의 세계를 보이게 된다.

셋째는 이전의 작품이 대부분 3인칭의 인물이 제시되고 있다면 이 시기부터는 1인칭의 서술자가 대거 등장하게 된다는 점이다. 이 모든 원인들은 서로서로 연결되어 있음은 두말할 필요도 없고 또 찾자면 수없이 많이 그 차이를 도출할 수도 있을 것이다. 어쨌든 이 시기부터 이태준의 작품 세계는 변모되고 있다.

「장마」의 특징은 집에서 나와 신문사, 친구의 찻집, 책방 등을 들러 친구 강군을 만나 점심 먹고 집으로 돌아오는 원환적 구조를 보이고 있다. 이 구조는 이상의 상실, 가정에 예속된 소시민적 삶을 보여주는 것이다. 전체를 지향했던 '나'가 이제 그 전체에의 지향성을 상실하고 그 지향성 속에 가려져 있던 자명했던 일상성의 편안함을 문득 의심하는 이 소설은 친구를 매개로 하여 전개되고 있다. '나'가 친구라고 생각했던 그 친구들이 갑자기 진정한 친구가 아닐 수도 있다는 깨달음은 문학적 이상에 몰두했던 친구들이 – '나'도 포함하여 – 그로부터 벗어나 일상성 속에 잠겨들어갈 때 그들과 '나'의 사이에 균열된 틈을 확인하게 되는데 이 소설은 바로 그렇기 때문에 이전의 소설과 달리 주체의 분열(미적통어력의 상실)을 표상하고 있고 자명성을 기초로 한 알레고리의 세계와 절연되어 있으며 서술자의 양상이 달라지게 나타나게 되는 것이다.

제 3기는 그가 기존의 관념을 버리고 공산주의 이데올로기에 점차 감염되는 시기이다. 그 변화의 동인을 우리는 「해방전후」에서 확인할 수 있거니와 그렇다 할지라도 우리에게 놀라운 것은 바로 그러한 그의 갑작스런 사상의 변화이다. 그 변화의 계기가 불분명하기 때문에 해방 이후의 그의 작품의 진위가 문제되기도 하고 친구따라 강남간다는 식의 비난적 접근도 있어왔던 터이다. 이러한 편견에 입각한 판단보다는 그의 세계관적 구조와 그 변화양상을 살피는 것이 보다 합리적일 것이다. 그의 세계관을 직접 엿볼 수 있는 것은 아무래도 장편이 아닐 수 없다. 단편에서는 비교적 그 단일성과 형식화의 주문 탓에 작가의 세계관이 간접화되어 나타나기 쉽기 때문이다. 하지만 여기에서는 이러한 단편의 세계를 토대로 하여 장편을 살펴보기로 한다.

2. 상허 소설의 내용적 특성

이태준의 장편에서 눈에 띄는 요소는 그의 자전적 내용이다. 가장 분명한 것이 『사상의 월야』일 터인데 그외에 『불멸의 함성』, 『제2의 운명』, 『구원의 여상』, 『별은 창마다』 등에서도 핵심모티브는 그의 고아, 또는 고학체험에서 연유된 것이다. 두 번째로 그 주요한 내용이 청춘남녀의 연애로 구성되어 있다는 것을 들 수 있다. 이를 두고 많은 평자들이 그의 장편을 통속소설, 또는 여학생 소설로 단정하게 되는 것이다. 그러나 이를 달리 표현하면 그의 장편은 일단 재미있다는 것으로 정리될 수 있다. 남녀간의 있을 수 있는 풍요하고 섬세한 감정을 들추어내어 독자의 시선을 사로잡는 그 묘사력은 이태준의 단편에서 보이는 지적 절제의 묘사와 또다른 맛을 독자에게 제공해 준다.

이러한 재미는 그것들이 대개 신문지상을 통해 연재된 것들이기에 나타난 것이다. 이태준 스스로 신문소설의 한계를 지적한 바 있거니와 그럼에도 불구하고 신문소설을 쓸 수밖에 없었던 것은 그가 현실적으로 처할 수밖에 없었던 극심한 가난 탓일 터이다. 그러니까 이태준의 신문소설은 문학성과 가난 사이에서 도출된 일종의 타협적 산물인 것이다. 이것을 강조하는 이유는 바로 그렇다는 전제 위에서만이 그의 장편의 가치가 비로소 도출될 수 있겠기 때문이다. 다시 말해 그의 신문소설은 일정부분 현실과 타협하고 일정부분은 자신의 순수한 고유가치를 포기하지 않았을 것이라는 것이고 그랬을 때 이태준의 장편은 미약하나마 현진건의 『적도』나 심지어 조금 무리를 하자면 채만식의 『탁류』에까지 근접할 수 있는 문학사적 가치부여가 가능해질 수 있겠다는 것이다.

이태준의 장편은 앞서 말한 바와 같이 연애감정을 주조로 한다. 그것이 주조로 되어 있다는 얘기는 그가 자신의 소설 속에 인물들을 대체로 삼각, 또는 사각관계의 남녀들로 배치해 놓고 있다는 것이다. 이때 주인공은 대체로 남자가 된다. 『구원의 여상』이나 『성모』같은 작품은 약간 예외이긴 하다. 그런데 이 남자 주인공은 또 대부분 고학을 하고 있으며 고아이거나, 멀리 떨어진 곳에 할머니 또는 어머니가 있을 뿐인 사고무친일 경우가 많다. 다시 말하면 이태준 자신을 모델로 하고 있는 것이다. 이 남자주인공은 여자주인공의 집에서 기숙을 하는 형태로 많이 등장한다. 그리고 이 둘이 사랑의 감정을 느끼고 열애를 하다가 마침내 헤어지는 줄거리가 대부분이다. 이 헤어짐의 동기는 물질에 있다. 돈없는 남자 주인공이 여자 주인공과 행복한 결말을 맞이하는 경우는 없다. 그래서 슬픔이 주조를 이루게 되는데 이러한 신파적 슬픔이 그의 소설을 통속으로 이끄는 주요인이라 할 것이다. 당시의 『장한몽』을 원류로 하는 이 통속적 구성은 바로 신문소설의 특징을 여실하게 보여주는 것이라 할 것이다.

이태준 장편의 특징은 이 통속적 드라마의 주인공이 바로 자기자신이라는 데에 있다. 그래서 그 기막힌 상황에 대한 묘사가 현저히 자기미화적으로 전개된다는 특징을 보인다. 예컨대 남자 주인공 하나와 여자주인공 둘의 구성을 보이는 경우 이 두 여성이 한 남자(자기 자신)를 향해 자신의 사랑하는 감정을 송두리째 바치거나, 또는 여자주인공이 물질로 인해 자기곁을 떠날 수밖에 없을 때 남자주인공은 돈은 없으나 인품이나 외모는 누구도 따라갈 수 없는 뛰어난 인물로 묘사된다. 그래서 떠나가는 여자가 오히려 비극적 상황에 처했다고 생각하게 된다. 이는 이태준의 나르시시즘적 심리를 그대로 보여주는 것이다. 나르시시즘의 특성이라는 것이 흠모와 공격성이라 할 때, 이태준의 작품 속에서 자신의 사랑의 대상과 일치하고픈 '나'의 나르시시즘적 욕망이, 한편으로는 그 여성에 대한 흠모로, 다른 한편으로는 그가 내 뜻대로 되지 않았을 때의 그에 대한 공격성으로 혼재되어 나타나는 현상을 우리는 곧잘 보게 된다. 그 두 심리적 요소가 내적으로 통일되지 않을 때 주체, 또는 남자주인공은 자신을 갈등하게 하는 현실을 훌쩍 뛰어 넘어 그와 대립된 고귀한 가치에 몸을 숨긴다. (그것만이 돈으로 구성된 현실을 멸시할 수 있을 것이니까) 그러니까 그의 이상에의 지향은 일종의 충동적 산물이라는 성격을 갖고 있다.

『사상의 월야』에서 송빈이, 사랑하는 은주가 은행전무의 아들에게 시집을 가고 나자 불현듯 동경으로 떠나는 장면은 그 대표적인 것이거니와(현해탄 배 위에서의 개화사상의 찬미는 은주와의 사랑이라는 개별구체적인 현실을 훌쩍 뛰어넘게 하지 않는가), 『불멸의 함성』에서 두영이 원옥, 형옥, 정길과의 관계가 파탄에 이르자 미국행을 결행하는 것(아무나 미국유학을 가지는 못하므로 이 대단한 미국유학이야말로 두영, 원옥, 형옥, 정길과의 일상적 틀을 일거에 무시할 수 있다), 또 『제2의 운명』에서 천숙을 순구에게 뺏기고 결국 용담의 관동의숙으로 가 헌신적 생활(이것은 정신적인 가치이므로 이러한 고귀한 가치를 초월할 현실사가 어디 있겠는가)을 하는 것 등이 모두 그러한 결말을 보여주고 있다. 그러한 결말구조를 보이는 이유는 사랑의 파탄이 물질적 구조에 기반하고 있기 때문이다. 돈에 의해 여자가 떠나버리는 현실에 대한 증오가 돈을 초월한 민족전체(개화사상)를 문제삼는 결말을 유도하게 한 것이다. 그러니까 이태준 신문소설의 구조는, 물론 단편의 세계도 예외는 아닌데, 돈의 세계와 이상의 세계가 이원적으로 분리되어 나타나 있다. 즉 현실에 대한 환멸과 이상지향성이 이태준 장편의 지배적인 구조라는 것이다. 어쨌든 이러한 장편에는 통속성과 더불어 개화사상과 관련된 정치의식이 노골적으로 나타나고 있는데 단편에는 없는(혹은 숨어 있는) 이러한 정치성이 장편에서는 나올 수 있게 된 배경에는, 이 소설들이 결국 통속소설 아니냐는, 그래서 정치성에 대한 검열도 통속성에 가리어질 수 있다는 작가의 계산이 작용했을 것이다. 작가는 이처럼 정치성에 대한 알레르기적 불안심리를 갖고 있는 것이다.

장편의 세계를 좀더 세밀하게 살펴보면 주인공은 고아 또는 유사 고아로서 항상 누군가의 도움을 받으며 살아간다. 혹은 그렇게 살아갈 수밖에 없다. 그 대부분이 가정교사나 친척의 동정으로 나타나는데 그 속에서 한 여성 또는 두 여성과 사랑의 미로에 빠지게 된다. 그러나 그 사랑은 이미 예정된 실패를 함축하는데 여기에 이태준 장편의 아이러니가 있다. 자존심이 극도로 높은 이 주인공은 아이러니를 산출하는 현실적 물질적 구조에 의해 극심한 수모를 느낄 수밖에 없으며 이 수모로부터 벗어나려는 그 자존심은 고도의 정신주의로 무장하게 된다. 나는 이를 이태준 의식구조의 중요한 하나인 자기 결정성이라 부르고 싶거니와 그 용어의 개념은 현실의 고난이란 홀쩍 뛰어넘으면 결국 아무것도 아닌 것에 불과하다는, 그래서 인생의 행로는 모두 나의 결정에 의해 불가능이란 없다는, 그의 극단적(혹은 관념적) 주장을 지칭하는 것에 다름 아니다.

그런데 이 자기결정성에서 우리는 이태준 장편 구조의 몇

가지 중요한 것들을 추출할 수 있다. 첫째는 그것이 그의 미학에 영향을 미치고 있다는 것이다. 주지하다시피 이태준의 미학적 특징이 『문장강화』로 설명 가능하거니와 그의 독특한 인물강조에 닿아있음은 물론이다. 그의 자기결정성은 수모를 주는 현실 전체를 소거하고 그로부터 훌쩍 뛰어 넘어 고귀성의 영역에 닿게 하지만 바로 그렇기 때문에 그의 소설에는 현실 자체가 사라질 수밖에 없다. 그 고귀성이 결코 현실가능한 전망이 될 수는 없기 때문이다. 그의 단편이 자연주의적이라 함은 이미 밝힌 바 있지만 자연주의의 특징인 전망부재가 초래하는 현실의 파편적 제시는 곧바로 현실부재와 연결된다. 현실이란, 체험으로부터 벗어나 일종의 총체성에 접근하지 못할 때 부재의 양상으로 존재하기 때문이다. 그래서 이태준 소설에는 현실을 드러내는 사건이 약화되어 있다. 사건보다는 인물의 형상화를 강조하는 그의 미학적 주장은 바로 이 자기 결정성에 닿아 있다고 할 수 있다.

둘째는 이 자기 결정성이 그의 출세지향성과 긴밀한 연관을 갖고 있다는 것이다. 이러한 명제에는 그의 자기 결정성이 고도의 정신지향적인 것이긴 하지만 앞서 말한 바처럼 충동적이기도 하다는 사실을 보여준다. 이를 테면 『사상의 월야』에서 송빈이 원산의 물산객주집에 있을 때 학생들에게 모욕을 받자 '복수허자! 돈으로! 명예로!'라고 부르짖는 장면은 그가 물질적 조건으로 인한 수모를 정신적 가치지향으로 보상받으려는 욕망을 함축하면서 동시에 그것이 충동적 반응의 하나라는 것을 여실하게 보여주는 것이라 할 것이다. 이러한 구조가 이태준 장편소설을 지배하는 중요한 모티브의 내용이다. 그의 장편 도처에 나오는 물질 천시와 정신지향이라는 이원적 구조는 그렇기 때문에 오히려 물질지향적 모습을 띠는 아이러니, 일종의 반동일성을 보여준다. 이 물질지향은 그 논리의 자체모순으로 인해 명예로 자리바꿈하게 되는데 이 명예가 이태준의 민족주의의 근간을 이루고 있는 것이 특징이라면 특징이다. 어릴 때부터 서기 이상 최소한 군수는 되어야 한다는 송빈의 욕망은 그가 지배이데올로기에 얼마나 감염되어 있는가를 여실히 보여준다. 이데올로기가 주체의 실제적 조건에 대한 상상적 관계를 의미한다면 송빈 – 작가는 이미 이 지배 이데올로기 속에서 철저하게 주체화되어 있음을 알 수 있다. 이 부분은 지면의 한계로 이 정도 해두거니와 보다 본격적으로는 그와 어머니(혹은 아버지), 그와 할머니와의 상상적 관계를 본격적으로 천착해보아야 할 것이다.

셋째는 이 자기 결정성이 추상적 사회주의와 연관될 가능성이 많다는 것이다. 현실적 수모로부터 껑충 뛰어 정신의 세계로 지향할 때 그 매개적 과정에는 현실에 대한 공평성 요구가 잠재되어 있다. 그러니까 고아라는 신분은 불평등을 가장 심하게 느낄 수 있는 물질적 조건이다. 그 조건하에서 나는 왜 나만 소외되어야 하는가 하는 피해의식을 누구보다 절실하게 느낄 수밖에 없다. 이러한 피해의식이 그로 하여금 타인보다 노숙하도록 만들었던 것이며(김기림의 표현) 그 노숙함이 피해의식에 입각해 있기 때문에 그의 초기 단편에서 그토록 냉정한 거리유지가 가능했을 터인데, 바로 그 피해의식이 한편으로는 현실에 대한 공평성을 요구할 수도 있을 것이라 보면 그의 추상적 사회주의의 맹아를 우리는 확인할 수 있을 것이다. 보다 정확히 말하자면 이 추상적 사회주의는 일종의 공화주의(개화주의도 이 범주에 속한다)의 성격을 띠고 있다. 어느 한편에 치우치지 않고 두루 평등해야 한다는 이 의식이 「해방전후」에서 드림 사건을 둘러싸고 논전을 벌이는 삽화의 핵심이다. 또 그것이 그의 해방기 소설인 『농토』가 왜 그토록 기계적이고 투박한가를 설명해주는 근본적 이유라고 할 것이다.

3. 『별은 창마다』

이태준의 장편소설은 그동안 폄하되어 왔지만 그의 미간행 장편들이 속속 출간됨으로써 그것을 우리는 단순히 통속적이라고 비난만은 할 수 없는 처지에 이르렀다. 무엇보다 이태준 개인의 자전적 요소, 또는 그의 세계관을 확인해 보는데 그것들은 매우 중요한 자료이거니와 또 그것들을 전체로 일별해 보았을 때 느끼는 것은 그것이 이광수의 『무정』의 형식과 너무나 유사하다는 것이다. 이광수와 이태준은 모두 고아출신이며 입지전적 인물이고 민족주의적이라는 공통성을 갖고 있다. 그렇다는 얘기는 이태준의 장편 역시 계몽적 성격을 강하게 띠고 있음을 말해주는 것이라 할 수 있다. 그의 장편은 그야말로 계몽의 설교, 또는 암시로 점철되어 있다. 그의 소설은 단순히 통속적 쾌락에만 지배되어 있는 것이 아니다.

이번에 새로 출간된 『별은 창마다』는 이태준 소설에서 매우 특이한 양상을 보이고 있다. 이 소설의 배경은 일본 동경이다. 거기서 하영과 정은이라는 유학생이 사랑에 빠진다는 이태준 특유의 애정소설의 구성을 보이고 있다. 그리고 여자 주인공 정은은 부잣집 딸이고 하영은 역시 고아와 다름없는 신세이다. 그의 아버지가 상당한 재산가였지만 '도장'을 잘못 관리해 전재산을 날려 버려 하영은 졸지에 최극빈층으로 내려 앉는다. 그같은 사정을 안, 하영의 아버지가 운영하는 피혁회사의 동경지점장 윤정홍은, 그에게 시간제 임시 일자리를 제공해 그를 도우려 한다. 이러한 모티브의 연쇄는 이태준의 기왕의 장편소설의 모티브를 그대로 답습하고 있다. 자기를 도와주는 여자 쪽 집에 기식하면서 그 여자와 사랑에 빠진다는 통속적 모티브는 그의 장편에 일관되어 있다.

그리고 그 둘 사이에 물질적으로는 여자가 우세하지만 정신적으로는 남자쪽이 우세한 것 역시 여타의 소설과 다를 바 없다. 정은이 하영이를 사랑하는 이유도, 집안의 반대에도 불구하고 오히려 그들을 설득하는 논리도, 이러한 남/녀인물의 구조에 기반해 있다. 또 그 둘 사이에 하영 아버지의 비서격인 주익현이 뛰어들어 애정의 삼각관계를 만드는 것에도 예외가 없다. 그리고 집안의 반대에 결국 여주인공이 굴복해 그둘의 관계가 종식되는 것도 여전하다. 이처럼 이 소설은 기왕의 이태준의 장편소설들의 구조와 하등의 차이도 없는 것이다.

그러나 눈에 띄는 사실은 서술자 또는 초점화자가 전에 없이 냉정한 어조와 시선을 확보하고 있다는 것이다. 이전에 나온 장편의 주인공들과 달리 하영의 감정은 엄격하게 통제되어 있다. 이미 남의 여자가 된 경우에도 낭만주의적 엿봄이 끊이지 않았던 이전의 소설과 달리 이 소설에서 하영은 만약 정은이 주익현과 약혼한 사이라면 두말없이 물러서겠다는 태도를 보이고 있다. 무엇보다 놀라운 사실은 하영과 정은의 관계가 물질적 조건이 상이하여 서로 결합할 수 없다는 윤정홍의 설득에 하영은 깨끗이 승복해 버리는 것이다. 이러한 태도는 이전의 그의 장편 소설에서 결코 발견할 수 없었던 특이한 것이다.

이처럼 서술자가 냉정을 되찾게 되자 그의 소설에는 기왕의 장편소설에서 쉽게, 또는 두드러지게 찾아볼 수 없었던 요소가 나타나게 된다. 그것은 고완, 또는 조선적인 것의 승인이다. 이 승인은 이때에 비로소 이태준에게 나타났던 것은 아니다. 이미 오래 전부터, 이를 테면 「패강냉」이나 「영월영감」그 이전부터 그가 선호하던 세계이다. 그러나 장편 소설에 국한시켜 볼 때 이렇게 두드러지게 나타난 것은 이때가 처음이다. 정은의 아버지가 사업을 정리하고 고완의 세계로 빠져드는 것이나 건축을 전공하는 하영이 가옥의 조선적 특징에 감탄하는 것 등이 그것인데, 그 감탄은 곧바로 그러한 아름다운 세계의 창조라는 목표로 이어진다. 목청높여 계몽을 예찬하던 이태준의 세계관이 ― 이 계몽의 대표적 형식이 유학생강연회이다 ― 미의 세계로 전화되고 있는 것이다. 그 세계는, 짐작컨대 그의 어린시절의 한시 애호 체험과 연관됐으리라 보는데, 개념화하면 멋의 세계이며 처사적 여유의 세계이다. 그 세계의 탐닉은 물론 개인적인 것이면서 동시에 개인을 넘어선 것이다. 민족적 대비, 예컨대 서구의 살림살이와 우리와의 대비 결과로서의 조선의 후진적 사회 자체를 문제삼고 있기 때문이다. 아름다운 집과 아름다운 동리에의 정열은 이 두 청춘 남녀를 이어주는 매개로 확고하게 자리잡고 있다. 그 세계에의 지향과 사랑하는 여자와의 결별 용인은 이태준의 문학적, 인간적 성숙을 보여주는 것이라 할 수 있다.

이러한 성숙의 현실적 일 단면이 결말부분에 나타난다. 그것은 권위의 수용이다. 젊은 사람이 혈기에 넘쳐 일을 저지르려 하지만 세상은 그리 녹록한게 아니고 또 지나고 보면 어른의 말씀이 맞다는 윤정홍의 논리는 그 이전의 소설, 이를테면 『사상의 월야』에서 원섭, 형섭의 할아버지 김대감이나 학교 교주에 대한 반항, 혹은 『제2의 운명』에서 필재가 교장에게 반항하는 것에 비하면 현저히 그 기성세대의 권위에 승복하고 있다는 것이다. 그것은 동시에 현실의 수용이기도 하다. 그 수용은 이미 말한 것처럼 직접적 계몽이 아니라 미적 계몽으로의 전화를 나타내고 있다. 사랑하기 때문에 헤어진다는 것은 통속적으로 보일 수도 있지만 대를 위해서 소를 희생한다는 측면에서 바라본다면 현실의 폭넓은 수용이기도 한 것이다. 그 폭넓음이 이전과 같이 목소리로서의 계몽이 아니라 미적 세계의 창조라는 형태의 계몽으로 바뀌어 나타난 것은 그가 비로소 자기로부터 벗어나 민족현실을 있는 그대로 내다보게 되었다는 것을 함축하고 있다. 이 자기로부터 벗어남은 이태준 소설 뿐만 아니라 이태준이라는 인간 자체에 있어서도 더없이 중요한 덕목이라 할 것이다. 이 벗어남이 그로 하여금 해방기에 조선문학건설본부에 참여하게 된 중요한 계기이기 때문이다.

마지막으로 이러한 변화가 나타나게 된 원인으로 우리는

일제의 폭력적 억압을 들 수 있다. 그래서 이전의 강한 자의식이 자신의 한계를 인식하는 방향으로 전화된 것인데 그것을 상징하는 언어가 별이다. 별은 너무나 상식적 상징이어서 굳이 설명할 필요를 못느끼거니와 이전의 현실적 목표가 별로 치환되었다는 것은 그 사이의 어둠의 깊이가 헤아릴 수 없게 되었다는 것을 함축하고 있다. 이 어둠이 이태준으로 하여금 자신의 계몽적 목표를 멀리에 둘 수 있게 하였고 비로소 자기로부터 벗어나게 할 수 있었다는 것은 역사의 아이러니가 아닐까.

그렇지만 우리들은 이러한 일차원적 해석보다는 관점을 달리하는 해석에로 나갈 수 있지 않을까.

이청준의 「서편제」

1. 작가 이청준

이청준은 1939년 전남 장흥에서 태어났다. 1957년 2월 25일에 광주서중학교를 졸업하였고(제32회) 1960년 광주제일고등학교를 졸업했으며 1966년 2월 서울대학교 문리과 대학 독어 독문학과를 졸업하였다. 졸업 직전인 1965년 12월 1일 단편 「퇴원」이 제7회 「사상계」 신인상에 당선됨으로써 문단에 등단했다. 1966년 단편 「임부」, 「줄」, 「무서운 토요일」, 「굴레」 등을 발표하였다. 1967년에는 현실과 관념, 허무와 의지들의 대응관계를 여실한 문체로 보여준 「병신과 머저리」로 제13회 동인문학상을 수상하였으며 비슷한 시기에 등장한 작가들 가운데 가장 왕성한 작품활동을 보여주게 된다. 1971년 그간 발표한 단편 20여편을 묶어 첫 창작집 『별을 보여드립니다』를 출간하였다. 1972년 중편 「소문의 벽」과 「씌어지지 않은 자서전」을 묶어 작품집 『소문의 벽』을 출간하였고 1975년에는 중·단편 18편을 묶어 창작집 『가면의 꿈』을 출간하였다. 이 외에도 많은 작품을 출간한다. 곧 『당신들의 천국』(1976년 5, 장편), 『자서전들 쓰십시다』(1977년 7, 연작소설 「남도 사람」의 「소리의 빛」과 다른 연작소설 「언어사회학서설」의 「자서전들 쓰십시다」 등 5편의 중단편을 묶음), 『예언자』(12월, 「눈길」, 「예언자」, 「황홀한 실종」 등 중 단편 6편을 묶음), 『남도사람』(1978년, 「빗새 이야기」, 「연」 등), 『춤추는 사제』(1979년 4, 장편), 『흐르지 않는 강』(중편), 『살아있는 늪』(1980년, 「겨울 광장」 「살아 있는 늪」 「빈 방」 「선학동 나그네」 등 중단편 4편을 묶음), 『춤추는 사제』, 『잃어버린 말을 찾아서』(1981년, 연작소설 「남도 사람」과 「언어사회학서설」을 함께 엮음), 『낮은 데로 임하소서』(장편), 소설집 『시간의 문』(1982년 7, 중편 「여름의 추상」과 「시간의 문」 등을 묶음), 『제 3의 현장』(1984년 1, 장편), 『따뜻한 강』(1986년, 장편), 『아리아리 강강』(1988년, 장편), 『자유의 문』(1989년, 장편), 『키작은 자유인』(1990년), 『씌어지지 않은 자서전』(1991년), 『광대의 가출』(1993년), 『서편제』(1993년), 장편소설 『조율사』(1994년), 『축제』(1996년) 등 많은 작품집이 그것이다.

이청준은 단편소설 「병신과 머저리」로, 사상계사 제정 '동인문학상' 수상을 비롯, 1969년 소설 「매잡이」로 대한민국 문화예술상을 수상, 1976년 1월에는 중편소설 「이어도」로 「한국일보」사 제정 '창작문학상'을 수상하였고 1978년 10월 17일에는 중편소설 「잔인한 도시」로 「문학사상사」 제정 '이상문학상'을 수상하였으며 이외에도 「중앙일보」사 제정 '중앙문화대상' 수상(1979. 9. 22. 중편소설 「살아있는 늪」으로), 한국문예진흥원 제정 '대한민국문학상' 수상(1985. 11. 29. 중편소설 「비화밀교」로), 「문학과 지성」사 제정 '이산문학상' 수상(1990. 9. 21. 장편소설 「자유의 문」으로), 대산재단 제정 '대산문학상' 수상(1994. 12. 2. 장편소설 「흰옷」으로), 21세기문학사 제정 '21세기문학상(1회)'수상(1998. 3. 1. 중편소설 「날개의 집」으로) 등 많은 수상 경력을 지녔다.

그는 월간 「사상계」사 편집부 기자(1966. 3. 1. - 1967. 8. 31.), 월간 「아세아」사 편집부 기자(1968. 8. 1. - 1969. 12. 31.), 월간 「지성」사 문화담당 부장(1971. 7. 1. - 1972. 3. 31.) 등을 거쳤고 1986년부터 2년간 한양대학교 인문대학 국어국문학과에서 강의했으나 그만두고 현재는 소설 집필에 몰두하고 있다.

김현은 이청준의 소설을 '현실을 움직이는 힘의 원리를 탐색하는 정신주의의 추구'로 보면서 그의 세계관을 세 가지로 요약하고 있다. ①이곳에서는 삶의 의미가 없다 ②삶의 의미는 다른 곳에 있다. ③그러나 놀라워라, 다른 곳이 바로 이곳이다.(김현, 「떠남과 되돌아옴」, 「현대문학」, 1986, 12)

이것은 이청준의 소설이 타성에 젖어버린 일상의 삶이 아니라 '늘 추구하는 삶'을 이상으로 하고 있다는 말이 된다.

이청준의 작품세계는 형식적인 면으로는 직선적 구성을 지양한 입체적 구성으로 흔히 격자소설의 형식을 띠고 있으며 내용적인 면으로는 주로 생활과 예술, 혹은 이상과 현실 사이의 갈등과 고민으로 구성되어 있다. 생활과 예술, 이상과 현실의 갈등과 고민은 큰 두 갈래의 흐름을 가지고 있다. 곧 이청준 작품 경향은 작가 자신이 말한 자족적 존재의 양식(「남도사람」 연작)과 그 외, 곧 도회의 공동체적 삶의 양상을 다룬 언어의 본질, 사회적 기능 따위의 탐색(「언어사회학 서설」 시리즈, 「빈방」, 「소문의 벽」, 「이교도의 성가」) 정치적 상황이나 사회적 변혁에 대응하여 일반적 삶의 진정성과 숨겨진 세계의 비밀을 탐색해 보려는 작품(「황홀한 실종」, 「시간의 문」, 「비화밀교」, 「살아있는 늪」, 「자유의 문」, 「당신들의 천국」) 등의 두 가지 분류(이위발 정리, 문학의 토양을 이룬 반성의 정신, 이청준 에세이, 사라진 밀실을 찾아서, 월간에세이, 1994, 317 − 318쪽 참고)를 따르는 것이 좋을 듯하다. 이청준 소설 경향에 대한 다른 설명은 「퇴원」, 「나무 위에서 잠자기」, 「병신과 머저리」 등을 '자아탐색'의 문학으로 보고 「눈길」, 「임부」, 「귀향연습」, 「해변 아리랑」 등을 '귀향의식'으로, 「복수」, 「배반」, 「굴레」, 「공범」, 「마기의 죽음」, 「거룩한 방」, 「소문의 벽」 등을 '권력과 억압에의 저항'으로, 「줄광대」, 「과녁」, 「불 머금은 항아리」, 「매잡이」 등을 '현대문명의 거부'를 구현하는 것으로, 「선학동 나그네」, 「이어도」 등의 작품을 '신비적 공간의 구현'으로 나누어 보는 것이 있다. 그러나 대체로는 이청준이 말한 분류에서 크게 벗어나지 않는다. ①고향 체험의 소설, ②복고적 예술인을 다룬 소설, ③유토피아적 체험을 다룬 소설, ④언어의 사회학적 고찰에 관한 소설, ⑤산업사회의 문제를 다룬 소설, ⑥존재의 절대고독에 관한 소설, ⑦압제와 폭력의 상징성을 탐구한 소설로 세분한 경우(김종회, 유토피아 소설의 상상력과 현실의식, 어문연구 59.60 합본, 1988, 12, 387쪽 참고)를 예로 들어 보더라도 ①②③과 ④⑤⑥⑦로 대별된다. 전자는 고향, 이상향, 과거와 민족 정조 등을 다루고 있는 반면, 후자는 현대 사회 제문제를 짚고 있는 것들이다. 여기에서는 전자의 대표적 작품이랄 수 있는 「서편제」를 다루어보고자 한다.

2. 「서편제」의 작품 세계

「서편제」는 「소리의 빛」, 「선학동 나그네」, 「새와 나무」, 「다시 태어나는 말」, 「살아있는 눈」, 「눈길」, 「해변 아리랑」과 함께 소설집 『남도사람』에 실린 남도사람 연작의 첫 번째 작품이다. 「서편제」에서는 소리꾼 사내와 여동생을 떠났다가 다시 찾아오는 오라비의 추적 행각이 그려지고 「소리의 빛」에서는 의붓남매가 역시 전라도 장흥땅 산골 주막집에서 우연히 상봉하는 것을 그리고 있다. 구성은 「서편제」에 비해 단순하지만, 원한이 한이 되어 가는 과정, 그리움이 한이 되어 가는 모습이 잘 묘사된다. 주막집 주방에서 일하는 사람이 되어 묻혀 살아가는 장님 여동생을 찾아 우연히 그곳에 나타난 오라비는 그녀에게 소리를 청한 다음 자신은 북 장단을 들고 밤새도록 소리판을 벌인다. 소리에 관한 탐색이라는 주제는 「선학동 나그네」, 「새와 나무」에서 계속 이어지고 발전된다. 「서편제」나 「소리의 빛」의 후일담 형식으로 진술되고 있는 「선학동 나그네」에서 소리꾼 부녀는 30년 전의 모습으로 나와서 소리를 한다. 작품에서 눈먼 여인이 물없는 포구에서 학이 나는 모습을 볼 수 있다거나 학이 되어 사라진다는 것은 현실적으로 불가능한 일이어서 환상적인 형태를 띤다. 밀물 때를 잡아서 날마다 소리를 하는 그녀 덕분에 선학동은 옛날의 포구로 변했고, 그 포구에 다시 선학이 날게 되었던 것이다. 주막집 주인 남자의 말대로, 여인은 그 뒤 떠나갔어도 선학동의 학이 되어 항상 그 마을 하늘을 떠돈다는 것이다. 또 그것은 여인 자신의 희망이기도 했다.

「서편제」는 1976년 4월 「뿌리깊은 나무」2호에 발표한 단편 소설이다. 1993년 임권택감독에 의하여 영화로 제작되어 제31회 대종상 시상식에서 최우수 작품상을 수상, 한국영화 사상 관람객 100만이 넘는 미증유의 흥행 기록을 세우기도 하였었다.

이 소설에서 이야기하고 있는 것은 우리의 전통적 '한'의 정체와 '소리'의 문제로 집약된다.

먼저 이 소설의 줄거리를 살펴보도록 하겠다.

1. 소년의 어린 날, 소년의 어머니가 소리꾼과의 사이에 딸을 얻어 낳다가 죽음

2. 소년은 어머니를 죽게 한 의붓아비 소리꾼을 원망하면서 따라다님. 어느날 소년은 그 아비를 죽이려 하다가 차마 죽이지 못하고 떠남

3. 소년이 떠난 후, 소리꾼 사내는 어린 딸과 함께 떠돌아다니며 소리를 하다가 딸의 눈을 멀게 함.

4. 부녀는 부잣집 대감의 집에 거하게 되나 사내가 병을 얻게 되자 그 집을 나와 소릿재 주막에 거하게 됨

5. 사내는 죽고 딸이 소리를 하면서 주막을 지키고 딸이 그 곳을 떠날 즈음 부잣집 대감집에서 일하던 여자아이가 따라나와 딸을 돕다가 소리를 배움

6. 부녀가 떠난 주막에서 소리를 이어오던 여인 앞에 나타난 사내, 부녀의 이야기를 듣고 싶어함

여기서 6부분의 흐름이 현재이고 그 사이사이에 1에서 5에 이르는 과거의 이야기가 삽입되고 있다. 형식상 액자, 혹은

격자구성의 형식을 가지고 있는 이 소설의 주제는 우선 '한'의 문제이다. 그렇다면 누구의 한이 문제가 되는가. 바로 소리의 주체인 소리꾼 사내와 그 딸, 동시에 북을 잡아주던 오라비의 한이다. 1 부분에서는 소년(오라비)의 한을 알 수 있다. 아버지가 죽은 후, 어머니의 한을 듣고 느끼며 살아가던 소년, 마침내 그 어머니를 외간남자에 의하여 빼앗기고 마침내 사별하게 되는 일종의 오이디푸스적 경험 속에서 한을 갖게 된다. 한편, 소설 속에서 소리의 주체가 되는 소리꾼 사내와 그 딸 역시 한을 가지게 된다. 그것은 작품 속에서 뚜렷하지 않고 의혹 속에서 짐작하는 방식으로 그려진다. 소리꾼 사내는 표현은 하지 않지만, 정을 주었던 여인을 잃었고 그의 소산인 딸을 장님으로 만들면서 한이 쌓일 수밖에 없다. 소리를 위해 딸의 눈을 제 손으로 멀게 한 자의 한이 어찌 없겠는가. 다음으로 딸의 한. 이 작품이 비극이 되는 것은 소리꾼 아비의 외로운 죽음과 함께 그 딸의 실명 부분이다. 그리고 실명의 원인에서 야기되는 것은 아비에 대한 원한이 아닐 수 없다. 이는 위의 3에서 나타나는데, 아비가 잠자는 딸의 눈에 청강수를 찍어 넣었다는 것은 확인되지 않는다. 다만 딸이 나중에 여인에게 말한 것을 여인이 사내에게 들려주는, 전달의 전달 형식으로 나타날 뿐이다. 남에게 담담하게 그 이야기를 전한다는 것은 자기를 실명하게 한 아비에 대한 원한이 없음을 의미한다. 원한을 원한으로 만들지 않고 한으로 승화하고 다시 소리로 승화하는 것, 이것이 「서편제」 특유의 분위기를 연출해내며, 주제에 직결되는 요소가 된다.

'서편제'란 남도소리의 한 갈래이다. '남도소리'란 판소리 (긴 줄거리의 이야기를 한 사람의 소리꾼이 소리(노래), 아니리(말), 발림(몸짓) 등으로 감정을 극적으로 표현해가면서 고수(鼓手)의 북 장단과 추임새(고수가 내는 감탄사)에 맞추어 부르는 성악곡인 판소리는 느린 진양조, 중모리, 보통 빠른 중중모리, 휘모리 등 극적 내용에 따라 느리고 빠른 장단으로 구성된다. 그리고 슬픈 계면조(界面調), 화평스러운 평조(平調), 웅장한 우조(羽調), 씩씩한 설렁제(드렁조), 경쾌한 경드름(경조(京調)) 등은 판소리의 극적 내용의 희로애락에 따라 적절하게 가려 사용된다. 판소리 열두마당은 춘향가, 심청가, 수궁가, 흥보가, 적벽가, 배비장타령, 변강쇠타령, 장끼타령, 옹고집타령, 무숙이타령, 강릉매화타령, 가짜신선타령 등을 말한다. 현재는 이 가운데 춘향가, 심청가, 흥보가(박타령), 수궁가(토별가), 적벽가만 보다 예술적인 음악으로 가다듬어서 '판소리 다섯마당'으로 전승되었다. 여기에 '가루지기타령(변강쇠가)'을 포함시켜 '판소리 여섯마당'이라 부르기도 한다. 판소리는 1964년 중요무형문화재 제5호로 지정되어 있으며, 2003년엔 유네스코(UNESCO)가 선정하는 '인류 구전 및 무형유산 걸작'으로 선정되었다.)를 위시하여 단가 · 민요 그리고 일부 잡가와 노동요 등이 포함된, 경상 전라와 충청도 일부 지역의 소리를 일컫는 말이다. 한국의 소리 중 가장 뛰어난 것으로 알려져 있는 남도소리 가운데 정조 · 순조 무렵

8명창 중의 한 사람인 박유전의 법제를 표준삼아 섬진강 서쪽에서 부른 애절한 느낌의 계면조로 이루어진 소리를 특별히 서편제라 일컫는다. 이는 광주, 나주, 보성, 강진, 해남 등지에서 성행하였으며 이 지역들이 섬진강의 서쪽에 자리한다고 하여 서편제라 부르게 된 것이다. 이 소리제의 특징은 유연애절, 즉 부드러우면서도 구성지고 애절하며, 소리의 끝이 길게 이어진 이른바 꼬리를 달고 있는 점이다. 또한 계면조형의 가락이 많다. 이는 활달하고도 우렁찬 동편제와 좋은 대조를 이루기도 한다. 서편제에 어울리는 노래로는 '심청가'를 꼽고 있다.

그러면 이 서편제가 작품의 주제의식인 '한'과 어떠한 관계를 갖는가를 작가의 말을 인용하면서 살펴보도록 하자.

나는 남도 소리도 삶의 한 양식으로 이해하고 있습니다. 무슨 얘기냐 하면, 흔히 남도 소리의 핵심을 한이라는 것으로 이해하고 있는데, 한이라는 것이 삶의 과정에서 맺혀진 어떤 매듭, 옹이 같은 것으로 얘기될 수 있다면, 그 맺혀진 매듭, 옹이를 삶으로써 풀어 나가는 한 양식, 그것을 저는 소리로 이해하고 있거든요. 그렇게 본다면, 소리 자체가 삶의 또 다른 양상이란 말이에요. 그래서 말이 소리로 넘어간다는 것은 말이 우리 삶을 떠나서 의미를 잃고 말 자체의 질서 속으로 옹축되어 버린다는 것이 아니라, 오히려 그 삶과 더 깊이 연결지어지는 세계로 들어가는 것이 아닌가, 이렇게 이해를 하고 있습니다. '언어 사회학 서설'의 주인공이 도회의 삶에 끼여들지 못하고 방황하듯 남도 사람의 주인공도

시골의 삶에 융합하지 못하고 떠돎이 계속되는 것은 그가 원래 그 시골의 삶에서 쫓겨난 사람이며, 그래서 그 삶의 깊이에 도달하지 못한 까닭으로, 그것으로 다시 돌아가려는 노력의 과정이 계속되고 있는 셈이지요.

이청준, 「작가와의 대화」, 「신동아」, 1981. 10

그의 말처럼 그의 작품 속에서 소리를 하는 주체들은 하나같이 일상적 삶에서 유리된 삶을 살아간다. 일상에 젖어들지 못하고 부유하듯 떠돌아다니는 그들의 삶은 삶이 곧 한이라는 인식을 하게끔 한다. '시골의 삶에서 쫓겨난'(이를 영화 「서편제」에서는 소년의 어머니가 소리꾼과 함께 몰래 마을을 떠나는 것으로 설정함으로써 더욱 강조하고 있다) 사람들이 삶의 깊이로 되돌아가고자 하는 과정이 곧 소리라는 것이다. 소리를 하기 때문에 일상의 삶에서 유리되었는데, 그를 통하여 일상의 삶으로, 그 깊이로 되돌아가고자 하니 소리를 하는 주체들은 아이러니를 경험할 수밖에 없다. 그런데 그 주체들은 하나같이 구체적 개인이라기보다 불특정한 누구이다. '사내, 손, 주인, 여자, 노인......' 등, 인물들은 모두 구체적인 이름이 없는 상태에서 등장하고 있는 것이다. 그들만의 것이 아닌, 우리의 것으로서의 '한의 예술적 승화'를 위하여 이청준은 작중인물들에게 실명 부여를 하지 않았던 것이다. 이청준의 소설이 고향, 전통, 토속적인 것에 대한 관심으로 나타나는 것이 중요한 한 갈래를 차지한다고 할 때, 그가 소설에서 천착하고 있는 '소리'는 단순한 개인적 차원을 넘어서는 것이 된다. 그것은 우리 민족의 정체성이자 삶의 기반인 것이다.

한편 이 작품에 나타나는 소리의 전승 과정을 주의깊게 생각해 볼 필요가 있다. 작품 속에서 소리는 '소리꾼 사내' '소년'과 '장님이 된 딸' '식모살이를 하다가 딸과 같이 있게 된 여인'의 순으로 전승되어 간다. 문제는 그들의 소리가 같을 리가 없지만, 그를 듣는 모든 사람들이 소리를 같은 것으로 인식한다는 것이다. 심지어 소리를 하지 않는 소년(후에 사내)에게서까지 사람들은 그들의 소리를 듣게 된다.

> 그는 고개 위에 손이 모습을 남기고 있는 동안 하루 종일 그 고개 쪽으로부터 어떤 소리가 귀에 쟁쟁하게 들려오고 있었던 것만 같았다. 그것은 옛날에 들은 그 여인의 노랫가락 소리 같기도 하였고 어쩌면 사내 그 자가 한나절 내내 그렇게 목청을 뽑아내리고 있었던 것 같기도 하였다. 그런데 그 고개 위의 사내의 모습이 사라져 버리자 그의 귓가에서도 이제 소리가 문득 그쳐 버린 것이었다. (「선학동나그네」)

이는 한국의 소리가 면면히 이어지는 것임을 보여주는 것이 된다. 이때 그들의 소리를 듣는 사람들은 그것을 소음으로 듣지 않고 그들의 소리를 통하여 인생의 덧없음, 한을 알게 된다. 한이 어린 소리에 동화 내지 동일시되는 것이다.

박태순의 『어느 사학도의 젊은 시절』

1. 소설가 박태순

현대문학을 살펴볼 때 박태순이라는 작가를 떠올리기는 어렵지 않다. 뿐만 아니라 그가 비중있는 작가라는 사실을 부인할 사람은 거의 없다. 그러나 그럼에도 불구하고 그에 대한 연구평문이 씌어진 경우는 드물다. 이러한 현상은 김승옥이라든가, 서정인, 혹은 이청준을 염두에 둔다면 기이할 정도라 할 것이다. 박태순은 분명 이들과는 다른 방향으로 자신의 문학을 개척해 나갔기에 이들의 문학과 단순 비교하는 것 자체가 무리한 것일 수도 있다. 왜냐 하면 그 방향의 차이로 인해 문학적 성과의 차이 역시 달리 나타날 수밖에 없는 노릇이고 그렇기 때문에 단지 조명을 많이 받았다고 해서 그가 절대적으로 뛰어난 작가라는 결론도 맞지 않을 터이기 때문이다.

어쨌든 박태순은 끊임없이 창작생활을 개척해 왔고 비평가들의 조명을 받지 못한 채 어떻게 보면 외로운 창작행위를 멈추지 않았다. 그가 쓴 소설의 양도 만만치 않고 그의 작가

생활의 연륜도 깊어져 온 것이 사실이라면 그에 대한 정당한 평가작업은 때늦은 감이 없지 않다 할 것이다. 사실 박태순의 소설에 대한 정지작업이나 평가들이 제대로 수행되지 않아 그는 여전히 이질적인 존재로 남아있다. 그러한 이질성은 어느 정도 풀어내야 하고 그리하여 전체 문학사적 논의 속에 그의 소설들을 재정위시키는 것은 시급한 과제로 남아있다. 그러한 일환으로 나는 그의 초기소설을 정리한 바 있는데 그것은 그야말로 초기에 해당하는 것이어서 그의 소설 전체를 갈무리했다고는 할 수 없다. 본 논문 역시 그에 대한 본격적인 접근을 위한 정지작업의 일환으로 씌어졌다.

『어느 사학도의 젊은 시절』은 초기와 그 이후를 연결짓는 매듭에 해당하는 소설이다. 다시 말해 초기의 일정한 경향을 집약하면서 그것의 넘어서기를 노리고 있는 소설인 것이다. 따라서 이 소설은 그의 초기와 그 이후의 소설들을 연결해 주는 매개적 위상을 갖는 것이어서 박태순의 소설이 변화를 보이고 있다면 그 변화의 내적 맥락을 가장 분명하게 보여주는 작품이라 할 것이다. 확인해 본 바에 의하면 이 작품에 대한 본격적인 연구논문은 거의 없는 실정이다. '거의'라는 표현은 그야말로 수사적이어서 전무하다 해도 과언이 아니다. 작가 스스로는 심혈을 기울였음에도 그에 대한 접근 결과들이 전무하다는 사실은 우리 문학계의 눈에 보이지 않는 편향성을 극명하게 보여준다고 하겠다.

어찌됐든 이 작품은 작가의 변화의지에 의해 씌어졌고 그렇기 때문에 박태순의 소설세계의 실상을 동적 측면에서 파악할 수 있도록 해주고 있는 것은 사실이다. 그리고 이 작품이 한 작가의 초기를 결산하는 의미를 띠고 있다면 그의 전체 소설의 올바른 이해를 위해서도 그 위상을 자리매김하는 데 인색해서는 안될 것이다. 본고는 이렇듯 그의 소설세계의 한 매듭에 해당하는 『어느 사학도의 젊은 시절』을 분석해 봄으로써 그 작품이 갖고 있는 객관적 위상에 도달하려 한다. 그 위상은 두 가지 측면에서 검토할 수 있는데 그 작품이 그의 전체 소설 세계에서 어떠한 위치를 차지하고 있느냐 하는 것이 그 하나이고, 다른 하나는 객관적인 전체 문학세계에서 그것이 차지하고 있는 위상이 어떤 것인가 하는 것이다. 이 중 후자는 논란의 여지가 많고 해결해야 할 난제도 많기 때문에 그로 인한 아쉬움에도 불구하고 주로 전자에 입각해 논의를 진행해 보려 한다. 그렇게 하기 위해서는 일단 그의 초기소설에서 보이고 있는 경향이 무엇인지를 밝혀내고 그 경향 위에서 그것들이 이 작품에서 어떻게 극복, 혹은 변모되고 있는가를 검토해 보아야 하리라 판단된다.

2. 초기 소설의 경향 – 무지 혹은 절망의 미학

박태순은 1964년 단편 「공알앙당」이 사상계에 입상함으로
써 창작생활을 시작했다. 그의 60년대 중반에 씌어진 소설들
의 중요한 경향은 흔히 그에 대해 갖고 있는 일반적인 선입
관과는 달리 모더니즘적 기법이나 내용에 가깝다고 할 수 있
다. 모더니즘이 무엇이냐 할 때에는 논란이 제기될 수밖에 없
지만 일차적 특징은 도시체험, 혹은 도시적 상상력이라 할 것
이다. 도시라는 조건이 작품의 제일의적 특성이 되지 않으면
모더니즘의 형성자체가 불가능하기 때문이다. 이러한 도시성
에 기법에의 혁신이 가미될 때 모더니즘의 이차적 특성을 운
위할 수 있다. 박태순의 소설에서 이러한 경향을 섬세하게 보
여주고 있는 작품이 「동사자」이다. 이 작품은 의식의 흐름 기
법으로 씌어져 있어 당시에 박태순이 도시적 감수성 속에 짙
게 물들어 있음을 알 수 있다. 이러한 모더니즘 경향은 물론
50년대에도 장용학, 오상원 등에 의해 시도되어온 바이긴 하
지만 60년대에 이르러서는 그것의 본격성이 두드러지게 나타
난다고 해도 과언이 아니다. 그 대표적 존재가 김승옥일 터인
데 특이한 것은 박태순의 소설에도 김승옥의 소설에서 보이
는 모티프가 다양하게 변주되고 있다는 사실이다. 「동사자」
는 「서울, 1964년 겨울」에, 「서울의 방」은 「역사」에, 「이류」
은 「그와 나」의 구조적 모티프에 연결된다. 이것은 박태순이

김승옥의 아류라는 말이 아니라 김승옥이나 박태순의 문학적 출발점이 동일하다는 것을 말해 준다 하겠다.

이 시기 박태순의 소설에 보이는 의미구조는 서울에 대한 양가적 감정이다. 서울에 대한 애정과 증오가 그것인데, 그것을 잘 보여주고 있는 작품이 「서울의 방」이다. 이 작품은 서울과 방이라는 두 단어를 둘러싸고 그 구조가 형성되어 있다. 서술자인 나는 하숙을 옮기게 되어 이사를 다하고 나니 자신의 방에 걸려 있던 거울을 두고 왔다는 사실을 상기한다. 그래서 애인인 지온과 같이 그것을 찾아오기 위해 그 방을 다시 찾아가 보았으나 집기를 다 치운 방은 쓰레기 더미와 다름없고 장판 밑의 바닥은 썩어 문드러져 있다. 그것을 보고 나는 그 황폐함에 극심한 환멸을 느끼는데 그것은 자신의 삶의 터전이 사실은 황폐함에 불과했었다는 뼈아픈 자각 탓이다. 그래서 나는 가지고 가려던 거울을 (의도적으로!)두고 도망치듯 방을 빠져 나오게 되는데 그것이 의미하는 바는 서울, 혹은 서울 생활과의 전면적 단절에 다름 아니다. 나가 그 거울을 가지고 가려던 이유는 그 거울이 나의 계층상승욕구의 한 자극체였기 때문이다. 그 거울은 품질이 시원찮아 그것이 비추는 상을 일그러뜨린다. 일그러진 자신의 상을 바라보면서 나의 내부에서 피어오르는 것은 완전한 상에의 욕구이다. 그 것은 언젠가 보상받아야 할 서울 생활의 완결체, 곧 출세를 함축하고 있다. 그러므로 이 작품의 구조는 서울 생활에의 충실욕구와 서울에 대한 환멸 사이에 가로놓여 있다고 할 수 있다. 서울 생활에의 충실욕구란 바꿔 말하면 60년대를 서서히 장악해 가고 있던 사물화현상에의 함몰이고 세속적인 소시민의 세계에의 침윤에 다름 아니다.

박태순이 그토록 극복하고자 했던 핵심 주제는 이같은 소시민 의식이다. 소시민으로서 살아간다는 것은 세련되게 살아간다는 것이고 그것의 대척점에는 '의식있는 인간'이 자리잡고 있다. 그래서 이 시기 박태순 소설의 주제는 세련과 의식의 대립으로 나타나고 있다. 세련이란 박태순의 파악에 의하면 위선이다. 「서울의 방」에서 식모 윤실이가 자랑하는 것은 깨끗한 화장실이다. 이 깨끗함은 그러나 그 안에, 주인 부부의 잦은 싸움을 내포하고 있다. 인간관계의 따스함은 사라지고 그 위를 세련과 위생이라는 근대성이 덮씌워질 때 그것이 위선으로 보인다는 사실은 사물과 현상의 본질에 대해 천착하는 작가의 태도를 표상하고 있다고 할 수 있다. 박태순은 사회의 현상에 가리어진 본질에 집착하고 있는 것이다. 그러나 이같은 태도는 60년대 대표작가들의 일정한 경향과 그 궤를 같이 한다고 할 수 있다. 박태순 외의 여타작가들 역시 이러한 구조에서 크게 다르지 않기 때문이다. 그들 역시 서울에 대한 애정과 환멸을 동시에 공유하고 있는 것이다. 이들은 그러한 환멸에도 불구하고 서울 고수 방법에 모든 것을 걸고 있다. 서울이 그토록 환멸스러우면서도 그 서울을 떠나면 모든 것이 도로에 그칠 것 같은 조바심은 60년대 작가들의 공통된 태도이다. 그 태도가 그들로 하여금 소시민 세계의 허위가 환멸스러움에도 불구하고 그 허위의 현장을 떠나지 않고 그 현장의 진정성을 드러내는데 심혈을 기울이게 했던 것이다.

이들의 이러한 경향과 달리 박태순은 서울로부터 점점 멀어지려 한다. 그 단초를 이루고 있는 모티프가 친구 모티프이다. 말하자면 친구의 삶을 통해 자신의 삶을 바라보고 그리고 자신의 현재적 위치를 다시금 확인하고 그 위치를 비판하는 것이 친구모티프를 통해 이루어지고 있는 것이다. 친구모티브의 소설에서 나란 대체로 서울, 또는 소시민 세계의 부정적 측면을 체현하고 있는 인물이다. 그런데 소시민 세계를 그가 그렇게 벗어나려 하는 것은 단지 그 사회의 위선적 성격 때문만은 아니다. 그 위선적 세계는 돈을 매개로 하여 구성되어 있다는 인식이 보다 중요한 것이다. 그것을 우리는 앞서 밝힌 「동사자」에서 확인할 수 있다. 이 소설에서 중요한 것은 나이 든 노인이 추위에 몰려 동사한 것을 본 나의 충격이다. 그 충격이 자신의 삶 전체를 송두리째 부정하게 하였다는 점에서 그 정도가 어느 정도인가를 알 수 있게 한다. 그 충격은 동시에 작품의 기법에까지 영향을 미치게 했다. 이 작품의 중요한 기법은 의식의 흐름이다. 동사자의 발견이 자아의 의식을 온통 그 충격으로 물들여놓은 것이다. 다시 말해 충격적인 체험 또는 그 체험의 미숙한 소화가 세계를 하나의 공포로 바라보게 했다는 점에서 그 태도는 모더니즘적이다.

그가 동사할 수밖에 없었던 것도 돈 때문이다. 만일 돈이 있었다면 집이 있었을 것이고 섭취할 음식이 있었을 것이고 따라서 물질적으로 풍요로울 수 있었을 것이다. 그러나 돈이 없었기 때문에 그 노인은 죽었고 나는 그 죽음이라는 충격에서 헤어나오지 못한다. 이 작품의 주인물 세현의 직업이 고리 대금업자의 하수인이라는 사실은 따라서 의도적인 것이다. 그리고 동료는 구속되고 자신은 간신히 도망쳐 귀가하게 되는 것도 의도적이다. 그 모든 구성적 장치의 상징적 의미는 돈의 질서이다. 이렇게 돈에 의해 한 생명이 그 삶을 영원히 종식하게 된 것은 소시민 사회의 세속취미에 대한 단순한 비판과는 다른 접근을 요구하게 한다. 삶이 단순히 곤비한 것이 아니라 삶 그 자체가 문제될 수 있다는 것은 그 사회전체를 부정하게 될 근거가 된다. 박태순에 있어 소시민은 삶 뿐만 아니라 사회의 발전에도 전혀 도움이 안된다. 그것을 그는 「무너진 극장」에서 여실히 보여주고 있다.

「무너진 극장」은 박태순의 4.19경험을 집약해 놓은 것이다. 그것은 또한 우리 문학사에서 4.19현장제시의 유일하다 할 정도의 자료적 가치를 지니고 있다. 이 작품에서 나는 정치깡패 임화수가 운영하는 평화극장을 시위군중들과 함께 파괴하기에 여념이 없다. 그 파괴는 일종의 축제이어서 절망 저 깊숙한 곳으로부터 우러나온 환희의 성격을 띠고 있다. 그런데 그러한 파괴행위를 저지한 것은 정치깡패라거나 계엄군 따위가 아니라 바로 인근의 주민이라는 사실은 자못 아이러니컬하다. 그들이 데모대의 행위를 저지하는 이유는 극장이 불타버리면 자신들의 가옥이 그 불로 인해 사라진다는 것이고 그렇게 되는 것을 자신들로서는 결코 원하지 않기 때문이다. 바로 여기서 소시민의 소유의지가 발동되고 있음을 알 수 있고 이 소유의지가 사회를 변혁적으로 보지 못하게 한다는 것을 확인할 수 있다. 이 소시민 의식은 소유의지에 사로잡혀 자기 이외의 일에 대해서는 무관심하며 그것이 사회상층부의 부패를 온존시키는 근원적인 한계라고 박태순은 보고 있는 것이다.

따라서 친구모티프를 통해 서울을 벗어나려 한다는 것이 그의 소설세계에서는 일종의 필연이자 파격이라 할 것이다. 이 파격은 「뜨거운 물」에서 그 단초가 보이지만 보다 분명한 것은 「이류」에서일 것이다. 이 작품은 나와 친구 진땅과의 관계를 통해 소시민 사회를 비판하고 있다. 나는 삼류대학을 간신히 나와 소위 넥타이를 맨 선량한 시민이 되었고 진땅은 대학다닐 때부터 사회와 정치에 깊이 간여하다가 5.16 이후

엔 술집 작부의 기둥서방이 되어 그녀를 보호하거나 또는 적당히 뒹굴고 살아왔다. 그러다가 어느날부터는 나에게 와 돈을 빌어 가기 시작하는데 그것은 비단 나에게만 국한된 일은 아니었고 친구들 대부분이 경험한 터이지만 정작 중요한 것은 그 진땅이 갚을 생각이 전혀 없거나 돈을 빌림에 있어서 너무나 당당한 태도를 보이고 있다는 사실이다. 그것은 빌려주는 사람에게 항용 있을 수 있는 소유개념을 무시하는 것이었고 따라서 나 혹은 친구들과 진땅과의 대립은 소유와 존재의 대립으로 좁혀진다. 그것을 표상하는 언어가 생활의 울타리이다. 말하자면 나는 생활의 울타리 이쪽에 있고 진땅은 생활의 울타리 저쪽에 있다. 진땅이 그 구분 자체를 애써, 의식적으로 배제하려 함과 달리 나가 그것을 계속 주지시킬 수 있었던 것도 맨땅이 빌리고자 하는 오백원의 엄연한 리얼리티에 나는 자신이 있기 때문이다.

그러나 작품 결말에서 진땅은 놀라운 행동주의자라는 사실이 드러났고 나와 친구들은 그 진땅의 가치에 대해 다시금 인정할 수밖에 없게 되는데 그것이 의미하는 바는 천박함/고귀함, 소시민/자유인, 나, 혹은 친구들/진땅의 대립구조인 것이다. 이 구조가 말해주는 것은 전자의 후자지향이다. 말하자면 소시민 세계로부터 훌쩍 벗어나 행동과 자유의 생활에 닿고자 하는 염원의 표현이 이 작품이 의도하고 있는 근본방향이라는 것이다. 이제 이러한 의지로부터 박태순의 주인물들은 점차 떠돌이 생활에 접어들게 되는데 그 단초가 「도깨비하품」이고 그 확대가 『낮에 나온 반달』이며, 그 결정체가 「단씨의 형제들」이라 할 수 있다. 이 떠돌이 삶이란 실존주의적 용어로 말하자면 일종의 기투이다. 자신의 현재적 고통을 벗어날 수 있는 길은 미지의 세계에 대한 과감한 기투 없이는 불가능하다는 전제가 그 실존이라는 말 속에 내재해 있다.

그런데 이러한 떠돌이 모티프를 통해 그가 발견한 곳은 외촌동이었다. 떠돌이 생활을 하는 주요한 이유 중의 하나가 중산층의 소유개념에 대한 혐오, 또는 증오였다면 이 외촌동은 자신의 뿌리가 송두리째 뽑혔기 때문에 그러할 가능성이 원천봉쇄돼 있다. 그들의 생활에는 그러나 소시민 세계에서 볼 수 없는 묘한 낙천성이 있다. 이곳에는 정치를 안주삼아 하루의 피로를 터는 소시민의 '절실하지 않은' 생활이 없다. 「단씨의 형제들」에서 친구들이 온통 정치 얘기를 하고 있음에도 불구하고 단기호가 묵묵부답으로 일관하고 있는 것은 작가의 의도적 산물이다. 소시민들은 정치를 말하지만 근본적으로 그들은 개혁의지가 없으므로 그것은 결국 말장난에 불과하다는 인식이 거기에는 깔려 있는 것이다. 그래서 이 시기 박태순의 소설에는 정치에 대한 언급이 거의 나타나지 않고 있다. 왜냐하면 그것은 유식한 사람들이나 알고 있는 것이지 사회의 모든 부패를 고스란히 떠맡고 있는 하층민들에게게서는 결코 발견할 수 없는 것이기 때문이다. 유식한 사람은 교육을 받은 사람들이고 그래서 넥타이를 매고 살아가는 선량한 소시민이기 때문에 박태순은 결코 지식계급을 긍정하지 않는다. 그런 것에 대해서는 전혀 아는 바 없을 지라도 소유하려고만 들거나 배신하는 따위를 결코 하지 않는 하층민을 그가 발견해낼 수 있었던 것이다. 말하자면 박태순은 소시민 사회에서 깊은 허무감을 느끼고 그 해결책을 하층민들의 삶 속에서 찾고 있는 것이다. 그래서 이 시기 그의 소설에는 첫째 정치담론을 일삼는 소시민에 대한 극도의 혐오감을 내비치고 있고 둘째 하층민들의 무식함이 예찬되고 있다. 왜냐 하면 전자는 삶의 절실함이나 절대적 고통이 부재하기 때문에 쉽게 배신행위를 할 수 있는 반면에 후자는 사회의 모든 과부하 - 부패와 억압 등 - 로 짓눌려 있기에 그 삶 자체가 절대적 고통 속에 있으며 따라서 그것으로부터의 극복의지가 절실하고 그래서 진실할 수밖에 없겠기 때문이다.

그러나 박태순이 떠돌이 모티프를 통해 발견한 민중은 다분히 즉자적이라 할 수 있다. 「재채기」의 영감이나 「걸신」의 노걸대 영감 등은 박태순에 의해 예찬되는 인물이지만 그들의 역사적 위치가 다만 정태적일 뿐이어서 진정한 역사 발전을 구현하는 인물들은 아니다. 그럼에도 불구하고 이들의 즉

자적인 행위는 예찬된다. 그 이유는 앞서 말한 바처럼 그들이 소시민들처럼 쉽게 배신하지 않기 때문이다. 소시민들은 역사의 발전 동력이 아니라 역사의 발전을 가로막는 방해물이기 때문에, 다시 말해 자신의 이상을 배신할 뿐만 아니라 사회의 악을 온존시키고 측면지원하기 때문에 그러한 지식의 역기능으로부터 철저히 차단되어 건강한 생명력을 발산하고 있는 하층민에 심정적으로 가깝게 기울어지고 있는 것이다. 그래서 무식하지만 남을 속이지 않고, 사회의 모든 악을 떠맡아서 이 사회를 흘러가게 하는 하층민에 대한 예찬이 지배적으로 나타나게 된 것이다. 그들은 또 사회의 모든 악을 감당하고 있기 때문에 고통의 밑바닥에 있고 이 고통이 절망을 낳으며 '절망이 기교를 낳'듯이 그 기교의 절실함이 삶의 지혜로 떠오르게 된다. 여기서 박태순 특유의 무지 혹은 절망론이 나온다. 절망하지 않으면 진실한 삶이 불가능하다는 명제는 박태순이 도시의 노예적 삶에서 벗어나 진정한 자유를 구현할 수 있는 유일한 해결책으로 찾아낸 것이다. 『어느 사학도의 젊은 시절』이 나오기 전까지의 박태순 소설의 의미구조는 이와 같은 절망과 무지의 미학으로 구성되어 있다.

3. 지식인의 역할 긍정

『어느 사학도의 젊은 시절』의 주인공은 고왕만, 장지황, 김치삼, 이 셋이다. 이들은 모두 고아이거나 준고아의 위치에 있다. 이 고아의식은 박태순의 원체험적 요소이다. 그러니까 그의 소설의 근저에는 이 고아의식이 음각되어 있다. 그의 소설에는 『정처』라든가 『어제 불던 바람』, 또는 「홍역」, 「최씨가의 우울」, 『가슴 속에 남아있는 미처 하지 못한 말』 등과 같은 일련의 가족사소설이 등장한다. 하지만 『가슴 속에 남아있는 미처하지 못한 말』을 제외하면 대부분 그 가족은 파괴된 질서의 상태로 존재한다. 이것은 아마도 그의 뿌리뽑힘에서 비롯된 것이 아닌가 여겨진다. 그는 자신의 고향 황해도 신천에서 6.25에 의해 월남함으로써 보금자리로서의 고향을 상실했다. 이후 남한에서의 생활은 해방촌이 곧 난민촌을 의미하듯 난민의 삶 그 자체였다고 할 수 있다. 이 난민촌의 경험이 그의 외촌동 연작의 시발점을 보여주는 「정든 땅 언덕위」의 성과를 가능하게 했을 터인데 어쨌든 이 실향민의 처지가 그의 고아의식의 첫째조건이었다고 보여진다. 두 번째 그것은 구세대에 대한 저항의식에서 비롯되었다고 할 수 있다. 이미 60년대 비평가들이 50년대 작품과 비평에 대해 가열찬 인정투쟁에 돌입했음을 염두에 둔다면 이러한 고아의식은 비단 박태순에게만 국한된 성질의 것은 아니라고 할 수 있다. 박태순 개인에게 있어서도 일찍이 선우휘와의 신구세대논쟁을 통해 그러한 세대의식이 남다른 바 있음을 설파한 바 있다. 그는 사회의 부정과 모순의 실상을 신구세대의 갈등에서 찾고 있다. 말하자면 이 사회의 모든 악의 근원은 구세대의 무능과 타락에 있으며 반면에 젊은이는 그들에 의해 자신들의 세대의식을 상실하고 일찌감치 늙은이의 행태를 배워야 한다는 것이다. 세 번째는 동세대인에 대한 소외감이다. 그는 앞서 밝힌 바 있듯이 60년대 작가들과 세계관적 미학적 견해를 달리한 바 있거니와 4.19 이상의 역사적 단절은 결국 그들의 소시민 의식에서 나타난 필연적 결과라는 인식을 보이고 있는 것이다.

이러한 고아의식에 의해 이 작품의 세 주인물들은 모두 고아와 다름없는 조건에 결박되어 있다. 고왕만은 경상북도 금릉군 어모면 다남동에서 생부가 아니라 양부의 집에서 가난한 농사꾼 자식으로 생활하고 있었다. 그 자체가 이미 생부의 부재를 보여주고 있지만 그나마도 전쟁으로 인하여 그곳을 등질 수밖에 없게 된다. "전쟁에 대한 아무런 이해나 판단도 없는 한 소년"은 낙동강전투의 와중에 자기도 모르게 퇴각하는 인민군의 무리에 휩쓸려 3.8선을 넘어 북상하게 되었던 것이다. 그러다가 다시 행렬이 남쪽으로 쫓기게 되자 우연히 구월산 유격부대에 합류하게 되어 군생활을 하게 되는데 그때 얻은 넓적다리의 '지렁이가 기어간 듯한 파편 맞은 상처' 때문에 전남 여수시 신원동에 있는 제15 육군병원에 후송되어 거기에서 제대하여 서울로 올라오게 된다. 서울로 올라와 보았자 아는 이도 없는 천애의 고아여서 결국 병원에서 알게된 상이군인 최만택이 거하는 금호동의 정양원으로 가게 된다.

또다른 주인물 김치삼은 고왕만과 구월산 부대 동료로서 우연히 심인광고를 냈다가 고왕만을 만나게 된다. 그는 황해도 벽성군 대거면 절골(寺洞)이 고향으로 전쟁통에 부모형제와 생이별하고 황해 앞바다 창린도에서 지내다가 휴전이후 남한 땅에 발을 딛게 되었다. 그 역시 사고무친으로 의지할 사람 하나 없이 서울에서 남의집 부엌 아궁이를 고쳐주면서 고학을 하려는 성실한 학생이다. 반면에 나머지 한 친구인 장지황은 그의 할아버지 슬하에서 고아 아닌 고아생활을 하고 있다. 그의 부친은 한국사회에 염증을 느끼고 일본으로 밀항한 나약한 지식인, 혹은 사회주의자이다. 그의 할아버지는 오직 하나 남은 문중의 어른으로서 가문을 이어가기 위해 말을 듣지 않고 있는 손자 장지황을 설득, 후원해 가며 살고 있다. 그는 일종의 소봉가로서 부의 획득에만 관심이 있지 이상이니 자유니 하는 순수가치에 대해서는 관심이 없다. 장지황으로서는 이런 할아버지와 한지붕 밑에 산다는 것조차 인정할 수 없을 정도로 정신적으로 극심한 고아의 처지에 있다.

이처럼 이 소설에는 이전의 고아의식이 고스란히 내재해 있다. 이와 더불어 앞서 전 항에서 보았던 이전의 경향이 그대로 온존되어 있는 인물이 최만택이다. 최만택은 그의 외촌동 사람들 연작을 통해 매우 긍정되었던 인물군들의 특성과 일치한다. 뿐만 아니라 그의 사고방식은 기왕의 떠돌이모티프에 의해 씌어진 소설들, 예컨대 「단씨의 형제들」류의 작품들에서 지속적으로 내비쳤던 주제의식을 그대로 구현하고 있다.

밤이 되면서 나타난 최만택 앞에 고왕만은 무릎을 꿇고 앉아 있었다. 최만택은 철저히 그를 무시하였다. 분위기가 하도 딱딱하여 입을 열기가 힘들었지만 고왕만은 어째서 자기가 고등학교 보결입학하려던 생각을 포기하고 다시 정양원으로 돌아와 최만택에게 용서를 구하게 되었는가에 관해 설명하려고 애썼다. 아무것도 몰랐던 그가 제대하여 서울 올라와서 보고 겪었던 일도 이야기 하였고 김치삼, 장지황과 나누었던 대화내용도 설명했다. 그리고 북아현동 장시홍씨 집에서 주워들었던 이 세상 돌아가는 이야기, 그리고 그러한 과정에서 그가 무엇을 깨달았는지 말하고자 애썼다.

"형님 말씀이 옳았어요. 그래서 돌아온 거에요."

고왕만이 이렇게 간절히 말했어도 최만택은 여전히 침묵으로 일관하더니 한참만에야 입을 열었다.

"내 말이 옳고, 그래서 나한테 돌아왔단 말이지?"

"네, 정말 그래요."

"언젠가 너한테 그런 이야기를 한 적이 있었지 아마? 육군병원에서 내가 영어 에이 삐 씨 공부했었다는 이야기 말야. 일주일 안에 그것을 다 외울 수 있으면 영어를 공부하려구 했는데, 결국은 다 외우지 못했기 때문에 나한테는 공부할 재간이 없겠구나 하고 포기했었다는 말 말이야."

"네, 들은 적이 있습니다."

"나한테는 돌아갈 데두 없구 선택할 것두 없어. 이렇게 견디는 게 유일의 방책일 뿐이야. 그런데 너는 내 말이 옳다구 여겨져서 나한테 돌아왔다구 한단 말야. 그러니 내 말이 틀렸다고 생각되면 떠나갈 거 아니겠냐? 그러니까 내 이야기는 ..... 네가 돌아왔다거나 떠나갔다거나 그걸 따지는 게 아니야. 너는 절실하지 않다는 게야. 무언가를 선택하고 서로 비교하구 그리고 옳고 그른 것을 따지고 있단 말야. 즉 말하자면 이게 무식한 놈들이 처신하는 방식하고는 많이 다르단 것이야. 내가 너를 비난하자는 게 아니야. 네 말을 풀이해 보자면 그게 이렇게 된다 하는 걸 설명하구 있는 게다. 자, 그러나 그건 그렇다고 치자. 네가 과연 여기에서의 생활을 이겨 낼 수 있을까? 어떻게 따지자면 이거야말로 여간한 능력이 없으면 낙오하구 마는 생활일 텐데......?"

"저는 해 내겠습니다'"

"좋아. 찾아드는 놈 발길질해 쫓아 보내는 건 의리남아가 할 일이 아니겠지. 내가 벌이려는 사업두 있고 하니까 우선은 너를 지켜볼 게다

위 인용은 고등학교에 편입할 것인가 말것인가를 놓고 고민하다 몸담고 있던 정양원으로 다시 돌아와 최만택에게 자신을 받아들여 달라는 고왕만의 말을 듣고 해준 최만택의 말이다. 이 인용에서 먼저 눈에 띄는 사실은 최만택에게는 돌아갈 데나 선택할 것이 없다는 말이다. 이러한 삶은 이전의 외촌동사람들의 처지 그 자체라고 할 수 있다. 그들은 옳고 그

름을 선택하지 않는다. 그리고 가치판단도 하지 않는다. 단지 자신의 처지가 절실한 고통 속에 있고 오직 선택할 수 있다면 그 고통을 감수하거나 정면돌파하는 것 외에는 아무런 가진 것도 없는 처지가 그들의 삶의 조건인 것이다. 그것이 '무식한 놈들이 처신하는 방식'인 것이다. 「한오백년」에서 윤지노의 마지막 말은 외촌동 사람들의 말이라기보다는 오히려 작가의 말에 가깝게 들린다.

어느 쪽이냐 할 때, 그는 혼란된 세상을 살아가자면 자기 나름으로 일정한 태도와 일정한 법칙같은 것을 마련해 가지고 있어야 한다고 생각해 왔다. 그러나 그는 새삼스레 느끼는 것이었다. 자기의 그런 생각이야말로 그저 안온하게, 얌전하게, 이기적으로 살아가는 소심한 사람의 인생론에 불과했다. 정면으로 세상과 맞서서 용감하게 대처해 나가는 그러한 것과는 너무도 거리가 멀었다는 것을 느끼는 것이었다. 그 자신이 깜박 속아오고만 있었던 것처럼 생각되었다. 자질구레한 고민과 걱정거리, 비인간적인 가난으로부터 오는 위협, 무엇인가가 잘못되어 있는 것에 틀림없는 과도기적인 사회현상에서 느껴지는 불안과 노여움 ─ 이러한 것들로 인해서 그가 얼마나 괴상하게 옹졸한 인간이 되었는지를 깨닫게 되는 것이었다. 물론 그는 늙어 죽도록 저 따분하고 괴로운 현실의 밑바닥에서 벗어나지는 못할 것이다. 그것 때문에, 그것으로 인해서 자기가 파놓은 함정에 자기가 걸려들어 괴로워하다가 묘혈을 만들어 죽어버릴 것이다. 어쩔 수 없이 그럴 것이다. 그러나 그래서? 그것이 변명의 구실이 되는가? 그럴 수는 없다.

그는 마치 오랜 동안 정신적으로 노예의 상태에서 빠져 있으면서
도 그런 줄조차 모르고 있었던 것처럼 생각되었다.

위 인용에서 눈여겨 볼 곳은 '옹졸한 인간', '정신적으로
노예의 상태'란 구절이다. 이러한 상태는 작가 자신의 절실한
체험의 표현에 가깝다. 옹졸하지 않고 정신적 노예로부터의
벗어남이 박태순 인물들의 과제일 터인데 「단씨의 형제들」에
서 단기호가 밑바닥 생활의 수용을 위해 수치심을 극복하려
는 이유도 이와같은 맥락 때문에 나타난 것이다. 결국 박태순
이 외촌동을 찾아 나선 것도 옹졸하지 않고 정신적 노예로부
터 해방되기 위한 것이고 그것이 작가의 입장에서는 야성의
삶인 것이며 외촌동 사람들의 입장에서는 「걸신」의 노걸대,
「새벽외출」의 하층민의 생명력일 것이다. 그 하층민들의 결
정체가 최만택인 것이며 따라서 그의 앞서의 발언은 외촌동
사람들의 삶 그 자체라고 할 수 있다.

최만택은 전쟁으로 인해 한쪽 다리를 잃은 상이군인이며
결국 그는 자신을 받아들일 유일한 곳, 금호동 정양원으로 가
그의 삶의 터전을 세우게 된다. 정양원이란 상이자의 조직이
며 그 조직의 힘으로 그는 자신의 불행을 견뎌내고 있다. 그
들은 대체로 '2인조, 내지 3인조로 짝을 이루어 구걸, 내지
행상을 다니'거나, '의수를 휘두르고 지팡이를 무기삼아 사회

를 할퀴어 자기 삶의 자리를 간신히 마련하는 야바위꾼', 혹은 '극장 기도를 보아주는 자' 등등 사회의 밑바닥 인생을 구현하고 있다. 그의 외촌동 사람들 시리즈의 주인물의 형태를 그대로 띠고 있는 것이다. 그러나 보다 중요한 일은 폭력 청부를 맡는 일이다. 이들은 다동일대를 거점으로 삼고 다른 폭력조직으로부터 업소를 보호해주는 대가로 일정한 액수를 상납받고 있으며 나아가 정치적 연결고리를 만들어 정치단체의 하수인으로 전락하고 있다. 그 와중에서도 최만택만은 긍정적 인물로 그려져 있다. 최만택은 고왕만의 삶을 규정하고 그의 삶을 반성케하는 고왕만의 분신으로서 작용하고 있다. 그러한 점에서 최만택은 외촌동 사람들의 전형적 모습을 띠고 있다.

그러나 최만택이 이승만의 하수인이 되어 암살의 책임을 맡고 그것을 고왕만에게 하달하였을 때 고왕만은 지금까지의 정양원 생활을 청산하고 마침내 사학도가 되기로 작정한다. 이 작중 결밀의 돌연한 반어적 행위는 그동안 최만택이 보여 줘 왔던 긍정적 이미지를 여지없이 무너뜨린다. 그 파괴는 기왕의 소설에서 보였던 하층민들의 삶을 근본적으로 재고하게 하는 힘을 갖고 있다. 아닌 게 아니라 이전의 외촌동 주민들의 본질은 즉자성이라 할 수 있다. 그럼에도 불구하고 그들의 삶이 미화된 이유는 그들이 소시민적 세속성으로부터 멀찍이 떨어져 있었기 때문이다. 그러나 그렇다 할지라도 그들의 즉

자적 삶이 결코 미화될 수는 없는 노릇이다. 그 한계를 박태순은 이 작품에서 넘어서고 있는 것이다. '밑바닥 인생은 먹고 살기 위하여 주먹을 휘두르고 정치판에 뛰어들기도 하지만 공부깨나 한 놈은 선동과 증오심 불어넣어 엄청난 짓거리를 한다'는 최만택의 말이 긍정적 가치를 갖고 있음에는 틀림이 없지만 그렇다고 정권의 폭력청부를 맡아 돈을 받고 '절실한 삶'을 영위해 간다는 것은 그것이 아무리 절실한 것이라 할지라도 결코 미화될 수는 없는 것이다. 그것은 결국 고왕만을 그러한 타락을 위한 하수인으로 이용해 먹거나 전락시키는 것밖에는 되지 않을 것이다.

이러한 새로운 결론은 어느 정도 예견된 것이었다고 해도 좋다. 가령 「새벽 외출」이나 「정선 아리랑」과 같은 작품에서 작가라 할 수 있는 나가 하층민들의 삶을 찾아 떠돌아 다니다가 결국 돌아가야겠다고 다짐하는 것은 나는 결코 하층민이 될 수 없다는 것을 함축하고 있음에 다름 아니다. 아무리 지식을 부정하고 무식을 예찬하더라도 그들의 건강한 생명은 내것이 될 수 없다는 자각의 일단이 거기에 비쳐지고 있는 것이다. 그것은 바꿔 말하면 나란 결국 지식인이라는 자기고백에 다름 아닐 것이다. 지식인이란 현실 속에서 배신하거나 도피하지 않고 있는 그대로 진실을 보여주는 자라는 인식은 박태순의 근본적인 사고 내용이다. 그는 일찍이 자신을 소설가라기보다는 산문가라고 지칭한 바가 있다.

나는 소설가라기보다는 산문가(散文家)이었으리라 생각해 보는
적이 있는데, 과연 <산문가>라는 말이 있는지는 알 수 없다. 60
년대에 내가 <소설>을 추구하였다면 70년대 이래 나는 <산문>
을 추구하였으며, 그리고 소설을 산문의 한 갈래인 것처럼 여기
는 문학을 해왔는 바 거기에는 나름대로 그렇게 된 이유가 있을
것이다.

산문정신은 비유컨대 시정신과는 달리, 시대정신이라는 것, 총
체적인 현실이라는 것을 스승으로 삼는다. 이럴 때 소설은 소설
그 자체의 문학성을 존경할 이유는 없게 되며, <잘못된 시대속
에서의 올바른 삶의 추구>를 어찌 형상화해 내고 있느냐 하는
것에 얼마나 충실했는가에 의해 그 소설이 우선적으로 판별될 것
이라고 생각해 보는 것이다.

올바르지 않으면 아니 될 삶에 어찌 복무하느냐 하는 것이 급
선무이며, 좀더 구체적으로는 독재의 현실에 맞서 시대의 진실을
밝혀야 할 문학의 일로써 해야 할 것이 무엇이냐 하는 것이다.
<문학성명서>가 더 급하다면 그것부터 써야 할 일이고 잘못된
진상을 알리기 위해서는 현장 르포가 더 요청될 것이다. 그리고
소설은 삶을 왜곡 시키게 하는 시대의 굴레, 그 물적 토대를 밝
히는 정신 작업을 수행해 낼 것이 중요하게 되며, 그럴 적에라야
그 문학성을 채우는 것이 되지 않을까.

소설과 산문의 차이는 무엇인가. 그에 의하면 산문정신은
시대정신이고 총체적인 현실의 제시가 그 목적이다. 따라서

그 진실을 파헤치는 것이 어떠한 문학성보다도 앞선다고 볼 것이다. 이때 소설은 '도리어 희문(戱文)인 것처럼 보'인다는 진술은 문학적인 기교가 현실을 상대적으로 등한시하게 한다는 의미에서 마취적 성격을 갖고 있다고 할 수 있다. 그만큼 그에게 있어 삶이 중요한 것이고 그 삶의 진실이 일차적 가치를 지니고 있다고 보여진다. 그것은 그의 말에 따르면 '작가 — 작품 사이의 융통성 없는 직선, 또는 폐쇄적인 정직성의 통로에 닫혀져' 있는 형국을 보이게 된다. '현실이 메마르고 각박한 것을 속일 수 없는데 소설이 번질거리고 질척거리는 것은 도리어 거짓이며 속임수이며 방정'이라는 고정관념은 그의 작품에 기교를 제거하는 결과를 빚어내게 한 것이다. 그 진정성을 우리가 의심할 바는 없고 따라서 그의 소설적 노력이 진실 확보에 주어지고 있다는 사실은 그 미학적 논쟁 여부를 떠나 그 자체로 소중한 것이라 할 수 있다. 그러니까 중요한 것은 그가 자신이 지식인임을 마침내 수긍했다는 것이며 그 지식인의 역할이 진실확보에 있다는 것을 천명했다는 사실이다. 이러한 변화가 『어느 사학도의 젊은 시절』에 분명하게 나타나고 있으며 그러한 사실은 그의 소설에서 많은 중요한 변화를 이끌어오게 한다.

하층민의 단순한 긍정으로부터의 변화는 이제 그가 하층민을 즉자적인 존재와 대자적인 존재로 나눌 수 있다는 인식의 확대로 이어진다. 말하자면 고왕만도 하층민이긴 하지만 현실을 각성하는 하층민으로 그려지고 있는 것이다. 그와 더불어 중요한 사실은 정치담론이 전면에 등장하게 되었다는 사실이다. 그동안 박태순의 소설에는 정치담론이 풍성하게 펼쳐진 바가 없었다. 오히려 어느쪽이냐 하면 그것은 소시민들의 한가한 잡담에 불과했다고 할 수 있다. 예컨대 「단씨의 형제들」에서 단기호가 친구들과 만났을 때 그들의 정치담론이 술자리의 안주에 불과하다는 시각에 의해 그려지고 있다. 그러나 『어느 사학도의 젊은 시절』에서는 작품이 정치담론 그 자체라 해도 과언이 아닐 정도로 그것이 풍성하게 도입되고 있다. 그러니까 기왕의 그의 정치담론 부정은 그것이 단순히 소시민성의 메타포이기에 그러했던 것이고 기실은 누구보다도 정치적 현실에 민감했었음을 단적으로 보여준다 하겠다. 아닌게 아니라 그의 떠돌이 모티프 소설들은 그러한 현실을 보다 폭넓게 이해하고 그를 통해 진정한 자유에 도달하려는 의지의 결과라 할 것이다. 『낮에 나온 반달』에서 그가 추구했던 삶은 공민이 아니라 사민의 입장, 곧 김삿갓이나 김정호의 삶이다. 그것은 그 자체로 정치적인 행위인 것이다. 이처럼 박태순은 이 소설에서 정치현실의 총체적 진실 획득에 주력하고 있다. 그 정치담론의 내용은 대체로 52년 피란지에서의 발췌개헌에서 54년 사사오입 개헌에 이르는 구체적인 정치사의 성격을 띠고 있다.

이와 아울러 이 소설에서 눈에 띄는 변화는 지식, 또는 지식인에 대한 긍정이다. 이전에는 지식인이 먹물이라 치부되고 그들은 곧 배신과 동의어로 쓰이곤 했다. 그러나 이 작품에선 지식, 또는 지식인의 위상이 현격히 높아져 있다. 고왕만이 결국 최만택으로부터 벗어나게 된 것도 '도원결의'한 두 친구와의 현실읽기의 결과라 할 수 있으며 무엇보다도 이들 세 친구들의 현실 읽기는 책을 통해 끝없이 되새김질 되고 있다. 책이 곧 지식을 표상한다고 할 때 이 작품에서 세 젊은이들의 현실읽기는 헤럴드 라스키의 저서, 박지원의 허생전, 에리히 프롬의 소외론, 사마천의 사기, 까뮈의 승선개념, 삼국지, 서유기, 전몰용사 수기, 출판사에서 펴내는 각종 공민교과서, 심지어 신문에 이르기까지 수다한 지적인 도구들을 통해 이루어진다.

그러한 지식의 힘으로 그들이 지향하고자 하는 바는 자기 자신의 폐쇄성으로부터 끊임없이 벗어나려는 것이다. 따라서 그들이 제기하는 공통적 질문은 '이 세상이란 어떤 세상인가' 하는 것이고 동시에 '나는 어떠한 사회적 존재인가' 하는 것이다. 이것은 두말할 나위없이 지식인의 질문이다. 지식인이란 한 사회의 총체적 진실을 향해 나아가며 그러한 목적을 위해 끊임없이 자신의 삶을 반성해 내는 존재이기 때문이다.

김치삼이나 고왕만이 단순한 사건에 직면해서도 그것이 의미하는 바가 무엇인가 하고 질문을 멈추지 않는 것은 이제 그들이 지식인의 역할을 지니게 되었음을 보여준다.

지금까지 보아온 것처럼 『어느 사학도의 젊은 시절』에는 작가의 기왕의 하층민에 대한 고정관념이 수정되고 있다. 이 수정은 지식 혹은 지식인의 수용이다. 그런데 보다 특징적인 것은 이들이 원래 지식인의 물적토대인 소시민 계층의 인물들이 아니라 오갈 데 없는 하층의 고아출신이라는 점이다. 그것은 그가 찾은 외촌동 사람들로 하여금 역사의 주인이 되게끔 하려는 의도의 산물이다. 작가의 말에 따르면 민중이 바다라면 작가는 그 바다로 들기 위해 자맥질하는 존재에 불과하다. 그는 또 소설은 '하는 것'이 아니라 '되는 것'이라 생각하고 있기 때문에 이 작품에서 인물들을 여러 사건의 얽어맴에 의해 미학적 구성으로 제시하기보다는 그들의 삶을 가능한한 있는 그대로 제시하려고 하고 있다. 그것이 이처럼 상당한 시간이 지났을 무렵 '무뚝뚝하고 독자에게 불친절하며 어떤 면에서는 불편한 것이었음을' 아프게 성찰하고 있다.

4. 현실과 이상의 통일의지

『어느 사학도의 젊은 시절』에서 일단 방향전환이 이루어진 이상 이 작품에는 현실의 총체적 진실이 마치 르포르타지처럼 제시되고 있다. 그리고 인물들은 고통스런 전후의 현실 속에서도 이상국가의 개념을 구체적으로 정립하기 위해 고심한다. 물론 이러한 이상국가의 제시 의지는 단편 「신생」에서 이미 그려진 바 있다. 그것은 그러나 그의 일관된 작품 경향이라 할 수 있는 외촌동 사람들 시리즈와 무관하게 이루어진 것이고 따라서 말하자면 동화적 삽화에 해당한다 할 것이다. 그러한 추상적 가치가 『어느 사학도의 젊은 시절』에서는 한 시대를 살아가는 구체적이고 소외된 인물들에 의해 진지성을 동반한 채 그려지고 있다. 그러나 구체적 실상을 두고 말하자면 박태순의 기왕의 소설에는 현실의 올바른 방향제시에 대해서 그다지 관심을 기울인 것은 아니었다. 어느 쪽이냐 하면 현실의 올바른 방향제시보다는 소시민성을 벗어날 수 있는 민중적 건강함 쪽에 가까웠다는 것이 보다 정확할 것이다. 그것은 그가 발견한 민중들이 대자적이지 못하고 즉자적인 한계를 보이고 있다는 데에서 확인해 볼 수 있거니와 그의 떠돌이 모티프 소설 역시 소시민성으로부터의 자유획득에 보다 근접해 있다고 할 수 있기 때문이다. 그렇다는 사실은 그의 친구모티프 소설에서의 그 친구가 실상은 자신의 자아이상, 혹은 분신에 다름 아니라는 사실을 환기시켜 준다. 그의 이전까지의 소설은 따라서 자유주의자의 자유 추구라는 한정된 성격을 갖고 있다.

그러나 『어느 사학도의 젊은 시절』에서는 이같은 양상이 변모되어 나타나 있다. 이 작품에서 세 젊은이는 단지 즉자적인 존재가 아니라 현실체험으로부터 자신을 성찰해 내는 대자적 존재로 그려지고 있으며 그 성찰에 필요한 지식, 혹은 지식인적 요소를 자신의 삶의 주요한 부분으로 수용하고 있는 것이다. 그들은 단순히 자신의 자유만이 아니라 사회적 자유를 사고한다는 점에서 그가 추구해 마지않는 총체적 현실에 닿아 있다. 기왕의 그의 소설세계와 다른 『어느 사학도의 젊은 시절』이 내포하고 있는 변모양상의 중요한 하나는 앞서의 지식인의 긍정과 더불어 이상에의 지향성을 현실 속에서 보여주고 있다는 점을 들 수 있다.

그들이 발견한 현실은 크게 세가지이다. 그것은 정경유착, 소시민의 이기심, 정치조직의 부패로 나타나 있다. 이는 각각 장지황, 김치삼, 고왕만의 경험에 대응된다. 정경유착은 일종의 소봉가가 된 장지황의 할아버지가 정치인들과의 유착에 의해 부를 증대시켜 나가는 것을 통해 보여주고 있고 소시민의 이기심은 김치삼의 고학생활을 통해, 그리고 정치조직의 부패는 고왕만이 소속된 정양원의 실체를 통해 드러내고 있다. 이러한 묘사를 통해 당시의 시대적 특징이 앙시앙 레짐 시대로 규정되고 있다. 그것은 해방기의 활발한 정치참여가 이제는 소멸되고 오직 부패와 폭력과 눈치보기에 의해 이승만 정권이 강화된다는 뼈아픈 현실을 축약적으로 보여주고 있다.

그러한 현실을 극복하기 위해서는 하나의 파라다임이 설정되지 않으면 안되는데 그들은 그것을 박지원의 허생전, 보다 구체적으로는 공도(空島)사상에서 찾고 있다. 그러나 그것은 현실과 유리된 관념적인 것에 불과하다. 그것은 무엇보다도 농경사회적 이상국가에 불과하기 때문이다. 그래서 그들은 그러한 이상국이 현실 속에서 어떻게 변형되어야 할 것인지에 대해 고민하기 시작한다(공도에 현실성을 담보하기 위해 그들은 공도공화국이라는 표현을 즐겨 쓴다). 그들이 설정한 '유토피아란 독특한 현실의 반영으로서의 보다 정돈된 현실'을 함축하고 있기에 단순한 관념과는 차원이 다르다. 그래서 한반도에서의 유토피아란 첫째, 통일된 한반도 위에서 세워져야 하며, 둘째, 영구평화가 국시로 되어야 할 것이며, 셋째, 공도공화국은 어떠한 압제도 없는, 만인의 자유를 영원히 보장해야 할 것이라고 규정한다. 그러나 그것이 정착될 리는 없고 보다 구체적인 대안으로 헤랄드 라스키류의 영국노동당의 파라다임을 제시한다.

"그렇다면 헤롤드 라스키의 처방은 무엇이냐?"
하고 김치삼이 물었다.

"그는 영국적 개량주의자로서 이성의 힘을 믿고 싶어 해'"

"우리 처지와는 물론 다르겠군."

김치삼이 말했다.

"개량주의자가 뭐냐?"

고왕만이 부끄러움을 무릅쓰고 이렇게 물었다.

"피해를 내지 않으면서 사회개혁을 원하는 사람이지."

"하지만 그말은 부정적으로 쓰이던데?" 김치삼의 물음.

"그건 또 왜?" 다시 고왕만.

"그렇지만 라스키는 영국적 리버럴리즘의 전통에 서있기도 해. 그 영국놈적 자유가 감명을 주어 나 또한 감명을 받기는 하였지만....라스키가 말하는 자유와 자유당에서 말하는 자유가 어떻게 다른지 한번 읽어보렴."

"하지만 라스키의 처방은 우리에게 직접적인 도움은 안된다면서?"

하고 김치삼이 물었다.

"그건 그래. 우리의 이상주의는 우리의 손으로 만들어져야 하니까. 우리의 유토피아는 우리가 만드는 거다."

"우리의 유토피아?"

"그래, 그건 우리가 만드는 거다."

"어떻게?"

"만들어 볼까? 우리가 구체적으로 말야."

갑자기 장지황은 진지한 표정이 되었다.

"무엇을 말이냐?"

김치삼은 장지황의 말을 채 이해하지 못한 채 반문했다.

"무엇은 무어야? 우리의 유토피아 말이지. 가만 있자, 그 유토피아에 이름을 달아줘야 하겠군"

"뭐라구?"

"가만 있자…… 연암 박지원의 한문 소설 『허생전』을 보면 거기에 공도(空島)라는 게 나온다. 허생은 공도에다가 농경사회적 이상국가를 세우고 있거든. 그래, 그렇게 하자. 공도 공화국이라 하자."

"공도 공화국?"

"그래 우리가 공도공화국이라는 유토피아를 구상해 보는 거다……"

세 소년이 그들의 공화국을 꾸며 보게 되는 일이 그렇게 하여 일어나게 된 것이었다. 물론 그들은 반(反)국가단체를 구상해 보고 있는 것은 아니었으며 따라서 그것은 범법 행위는 결코 아니었다. 소년의 마음 속에 자리잡기 시작한 희망이나 꿈, 이상과 보다 나은 삶에의 추구가 범법 행위일 리 없듯이….

이러한 파라다임은 서술자에 의해 수시로 비판받고 있기는 하지만 그것이 하나의 대안으로서 작용하고 있음은 엄연한 사실이다. 그것은 김치삼이 개헌의 혼란 속에서 최부억씨로부터 들은 건국초기의 헌법초안에 대한 상념을 통해 드러난다. 건국초기의 헌법 초안에서 토지와 대생산기관을 국유화하고 경제의 균점을 역설하고 교육을 국가에서 맡는다는 등의 내용이 그토록 강조되고 있는 것도 바로 영국 노동당, 구체적으로는 헤롤드 라스키의 자유론에 연결되어 있기 때문에 그러한 것이다. 이러한 파라다임 제시는 박태순 소설세계에 있어 파격적 진전이라 할 만하다. 그의 사고는 기본적으로 한시대의 인식론적 방해물, 말하자면 반공 이데올로기에 굳게 사로잡혀 있었기 때문이다. 그러한 사정은 70년대에도 변함이 없을 터인데 그의 이러한 진전은 그의, 삶에 대한 치열한 반성이 어느 정도인지를 말해 준다 하겠다. 그가 현실과 삶에 대해 치열하게 반성한 끝에 도달한 파라다임이 민족사회주의국가라는 점은 아무리 강조해도 지나치지 않다. 완벽한 평등의 세계란 존재한 적도 없고 존재하지도 않는다. 그러나 소유개념에 집착된 사회는 병든 사회를 확대 재생산한다는 점에서, 비록 영국적 전통에서일지라도 한 사회의 진로를 찾아내려는 그의 노력은 그의 소설세계에서 불가피했을 것이라 보여진다.

그러나 이 작품은 평등에 무게 중심을 둔다기보다는 자유쪽에 현저히 기울어지고 있는 특징을 보이고 있다. 그의 떠돌이 체험 모티프에 의해 그가 기본적으로 자유주의자인 것을 우리는 재삼 확인할 수 있었거니와 그러한 사정은 이 작품에도 예외가 아닌 것으로 나타나 있다. 이 세 젊은이들은 자유당의 자유와 헤롤드 라스키가 말하는 자유가 어떻게 다른지를 현실 속에서 검증하려 하고 있으며 따라서 당면 문제는 자유민주주의을 '어떻게 제대로 소화시키고 정착시키느냐 하는 문제가 이 분단된 한반도의 남쪽에서 실험되어'야 할 핵심문제로 파악하고 있다. 그런데 당시의 자유민주주의는 미국에서 수입된 것이었고 실험되고 있었기 때문에 현실적인 자유는 영국적이라기보다는 미국적인 것에 가깝게 전개되고 있다.

어차피 6.25전쟁 다음에 올 시대, 그러니까 포스트 워 ─ post war ─ 라고도 하고 아프레 게르라고도 하네마는, 하여튼 그런 차후 시대를 전망하자면 우리가 남한땅에서 이룩해야 할 것이 무엇인지 자명하게 보이는 것일세. 지난번 한미 상호 방위조약이니, 한미 합동 경제 위원회니 하는게 체결되기도 했지마는 이 남한은 미국의 강력한 정치, 경제, 군사, 문화의 영향 하에 놓여 가지고 하나의 새로운 시험무대로 제공되어진 거야.

그게 뭔고 하니 미국이 개척시대에 만들어 놓은 저네들의 민주주의를 이 땅에 정착시키게 될 그러한 실험이 되는 걸세. 이 미국적 민주주의라는 건 단점도 많지만 우선 우리에게는 그것을 제대로 받아들일 필요가 있는 장점도 있어.

특히나 조선 왕조의 극단적인 봉건 사회의 질곡에 시달리고 일본 군국 치하에서 시달렸던 우리 백성들에게는 이 민주주의가 진일보한 진보적인 사상이며 정치제도인 것만은 단언해도 좋아. 그러니 이 민주주의를 어떻게 제대로 소화시키고 정착시키느냐 하는 문제가 이 분단된 한반도의 남쪽에서 실험되어지는 것이겠지. 자유 민주주의는 정당 정치를 뜻하고 선거에 의한 평화적인 정권교체의 가능성을 전제로 하는 걸세. 그런데 우리에게는 이 조건이 여간 충족되기 어려운 게 아니거든. 국민들의 차원에서도 어렵지만 그보다는 통치자의 입장에서 더욱 어렵단 말야. 그걸 잘 느끼고 있기 때문에 자유당과 같은 정당이라기보다는 하나의 특권조직과 같은 것도 생겨나고 부산 정치파동도 일어난 거야.

자, 그럼 이야기를 다시 정리해 보세. 휴전 이후의 남한은 자유 민주주의의 실험무대가 된다, 그러니 우리로서는 이 자유민주의를 최대한도로 잘 정착시킬 필요가 있다, 그러기 위해서는 민주주의적 제도를 확립시켜야 하는데 자유당은 그러한 제도를 실천에 옮기기 위한 정당의 기본적 기능을 발휘하지 못하게 되어있다고 하면 이게 어찌 되겠느냐 하는 걸세."

최부억씨는 답답하다는 듯한 표정을 지었지만 김치삼은 미처 무어라고 반응을 나타내지 못한 채 가만히 앉아 있었다.

"이승만 박사가 지금이라도 민족을 생각하는 입장이라면 자유당을 키우려 하지 말고, 지공무사(至公無私)의 심정에서 8.15때처럼 거국내각을 꾸며 가지고 이 폐허더미로 화한 현실을 모든 면에서 재건하고 복구해야 하는 걸세. 이것이 그에게 남겨진 역사의 과제인 거야. 그런데 그것이 안되고 있으니 더더욱 장래를 점칠 수 없고, 이 현실이 딱하기만 한 걸세...."

그러니까 공도공화국과 마찬가지로 헤롤드 라스키류의 자유주의는 아직은 이상적인 것에 불과하고 현재 뿌리내리고 있는 미국식 자유주의가 50년대 현재 우리가 풀어야 할 당면 과제로 제시되고 있는 것이다. 이것은 박태순이 현실의 일면적 진실을 있는 그대로 수용하려 하기 때문에 빚어진 것이다. 현실은 민중처럼 바다와 같아서 그것은 내가 거기에 가까이 가야 할 대상이지 나의 의지에 의해서 쉽게 변모될 것이 아니다. 그런 점에서 박태순은 엄정한 리얼리스트이다. 이는 물론 당대의 반공이데올로기의 압도적인 영향을 반영하고 있는 것이기도 하다. 그러나 그렇게 될 경우 그의 이상은 점점 더 멀어진다. 인용문의 마지막 부분처럼 현실은 점점 이상과 멀어지고 주체가 느끼는 감정은 허탈감에 가깝게 기울어지고 있는 것이다. 다시 말해 50년대의 남한은 미국의 강력한 영향하에 놓여 있고 미국의 강력한 정치, 경제, 군사, 문화의 중요한 시험무대가 되고 있으므로 그것의 핵심인 민주제도의 도입이 불가피하다 할 수 있는데 미국식 자유민주주의가 뜻하는 바가 정당정치와 선거에 의한 평화적인 정권교체라면 당시의 사회에서 이것의 실현이 거의 불가능에 가깝다는 사실은 주체들에게 단지 허무의식만 심어줄 뿐이라는 사실이다.

이러한 사실에서 우리가 이해할 수 있는 것은 당시의 시대적 정황에서 어떠한 제도도 성공할 수 없었다는 것, 어떠한 제도도 김치삼, 장지황, 고왕만 등과 같은 각성된 존재에 의해서만 실현가능하다는 것, 그리고 그렇게 각성된 존재들이 지향할 이상은 영국노동당의 파라다임이라는 것, 그것의 한국적 토양을 48년 헌법 초안에서 찾을 수 있다는 것 등일 것이다. 왜 이렇게 이상을 지향하다가 미국식 자유민주주의라는 현실로 갑자기 급전직하하게 되는 것인가? 그것은 박태순이 이상과 이념을 분리하여 생각하고 있기 때문이다. 그에게 있어 이념이란 반공이데올로기나 사회주의 이데올로기일 뿐이어서 만약 그것들이 사회개혁에 방해물로 존재한다면 그러한 오염된, 또는 현실오도적인 것과 자신의 이상 구축은 달라야 한다고 생각했기 때문이다. 그러나 사회란 이데올로기적인 것이고 어느 누구도 이 이데올로기에서 벗어날 수 없다. 벗어날 수 없는 것을 벗어나려 했기 때문에 그의 이상국은 순수하지만 그만큼 진공상태가 될 수밖에 없는 것이다.(그가 말하는 이상은 사실 이데올로기의 하나라 할 수 있다. 그가 그럼에도 그것을 이상이라 한 것은 이데올로기에 대한 인식의 결여도 있지만 이것을 뒷받침하고 있는 물적 토대 – 민중적 역량 – 에 대한 인식이 진전되지 않았기 때문이라고 할 수 있다.) 진공 상태란 어느 한편에 기울지 않는다는 것을 의미하므로 – 위의 최부억의 지공무사라는 표현이 말하는 것처럼 – 그것이 공정성에는 크게 기여하지만 현실관련성은 그만큼 멀어질 수밖에 없다. 그렇기 때문에 이 작품에서 인물들의 현실이해는 변혁을 동반하지 않는 정태적인 것으로 나타나고 있다. 고왕만이 작품 결말에 사학도가 되고자 하는 것은 마치 행동처럼 보일 수도 있지만 그것 역시 현실 이해의 범주안에 있는 것이라 할 수 있다. 그것은 그렇기 때문에 그의 이데올로기가 자유주의에 가까움을 말해 주고 있다. 그 자유주의는 현실 속에서 무력할 수밖에 없고 따라서 그의 이상국은 공도공화국에서 영국노동당의 파라다임으로, 그것이 다시 미국식 자유주의로, 그리고 그것의 현실적 불가능에 의한 허무주의로 계속 하향하게 되는 것이다.

어쨌든 비록 그렇다 할지라도 이와 같은 이상 개념은 박태순의 기왕의 소설에서 찾아볼 수 없었다는 점에서 이전의 소설들과 변별되는 『어느 사학도의 젊은 시절』만의 특징이라 할 것이다. 동시에 이 특징은 80년대 노동자문학의 시대를 만나면서 또다시 굴절을 겪게 된다는 점에서 매개적이자 과도기적 특징을 띠고 있다고 할 수 있다.

5. 마무리

지금까지 나는 박태순의 『어느 사학도의 젊은 시절』이 갖고 있는 위상을 점검해 보았다. 박태순의 초기 소설에서 보이던 일정한 경향이 이 소설을 계기로 하여 진일보한 모습을 띠고 있다. 박태순의 초기작품들을 일별해 보았을 때 확인할 수 있었던 것은 서울에 대한 애증이라는 양가적 감정이었다. 그것이 애정이라는 사실은 그가 본질적으로 도시적 삶을 살아왔다는 데서 기인한다. 그 삶은 그에게 하나의 매력으로 작용하고 있다. 다른 한편 그것은 또 증오의 대상이기도 하다. 왜냐 하면 그곳에선 돈을 중심으로 한 냉혹한 질서가 인간을 비인간화시키고 있기 때문이다.

그로부터 박태순의 문학은 서울 벗어나기의 형태를 보이고 있다. 그것은 첫째, 소시민적 삶과 단절하기 위한 것이고 둘째 건강한 삶과 현실에 대한 보다 진실된 이해에 도달하기 위한 것이다. 그로 인해 그의 소설에는 떠돌이 모티프가 편재되어 있다. 그 떠돌이 모티프의 계기는 친구모티프를 통해 드러난다. 친구는 작가 또는 주인물의 분신이다. 그를 통해 자신의 소시민성을 극복하고자 하는 것이다. 그런데 그 친구가 보여주는 행위의 특징은 행동주의고 떠돌이 삶이다.

이렇게 해서 떠돌이 모티프를 통해 그가 도달한 곳은 외촌동이었다. 그곳은 세상의 막다른 곳이고 서울의 외곽지대에 놓여 있다. 그들은 경제개발정책의 희생자이면서도 현실에 대해 변혁적 자세를 갖추지 아니한다. 다시 말해 그들의 삶은 즉자적인 형태로 구성되어 있다. 그러한 형태로 구성된 이유는 박태순의 지향세계가 현실적 세계라기보다는 존재론적 자유의 세계이기 때문이다. 그는 유식보다는 무식을 예찬하고 무식할수록 소시민성의 오염으로부터 멀리 벗어나 있다고 판단한다.

여기까지가 1970년대 중반까지의 그의 초기소설의 의미구조적 일경향이라 할 것이다. 이러한 경향은 『어느 사학도의 젊은 시절』에 와서 변형된다. 이 작품에는 무식하나 건강한 사람이 예찬되는 것이 아니라 무식한 사람이 악에 쉽게 결탁될 수 있다는 것을 보여줌으로써 지식, 혹은 지식인의 역할과 기능을 긍정하고 있다. 이같은 양상은 이전의 소설에서는 찾아볼 수 없었던 요소이다.

두 번째로 변별되는 것이 이 작품에서 현실이 총체적으로 그려지고 있고 그에 의해 이상에 대한 정립의지가 그려지고 있다는 것이다. 기왕의 그의 소설에서는 현실의 총체보다는 단편이 선호되고 있었음은 부정할 수 없다. 그 이유는 전체를 보기 위해서는 지식이 일정부분 기여를 해야 하는데 지식은 곧 배신이라는 등식이 앞서 있었기 때문에 그것은 불가능한 것이었다. 그러나 지식의 사회적 힘에 대해서 일단 긍정하자 그의 소설에는 현실의 총체상이 마치 르포르타지처럼 전개되고 있다. 현실의 총체상 탐구는 불가피하게 이상을 추구하게 하기 마련인데 이러한 이상이 과거에는 단지 즉자적 현상, 즉 민중의 건강함에만 초점이 맞춰져 있었음에 비해 이 작품엔 한 사회의 미래가 염두에 두어지고 있다.

이와 같은 특징들은 『어느 사학도의 젊은 시절』이 그의 소설세계에 있어 중요한 결절점을 형성하고 있음을 보여준다. 이 작품에 대한 이해의 선행은 그의 후기 소설을 이해하는데 중요한 디딤돌 작용을 하리라 생각된다. 이 작품은 또 소설적 재미를 제공하고 있지는 않지만 성장소설의 형식을 통해 한 사회의 치밀한 복원에 기여하고 있다는 점에서 문학사적 가치를 지닌다고 할 수 있다. 그것이 소설적 의장을 갖췄다면 금상첨화였을 것이란 아쉬움은 그러나 여전히 아쉬움일 수밖에 없겠다.

1. 황석영과 70년대

황석영의 소설은 근대화의 과정에서 발생한 뜨내기 인생들을 형상화하면서 인간과 노동이 관계맺고 있는 소외현상에 주목한 대표적인 작가이다. 물론 이러한 현상에 주목한 작가가 비단 황석영 뿐만은 아니었으나 황석영만치 그들의 삶을 긍정하고 그들에 깊이 동화된 작가도 드물다. 황석영 소설에는 강한 남성성이 각인되어 있는데 그 속에는 소유의식이라든가 허위의식을 배척하면서 사회적 약자에 대한 연대감의 확보, 위선적 구조의 타파, 소수의 기득권에 대한 비판 등이 내재해 있다. 이러한 비판이 가능하게 된 것은 그가 항상 길위에 있는 존재였기 때문이다. 집없음과 길위에 있음, 그리고 결코 집에 이르지 못함이라는 황석영 소설의 기본 구조는 그로 하여금 집을 둘러싼 보수주의의 함정에 함몰되지 않도록 하는 제동장치였던 것이다.

황석영은 소설 「객지」를 씀으로써 그의 문학적 출발을 알렸다. 이 작품은 70년대 초반 평화시장 내에서의 열악한 노동 환경을 절규하다 죽어간 전태일을 염두에 두고 씌어졌다고 전해진다. 그럼에도 불구하고 「객지」에서 그려진 세계는 전태일과 같은 조직노동자의 삶의 세계는 아니다. 이 작품에 등장하는 인물들은 모두 뜨내기 삶, 다시 말해 부랑노동자의 형태를 보이고 있다. 「삼포가는 길」, 「낙타누깔」, 「몰개월의 새」 등 그의 대표작이라 할 수 있는 이들 소설에 등장하는 인물들이 대개가 이처럼 떠돌아 다니는 인물들로 채워져 있다. 이 것은 위에서 말한 집없음과 길 위에 있음이라는 그의 소설의 구조적 특징과 관련될 것이다. 이것은 또한 그의 떠돌아다니던 삶 자체와도 관련이 있다.

우리 문학사에서 이러한 부랑노동자의 출현은 박정희 정권의 등장과 함께 시작한 근대화에서 비롯된 것이었다. 근대화가 의미하는 잘 살아야 한다는 논리는 도시와 농촌의 분리를 가져왔다. 낙후된 농촌으로부터 벗어나 도시로 도시로 향도이촌의 행렬들이 끊이지 않았던 것이다. 이러한 도시화는 농촌의 인력을 감속시켰고 이에 따라 농촌이 황폐화하면서 도시와 농촌의 차별화 현상에 따른 역기능이 도처에서 발생했던 것이다. 이에 따라 농촌을 떠나 돈을 벌기 위해 도시로 몰려든 사람, 혹은 거기에서도 밀려나 떠돌아 다니는 사람들이 속출하게 되었다.

그러나 이 시기 근대화논리를 강요한 박정희 정권은 파시즘의 모습을 띠게 되었고 따라서 이들은 노동자들을 비롯한 도시빈민, 농민들을 억압하면서 사용자의 편을 들게 되었는데 이에 따라 약한 자들의 원성은 한반도 전체를 뒤덮게 되었다. 「객지」는 이처럼 힘없는 소외된 계층의 편을 듦으로써 당대의 민중적 요구를 적극적으로 수렴하고 있었던 것이다.

2. 「객지」의 현장

「객지」를 이해하기 위해선 이 작품의 공간을 분석할 필요가 있다. 공간의 구조는 수평적 구조와 수직적 구조로 이해할 수 있는데 먼저 수평적 구조부터 살펴보기로 하자. 이 작품은 바다 − 운지 간척공사장 − 운지읍내 − 거기서 60리 지나 내륙이 있는 구조로 되어 있다. 말하자면 이 작품의 공간이라고 할 수 있는 간척공사장은 내륙으로부터 한없이 떨어져 있는 바닷가로 설정되어 있는 것이다. 이는 다시 말하면 삶의 막바지를 표상하고 있으며 그 막바지는 자유의 박탈이라는 내포를 띠고 있다고 할 수 있다. 그리고 이 구조를 공사장을 중심으로 하여 축약시켜 보면 바다 − 공사장 − 마을로 형성되어 있음을 알 수 있는데 이러한 구조가 의미하는 바를 알기 위해서는 마을이 어떻게 표현되어 있는가를 보면 금방 알 수 있다. 마을은, 들판 너머 아득한 곳에 마을의 불빛이 어둠속에서 가물거리고 있는 그러한 마을로서 공사장의 고립감을 더해 주고 있다. 말하자면 이들은 아무도 알아 주지 않는 오지에서 생존을 위해 허덕이고 있는 것이다.

이러한 구조가 말해주는 것은 이들이 자신들의 고향을 떠난 뜨내기들이며 따라서 뿌리뽑힌 존재들이라는 것이다. 동혁이 읍내로 나가 결국 소중하게 간직하고 있던 편지를 찢어버림은 그가 몸담고 있는 여기가 자신의 최후임을, 그래서 어느누구도 자신을 구제해 줄 수 없음을, 결국 자신을 구제할 사람은 자기뿐임을 상징적으로 표상하고 있는 것이다.

이러한 수평적 구조 못지 않게 이 작품의 수직적 구조 역시 비극적이긴 마찬가지다. 그들이 최후의 투쟁을 하면서 독산을 근거지로 하여 배수진을 치며 투쟁하는 것은 이 산이 회사가 해고한 사람들이 넘어가 떠나는 곳이기 때문이다. 말하자면 떠나느냐 여기서 승리하느냐 하는 비장한 갈림길이 독산이라는 표현 속에 내재해 있는 것이다. 또한 이들이 일하는 곳은 추위가 엄습하는 육지 '아래' 바다를 메우는 제방이다. 이들은 위 − 가운데 − 아래라는 공간적 구조 속에서 대개 아래에 속해 있음으로 하여 이들의 처지가 얼마나 열악한 것인가를 잘 보여주고 있다. 소설 「객지」는 이처럼 공간의 구조를 통해 그들이 어떠한 처지에 놓여 있는가를 단적으로 제시하고 있는 것이다.

동혁은 바지를 벗고 제방 아래로 내려갔다. 물이 허리에까지 차올랐는데 한기가 머리털 끝까지 스며오는 것 같았다. 횃불을 잡고 있는게 그리 힘든 일은 아니었으나 위에서 바윗돌을 굴려내리기 때문에 불을 밝히는 나라시꾼들이 때때로 다치는 일이 많아 공포감과 추위가 고통스러운 일이었다.

3.「객지」속의 인물군상

이러한 구조를 보이고 있는 이 작품에서의 인물들의 특성을 살펴보기로 하자. 우선 이 작품에는 계층적 선이 분명하다. 강서기, 최십장, 감독, 골덴바지 등은 지배계층에 속하고 대위, 장씨, 목씨, 한동이, 오가, 판술이, 동혁 등은 사회의 최하층에 속한다. 인물들의 이러한 이원적 대비구조는 사회구조가 얼마나 대립되어 있는가를 강하게 표상한다. 그러나 이렇게만 말한다면 소설적 미학화에는 실패한 것으로 간주하지 않을 수 없다. 왜냐 하면 이러한 인물구성방식은 소위 말하는 평면적 인물유형이 되기 때문이다. 포스터에 의하면 인물은 크게 평면적 인물과 입체적 인물로 나눌 수 있는데 작품의 깊이가 있을수록 인물은 입체성을 띤다고 한다. 사회를 계층적으로 나누고 인물들이 각각 그 계층의 특징만 표출한다면 그 인물들은 평면적 인물이 되지 않을 수 없다. 이 작품에서는 이러한 한계를 극복하기 위해 하층에 속하는 인물들이라 할지라도 개별적인 인물들이 최하층이라는 계층의 속성에만 지배되어 있는 것이 아니라 그러한 속성을 공유하면서도 각자 다양한 모습을 보여줌으로써 소설에 생동감을 부여해 주고 있음이 쉽게 눈에 띈다.

이 작품에는 이 두 계층의 중간에 있어 끊임없이 계층상승의 욕구를 가진 인물이 나온다. 종기는 스스로 상승의 의지를 갖고 자신이 소속되어 있는 하층의 사람들과 스스로를 구별하려 한다. 그는 그들을 경멸하고 그들의 동태를 일일이 상층에 보고하는 인물이다. 말하자면 기회주의적 속성을 가진 인물인 것이다. 그는 '미움 안 받고 적당히 살자'는 생각을 갖고 있으나 이런 인물이 일터에서 좋은 대접을 받기는 힘들 것이다.

> "노가다판에 발을 발을 담갔으면 양심이라도 솔직해야 쓰지. 이쪽인가 저쪽인가 확실히 해두는 게 몸에 좋을 거야. 벼르는 사람들이 있을지도 모르잖나"
> 대위의 말에 종기는 입속으로 쌍말을 씹어대며 분연히 일어났다. 그는 사람들이 둘러앉은 방 한가운데를 성큼 뛰어넘고 문밖으로 나서면서 말했다.
> "아무 쪽이든 좆도 참견하고 싶지 않아. 다만 고깝게 대하는 놈들은 똑같이 상대해 주겠어. 나두 곤조통이 있던 놈야. 씨팔, 노동판에서 언 놈이 잘났나 두고 보라구"

이러한 인물 외에 자신은 하층에 속하면서도 자신의 기반에 대해 부정하고 상층의 이익에 봉사하는 사람들은 많다. 이

작품에서 '사건'이 발생할 때마다 동원되는 '주먹'들(봉택이네)
도 결국 이러한 인물에 속한다 할 것이다.

　이러한 인물들 외에 그야말로 자신의 존재조건을 벗어나지
못해 끊임없이 변화를 시도하는 사람들이 있는데 대표적인
사람이 대위이다. 그는 지금은 비록 '노가다판'에 붙잡혀 있
지만 꿈은 대처에 나가 장사하는 게 소원인 사람이다. 이러한
소원에서도 알 수 있듯이 그는 결코 조직 노동자의 품성과는
거리가 멀다. 비교적 유식한 사람이지만 목소리 크고 다혈질
이어서 치밀한 조직화에는 어울리지가 않다.

　　이러한 동혁의 말투는 오랫동안 노가다판에서 분쟁을 겪어 선
　　택의 감각이 예민해진 고참 인부의 말처럼 들렸다. 그러나 그것
　　은 단순히 그의 성격일 따름이었다. 그는 대위처럼 스스로가 사
　　건을 만들고 추진해 나가는 편이라기보다 차라리 결정적인 영향
　　을 주는 성품을 가진 것 같았다. 대위는 무턱대고 밀고 나가는
　　성질이어서 인부들을 선동하고 일을 벌여놓기엔 적합할지 모르
　　지만 일단 터진 뒤에는 어중이떠중이가 모인 인부들의 뜻을 하나
　　로 모을 소질이 별로 없어 보였다. 대위는 고지식하고 다혈질인
　　반면에 동혁은 성격상 용의주도하고 조직에 대한 이해가 빨랐다
　　고나 할 수 있을 것이다.

　동혁과 대위의 성격을 비교한 것인데 이 작품의 주인공 동
혁은 위의 인용처럼 일의 실행에 있어서 추진력은 약하지만

일단 결정적인 부분에서는 단호하게 결단을 내리는 성품이고 비교적 용의주도하고 치밀한 성격으로 보인다. 아닌게 아니라 이 작품에서 가장 걸리는 부분이 바로 이와같은 동혁의 성격이다. 동혁은 이러한 노가다판에 끼어든지 얼마 되지도 않는데도 마치 오랜 노가다 생활을 한 듯한 노련함이 배어있다. 이를 작가는 '단순히 그의 성격일 따름'이라고 말했지만 그렇게 말한다고 해서 우리의 의혹이 가시는 것은 아니다. 뿐만 아니라 작품 말미에 죽음을 결단하는 모습에서 우리는 상황과 유리된 인물의 관념적 조급성을 발견할 수 있다. 부랑노동자가 된지 얼마 되지 않았음에도 그가 목숨을 버려야 할 필연성을 우리는 간취할 수 없다는 것이다. 이는 이 작품이 70년대 초반의 전태일의 죽음에 자극되어 씌어졌기 때문에 죽음이라는 미학적 사건을 너무 의식한 것이 아닌가 하는 의혹을 불러일으킨다. 다음과 같은 인용은 이러한 동혁의 성격의 일단을 명확하게 드러내고 있다.

이 외에도 장씨와 같은 경우는 노동자 중에서도 패배주의적 인식이 두드러진 인물에 속한다. 이는 오랜 떠돌이 노동자 생활에서 얻은 자연스런 결론이다.

"두고 보세요. 한판 터뜨릴 테니까…… 이대로 물러서진 않겠소"

"무슨 도리가 있나"

"단결해야죠"

　장씨는 희미하게 자기의 고개를 흔들어 보였는데 대위가 알아
차린 것 같지는 않았다. 그는 수많은 공사판에서 객기를 부리는
젊은이들의 천작을 겪어봐서 알지만, 모두 소용없는 짓이었다.
남의 일에 관여 않는게 나잇값이란 거였다. 개선이니 진정서니
서명이니 하는 짓들이란 그가 십여년을 노동판에 굴러다니면서
한번도 성사하는 꼴을 못 보았다. 이번 일만 해도 실패로 돌아갔
고 평소에 서기들이나 십장들에게 직접적으로 맞섰던 자들만이
족집게로 뽑히듯이 잘려나갔다. 대부분의 날품들은 이런 일에 만
성이 되어 있어서 열띤 분위기가 가라앉고 나면 곧장 잊어버렸
다.

　사실 「객지」의 대부분의 날품팔이 인생들의 성격이 이같
은 장씨의 성격을 공유하고 있다. 오랜 뜨내기 생활 끝에 나
이 먹고 빚만 져 그저 일자리나 빼앗길까 전전긍긍하는 순응
주의적 유형이 바로 장씨의 성격인 것이다.

　「객지」는 이처럼 다양한 성격들이 등장함으로써 사회적
상상력에 입각한 인물의 평면성을 극복하고 있다. 이 작품이
생동감 있게 우리에게 전달되는 이면에는 이같은 작가의 기
법적 고려가 작용하고 있는 것이다. 이러한 기법적 고려를 알
아보기 위해서는 이 작품에 나오는 인물들에 대해 어떠한 명
칭을 부여하고 있는가를 살펴보면 쉽게 알 수 있을 것이다.

이 작품에는 강서기, 최십장, 감독, 골덴바지, 장씨, 목씨, 한 동이, 오가, 동혁 등이 등장하는데 이처럼 인물의 이름을 부여받는 경우는 거의 없다. 동혁이 예외라 할 수 있는데 이는 이 작품이 동혁을 중심으로 전개된다는 것을 암시할 뿐만 아니라 동혁을 주인물로 뚜렷이 내세우는 기능도 하고 있는 것이다.

4. 「객지」 구성의 지형

이제 이 작품이 얼마나 치밀한 구성에 의하여 씌어졌는가를 살펴보기로 하겠다. 사실 민중문학에 대한 대부분의 비판들은 기법에 대한 고려가 부족하다는 것이었다. 문학은 말하고자 하는 내용이 아니라 그것을 어떻게 말하는가에 따라 예술성이 부여된다는 전제는 민중문학을 비판하는 주요 기준이었다. 하지만 우리가 「객지」를 자세히 살펴보면 그러한 내용 중심의 작품이 아니라 상당히 기법적인 구성이 눈에 띈다. 무엇보다도 이 작품은 번호를 매겨 4장으로 만들고 군데 군데 별행을 처리하고 있다. 이는 사태를 엄밀하게 전달하기 위한 방법이라고 할 수 있다. 말하자면 감정으로 흐를 수 있는 것을 이러한 장의 구분과 별행 처리로서 사전에 감정화를 차단하고 있는 것이다. 뿐만 아니라 이러한 구성은 사건을 전개함에 있어 박진감을 제공하고 있다.

시점에 있어 이 작품은 1인칭 보다는 3인칭으로 일관하고 있다. 이러한 구성방식은 작품 안으로 개입하게 되는 작가의 주관적 정서를 차단하는 효과를 불러오고 있다. 작가의 주관이 작품 안에 개입하게 되면 작품의 균형은 깨지게 된다. 그래서 중요한 것과 부차적인 것의 배치가 흐려지면서 작품은 작가의 주관적 정서와 평가로 흐를 위험성이 있다. 이러한 시점의 설정은 독자에게도 마찬가지의 효과를 주게 된다. 만약 1인칭으로 전개하게 되면 인물과 독자와의 거리가 너무 가까워 인물의 주관적 내용에 독자가 초점을 맞추게 되는 결과를 빚게 되어 작품이 전달하려는 객관적 상황의 제시는 독자의 관심에서 멀어지게 된다. 따라서 이 작품에서 설정한 3인칭 시점은 리얼리즘의 입장에서 타당하다고 평가된다.

이 작품은 사건이 전개되는 시점에서 결말에 이르기까지 그 전과정을 독자에게 설득력있게 전달되고 있다. 그러나 그러한 설득력있는 전개가 우연히 되었다고 생각해선 곤란하다. 이 작품에는 그러한 전달의 매개 수단으로서 복선을 적절히 활용하고 있는 것이다.

"좆 빠지게 일해 봐야 금은보화가 쏟아져 들어오는 것두 아니구, 자수성가할 밑천이라두 잡는게 아닌 바에야……."
판술은 옆에 붙어앉은 한동의 머리를 툭툭 두드려 주면서 말을 이었다.

"이 뻘물 속에다 대가릴 푹 박아야 맘 편하지"

"그것보담 나는 말야. 요렇게 몸이 녹적지근하고 만사가 귀찮아질 땐, 채석장에서 남포라두 하나 쌔벼다가 불을 붙여갖구설랑 주둥아리에 콱 물구 터져 날아가버렸으면 싶은데……"

한동이가 지껄였다. 해변가 각 작업장의 인부들은 맘보를 받느라고 십장들이나 감독조를 중심으로 둥그렇게 몰려서서 법석거리고있었다. 동혁이 한동에게 말했다.

"남포 구해줄게 한번 물고 터지시라요? 사무실 앞에 가서……"

"아예 터지는 것까지 대신해주시구려"

동혁은 지금 자기가 실없는 농담으로 주고받는 게 아니라는 생각이 들었다. 인부들 중, 누군가의 희생이 잘 이용되기만 한다면 모두들 필사적으로 쟁의에 가담할지도 모를 일이었다. 그런데 누가 희생을 원할 것인가. 모두들 어떤 자가 대신해주기를 기다리는 동안에 기회는 지나가버릴 것이다. 또한 누군가 희생한다 하더라도 요구조건이 확실히 실현되리라고는 믿지 못할 노릇이며, 임시로 수락을 받게 된다 할지라도 그 조처가 얼마 동안이나 적용될지 알 수 없는 일이었다.

소설에서 이러한 복선은 결말에 이르러 실제로 동혁이 다이너마이트를 집고 자살하려는 장면으로 이어지는데 이러한 복선의 기능이란 결말의 사건이 아무리 황당한 것이라 할지라도 그것을 독자에게 설득력 있게 전달할 수 있게 한다는 데에 있다. 소설에서 복선과 유사한 것에 사전 제시라는 것이 있다. 복선이란 감추어진 선이라는 뜻으로서 결말에 가서야 결말을 설득력있게 제시하기 위해 이러이러한 복선이 쓰였구나 하는 걸 깨닫게 해 주는 것이지만 사전제시라는 것은 사전에 앞으로 어떤 일이 일어날 것인가를 미리 말해주는 것이다. 예컨대 "그는 지상에서 가장 행복한 사람이라고 느꼈다. 하지만 3시간 후에 이 세상을 하직하게 될 거라는 것을 그는 꿈에도 상상하지 못했다" 같은 구절이다. 그리고 3시간 후에 아무리 황당한 일을 당해 정말로 죽을 지라도 그 사전제시에 의해 그 죽음이 진하게 독자를 울릴 수가 있게 된다.

소설의 기법에는 이처럼 복선이나 사전 제시 외에 역전의 기법도 있다. 역전의 기법이란 현재를 서술해 나가다가 현재를 설명하기 위한 과거의 정보가 필요할 경우 현재에서 과거로 돌아가 서술하는 방식이다. 이렇게 과거로 돌아간다는 것은 한 인물의 기억에 해당하는 것이기 때문에 주관적이 되지 않을 수 없다. 「객지」에는 이러한 역전 기법이 별로 쓰이지 않는다. 이 작품은 시간적으로 과거로 돌아가는 경우가 거의 없이 현재의 시계시간을 충실히 따라간다. 이렇게 역전 기법이 별로 없다는 것은 이 작품이 주관적이지 않다는 말이다. 객관적인 외부현실과 그 현실에 대한 객관적인 분석을 하기 위해서는 주관적인 역전 기법은 그다지 중요하지 않기 때문이다. 이 작품에서 과거의 사실은 단순히 언급만 하고 넘어간다. 과거 자체로 돌아가 그것을 묘사하지는 않는다는 말이다.

동혁의 과거는 단순히 숙부의 편지로 처리되고 대위의 과거
사도 대위의 말로 해결하고 있다. 이처럼 이 소설은 기법적인
면에서 주제의식을 최대한 살리고 있다.

5. 마무리

지금까지 우리는 「객지」의 공간과 인물, 그리고 구성을 살
펴 보았다. 이 작품은 당대의 핵심적인 문제들을 예리하게 분
석하여 형상화하고 있지만 그 형상화의 방식들이 단순하지
않다는 것을 확인해 보았다. 좋은 소설은 이처럼 기법적인 고
려가 치밀한 것이 아닐 수 없다는 것을 우리는 새삼 확인해
본다. 이 소설의 의의는 무엇보다도 70년대 초기의 일반적 양
상이었던 뜨내기 삶을 성실하게 복원한 것을 들 수 있다. 냉
철하리만치 객관적이고 사실적인 묘사 및 서술방식이 60년대
소설과 비교해 볼 때 진일보한 것을 알 수 있다. 이것이 황석
영 자신의 성취일 수도 있지만 70년대 초기 현실이 황석영을
불러 자신을 문학화하게 강제했다고도 할 수 있다.

따라서 이러한 당대의 반영이 단순히 자연주의로 떨어지지
않을 수 있었던 것은 부랑 노동자들의 삶이 자본제의 전일화
된 지배력으로부터 어느정도 자유로운 처지에 있었기 때문이
라고 할 수 있다. 황석영 자신의 노력보다도 더 중요한 것은
이같은 사실의 인식이다. 자본제의 전일화된 지배 체제에서는

이처럼 상대적 자유가 넉넉하게 제공되지는 않는다. 이들은 때때로 일터를 찾아 뿔뿔이 흩어졌다가 모이고 모였다가는 다시 흩어지는 삶의 형태로 인해 낭만적인 감수성을 어느 정도는 보지했다고 보여진다. 이러한 낭만성이 황석영의 길 위에 있음이라는 미학적 표현으로 나타났으리라 본다. 자연주의가 일종의 트리비얼리즘에 속한다면 이 작품은 중요한 것과 부차적인 것이 적절히 배합되어 뛰어난 원근법을 보여주고 있다는 점에서 진정한 리얼리즘에 도달해 있다고 할 수 있다. 만약 자본의 전일화된 지배체제에 돌입한다면 이러한 자본제적 모순에 대해 약자들이 이러한 적극적 참여를 할 수 없었을 것이다. 이들이 단순히 방관하지 않고 상당히 적극적으로 참여하게 된 것도 당대의 사회가 아직은 자본제가 엄격하게 정착되지 않았다는 객관적 사실에 말미암은 바가 크다.

달리는 이렇게도 말할 수 있다. 이들의 육체가 수량화되고 대공장의 시스템처럼 복잡한 매개과정을 경험하지 않았기 때문에 자신이 상품으로 전락하는 과정을 직접적으로 목도할 수 있다는 것이다. 자신이 상품으로 전락했는지도 모를 정도로 상품화된 사회가 아니어서 이들에게 이에 대한 저항의 몫이 남아있을 수 있게 되었다는 것이다. 이것이 아까 말한 리얼리즘이 요구하는 총체성(원근법)의 덕목을 실현할 수 있게 한 것이었다.

그렇다는 사실을 우리는 인물들의 특성에서도 살필 수 있
다. 하층에 속하는 사람들이 모두 자신들의 불안정하고 고통
스런 삶에도 불구하고 자유로움과 온정과 낙관으로 채색되어
있는데 이러한 인물들의 양상은 자본제의 전일화된 오늘날의
사회에서는 쉽게 찾아볼 수 없는 것들이라는 점에서 이 작품
의 많은 덕목은 그 작가에게서라기보다는 오히려 그 시대에
빚지고 있다는 것이다. '문제는 리얼리즘이다'라는 말은 여기
서 나온다.

조세희의 『난장이가 쏘아올린 작은 공』

1. 사회를 바라보는 작가의 시선

현실을 바라보는 각자의 시각은 다르다. 하지만, 다른 가운데에서도 많은 사람들이 공통적으로 가지는 생각이 있다. 이런 것을 우리는 시대적 흐름 혹은 시대정신이라고 부른다. 그리고 현실이 내포하고 있는 여러 가지 문제들에 대해서 작가는 문학 작품을 통해서 발언한다. 작가는 제 아무리 현실에서 벗어나고 싶어도 결코 현실에서 벗어날 수 없다. 왜냐하면 그는 자신이 존재하고 있는 현실을 떠나서는 한시도 존재할 수 없기 때문이다. 작가는 사회라는 자장(磁場)권 내에서 자신의 입지를 만들어내고 문학적(혹은 사회적) 견해를 편다.

물론 이에 대해서 이른바 문학 고유의 영역을 옹호 내지는 주장하는 입장에서는 문학의 고유한 미적 범주라든가 문학을 사회 변화를 위한 도구로 사용하지 말라 등의 이론(異論)을 주장하기도 하지만, 이러한 주장 역시 그 이면에는 어떤 의도를 감추고 있지 않다고 당당히 말할 수 있을지 되묻지 않을 수 없다. 따라서 여기서 전제로 삼고 있는 문학의 사회적 의의는 작품의 의미를 물을 때에 중요한 판단의 준거로 사용되어야 하는 것이다.

하지만, 이것이 작품을 사회적 의미만을 통해서 보아야 한다는 말은 결코 아니다. 문학 작품도 예술인 이상, 예술적 형상화의 측면은 강조되어야 하고 또한 그것이 작품성에 큰 영향을 주는 것은 당연한 것이기 때문이다. 그러나 이러한 것들도 역시 그 근본에는 문학의 사회적 의미라는 것을 떠나서는 그 의미가 온전히 판단될 수 없다는 점을 유념해야 한다.

문학과 사회와의 관련에서, 1970년대에 큰 관심을 받았고 이후에도 지속적으로 작품이 읽히고 있는 작가인 조세희의 작품을 눈여겨볼 필요가 있다. 조세희는 1976년 단행본 연작소설집 『난장이가 쏘아올린 작은 공』을 발표하면서 일약 평단의 주목을 받기 시작했다. 물론 그 이전에 단편을 계속 발표하면서 주목을 받기 시작했지만, 연작소설집이 나온 이후 그에 대한 관심은 가히 폭발적이었다고 해도 과언이 아니다. 바로 이 『난장이가 쏘아올린 작은 공』(이후 『난장이가』로 줄임)은 2000년대를 지나오는 과정에서 독자들의 관심을 꾸준히 유지한 몇 안 되는 소설중의 하나로 우리시대의 고전으로 자리잡게 되었다.

그렇다면, 독자들은 과연 어떤 점에서 이 작품에 대한 관심을 끈을 놓지 않는 것일까? 이 질문에 대한 답을 찾는 과정에서 문학 작품의 예술성과 사회성에 대한 해명이 나오지 않을까 생각한다.

앞에서, 문학의 의미는 사회적 의미를 떠나서는 그 의미가 온전히 판단될 수 없다고 말했다. 이 말은 곧 문학 작품은 그 사회의 배경을 토대로 해서 일차적으로 의미가 형성된다는 의미이다. 그렇다면, 『난장이가』가 나오게 된 사회 배경은 어떤 것이었을까? 이것부터 살펴보는 것이 이 작품집의 의미를 찾아내는데 필요한 일이 될 것이다.

2. 조세희의 사회 인식 방법

이 작품집에서 다루어지고 있는 시간과 공간은 1970년대 서울의 빈민촌과 부유촌, 그리고 대규모 공장지대이다. 소설 속에서 다루어지고 있는 시간과 공간이 양극화된 생활공간과 대규모 공장지대라는 것은, 1970년대라는 시대를 보여주는 중요한 증거로 작가가 이것들을 선택한 결과이다. 그렇다면 우리는 작가의 시선이 향해 있는 빈민촌과 부유촌의 모습부터 살펴볼 필요가 있을 것이다. 가난과 부유함이라는 이분법적 구분에 의해 나뉘어진 공간 분할은 당시 한국 사회의 불균등한 현실을 그대로 보여주면서, 삶의 구체적인 모습을 동시에 구현해내고 있다.

잠깐 그들의 삶의 모습을 살펴보면, 우선 난장이와 그 자식들이 사는 공간의 특징은 빈민가와 공업도시의 황폐한 공간으로 설정되어 있고, 은강그룹의 가족들인 부유한 사람들이 사는 공간은 높은 벽으로 둘러싸인 깨끗한 공간이다. 이렇게 대조되는 공간적 특징에 작가는 도덕적 특징도 부여하고 있다. 즉, 가난한 사람들이 사는 공간은 더럽고 어둡지만 그곳에는 사랑·배려·희생 등과 같은 덕목이 있다. 하지만, 부유한 사람들이 사는 곳에는 그 외면상의 산뜻함과는 달리 배신·불신·의심과 같은 것이 지배하고 있는 것이다.

이러한 이분법적 공간 구분을 통해서 작가는 1970년대의 한국 사회의 모습을 그려내고 있는 것이다. 그렇다면 이 대립되는 두 공간은 절대 공존할 수 없는 것일까? 작가는 이러한 대립과 분열의 현실을 어떻게 바라보고 있는 것일까? 이 물음에 대한 답을 찾는 일이 작가가 세계를 어떻게 바라보고 있는지 알아내는 지름길이 된다.

작가는 가난한 사람들과 부유한 사람들로만 이 작품집을 꾸미고 있지 않다. 그 외에서 신애 가족, 윤호네, 목사, 지섭 등과 같은 인물들을 통해서 양극단의 삶 사이에 자리잡고 있는 다양한 계층의 시선을 그 속에 녹여내고 있는 것이다. 그 중에서 우선 주목해야 할 인물이 바로 신애이다. 신애는 중산층 가정의 주부로 빈민가에서 조금 떨어져 있는 주택단지에 살고 있다.

그런데 신애의 관심은 수돗물이다. 수도 때문에 고생을 하던 신애는 수도 수리공인 '난장이'를 불러서 수도를 고친다. 그리고 그 과정에서 신애는 자신도 난장이와 같은 사람이라고 말한다. 신애가 자신을 난장이와 같은 사람이라고 하는 이유는 난장이가 펌프집 사내에게 두들겨 맞는 사건 때문이다. 신애는 그 현장을 목격하고서 자신도 힘있는 자에게 해를 입으며 살아갈 수밖에 없는 존재라는 것을 느끼는 것이다. 가정주부인 신애가 고민하는 내용은 '바르게 살기'이다. 이웃집 사람들이 물질적으로 부유하게 살아가는 모습을 보면서 신애가 느끼는 것을 물질적 풍요에 대한 부러움보다는 도덕이 부재한 혹은 사랑이 부재한 현실에 대한 안타까움이다. 바로 이 신애의 시선에서 우리는 작가의 시선의 방향을 감지할 수 있다. 작가는 신애라는 인물을 통해서 난장이를 바라보고 있는 것이고, 세상을 바라보고 있는 것이다. 작가가 위치한 자리는 바로 신애의 자리에 다름아닌 것이다. 이것은 작가가 뒷날 펴낸 세 번째 책인 『침묵의 뿌리』에서도 나타나 있다.

'조세희 제3작품집'이라는 부제를 달고 있는 이 책에서 작가는 앞부분 절반은 에세이로, 뒷부분 절반은 강원도 정선 사북의 탄광촌의 모습을 찍은 사진들을 싣고 있다. 그런데 이 책에서 작가는 자신이 『난장이가』를 쓸 때에 가졌던 문제의식을 간략하게 밝혀놓고 있다. 잠깐 작가의 말을 들어보자.

　　지난 70년대에 나는 어떤 이의 말 그대로 '가만히 있을 수가 없어' 책 한 권을 써냈다. 「난장이가 쏘아올린 작은 공」이 그 책이다. 그때 나는 긴급하다는 한 가지 생각밖에 할 수가 없었다. 80년대에 들어와 바로 10년 전 그 생각에 사로잡혀 또 한 권의 책을 묶어낸다.
　　이번 책에는 사진이 들어 있다. '슬프고 겁에 질린 시대에 적합한' 것이 사진이라고 말한 사람이 있지만, 인화를 끝내 공장으로 넘긴 다음에 접한 이 말에 나의 서툰 작업을 연결지어 볼 생각은 추호도 없다. 나는 작가로서가 아니라 이 땅에 사는 한 사람의 '시민'으로서 그 동안 우리가 지어온 죄에 대해 말하고 싶었다.

　작가가 이 책의 맨 앞부분에서 밝히고 있는 이 말에 우리는 주목할 필요가 있다. 그는 여기서 '증언'을 강조하고 있다. 작가는 '긴급하다는 생각'에서 우리가 사는 도시 주변을 찾아 다녔고, 공업지구를 찾아 다녔다. 그렇다면, 무엇이 작가로 하여금 긴급하다는 생각을 들도록 만들었을까? 작가는 왜 긴급하게 증언할 수밖에 없었을까? 이 질문들에 대한 해답은 『난장이가』를 읽는 과정에서 저절로 나온다.

　난장이의 자식들인 영수와 영호, 영희가 생활하는 공업도시의 생활환경은 한마디로 '비인간적'이다. 그들이 처한 환경을 말할 때 '비인간적'이라는 말 이외에 더 정확한 말은 없을 것이다. 그들은 공장에서 기계의 부속처럼 일하고, 생활비가 아닌 '생계비' 걱정을 하는 환경 속에 있는 것이다. 이런 사람들을 목격한 작가가 할 수 있는 일은 무얼까? 답은 너무도 자명하다.

작가는 그들의 삶을 어떻게 그릴 것인가를 고민할 수밖에 없는 것이다. 이 고민의 지점에서 생각해낸 기법적 장치가 바로 연작의 형식과 시점의 변환이고, 이른바 몽타쥬 기법을 연상시키는 장면 배열 방식이다. 작가는 1970년대라는 도덕/비도덕, 인간적/비인간적 상황이 공존하는 상황을 하나의 캔버스 안에 그리기 위해서 연작소설을 구상한 것이고, 한 작품 내에서도 다양한 인물들의 시점을 교차시킴으로써 입체적으로 세계를 그리려 했던 것이다. 그리고 현실의 모순을 그리면서도 특유의 서정성을 가미시킴으로써 모순의 비극성을 더욱 강조하는 동시에 그것으로부터의 거리두기에도 어느 정도 성공을 거두고 있는 것이다. 그리고 바로 이러한 점이 독자들에게 지속적인 매력으로 작용하고 있는 것이다.

마크 쇼러(Mark Schorer)는, 기법이란 '작가의 주제인 그의 경험이 작가로 하여금 그것에 도달하도록 강요하는 수단이며, 그의 주제를 발견하고 탐험하며 발전시키는 수단이며, 그것의 의미를 전달하고 평가하는 유일한 수단'이라고 말하고 있다.

쉽게 말해서 기법은 작가가 가진 문제의식을 가장 효과적으로 표현하는 방법이라는 말이다. 따라서 같은 사회문제를 다루고 있다고 하더라도 작가가 생각하는 문제의식이 무엇이냐에 따라 그것을 표현하는 기법도 달라질 수밖에 없다. 그렇기 때문에 작품을 이해할 때 기법과 내용은 별개의 것으로 다룰 수 없는 것이다.

그렇다면 조세희의 경우에 기법과 작가의 문제의식은 어떤 관계를 갖는 것인가에 대한 질문의 답을 찾을 수 있을 것이다. 앞에서 우리는 신애를 통해서 작가의 시선이 향한 방향을 알 수 있다고 말했다. 신애를 통해 감지할 수 있는 작가의 시선은 간단히 말하자면 '도덕주의'이다. 여기서 말하는 도덕주의는 '바르게 살기'에 다름 아니다. 신애가 난장이에게 우리는 같은 사람들이라고 말한 것은 물질적 차원을 넘어선 정신적 차원의 동질성의 선언인 것이다. 그리고 그것은 소외받는 사람들을 그저 관심의 대상으로 보는 것이 아니라 함께 살아가야 할 사람들로 인식하는 것이다. 한편 이러한 의식을 갖기 위해서는 힘없는 사람들을 소외시키는 사회의 악에 대한 분노가 그 바탕에 자리잡고 있어야 하는 것이다.

그런데 작가는 이러한 조건들을 작품 속에서 충실히 보여주고 있다. 이른바 '연대의식'이 그것이다. 작가는 난장이 가족과 연결되는 많은 인물들의 형상들을 통해서 이른바 '인간적 연대'로 이름붙일 수 있는 일련의 인물군을 만들어낸다. 신애, 지섭, 목사, 윤호, 수학 교사 등이 그들이다. 이들은 공통적으로 인간에 대한 믿음, 사랑 등을 지키려는 사람들이다. 그리고 이들은 바로 작가의 분신이기도 하다. 작가는 이들을 통해서 자신의 시선을 보여주고 있는 것이다.

이를 신애를 통해서 살펴보자. 신애가 바라보고 생각하는 세상 혹은 삶의 모습은 소설 속에서 다음과 같이 제시된다.

* 남편은 신문을 읽고 있었다. … 사회 부조리 시정 촉구한 고위층…방위세 핑계 대고 전화료 더 받는 군산 시내 다방들…톱밥으로 만든 고추가루…생선에 바람 넣고 물감을 들여 판 생선 장수… 그리고 이윤의 편재가 소비 성향과 범죄를 불렀다고 말한 대학교수—어제의 신문과 다를 것이 없다.

* 남편은 신문을 놓지 않았다. 그는 직장에서, 지하도 속에서, 무심히 지나치는 사람들의 시선에서, 그리고 숱한 배기 개스 속에서 쫓기면 몸둘 바를 몰라하는 자신을 느낀다고 말했었다. 그는 또 출퇴근길의 만원 버스 속에서 하루도 빼놓지 않고, 몇 대씩 줄을 지어 달려 나가는 시청 쓰레기차를 본다고도 말했다. 신애는 남편의 말을 알아듣는다. 얼마나 많은 정신이 날마다 시청 쓰레기차에 실려 나가 버려지는가.

* 학교 교사들은 무엇이든 좋다고 가르쳤다. 그것이 일반 사회에서 인정하는 사고 방식이었다. 그런데 신애의 아들은 그것이

터무니없는 거짓말이고, 그 뒤에는 많은 것이 감추어져 있다고
믿는 것이었다.

　아들은 아버지의 영향을 너무 많이 받았다. 아들은 아버지에게
서 물려받은 생각 때문에 고통을 받을 것이다. 너무나 바르고 너
무나 옳은 그 생각들은 아들을 또 얼마나 괴롭힐 것인가?

　위에 간략하게 제시한 부분들은 신애가 주인공으로 등장하
는 단편인 「칼날」에서 뽑은 것들이다. 여기서 신애는 현실에
대해서 비판적이고 비관적인 생각을 가지고 있다. 그렇다면
신애가 이러한 생각을 가지게 된 이유는 무엇일까? 이에 대
한 답은 「육교 위에서」라는 단편에 나타나 있다.

　신애가 보기에 동생과 동생의 친구는 너무나 닮은 선천적인
기질을 갖고 있었다. 그러나, 육교의 난간을 잡은 채 신애는 생각
했다. 누가 동생의 친구를 죽였을까?

　동생의 친구는 변해 버렸다. 처음에는 기진해 쓰러진 것이라고
동생을 말했었다. 그러나 동생은 오랫동안 인구를 만날 수 없었
다. 만나야 이제는 할 이야기도 별로 없다. 동생의 친구는 둘에게
첫 번째의 상처를 입혔던 그 사람 옆방으로 가 일하고 있다. 친
구는 애써 잃어버린 희망을 찾지 않기로 했을 것이다. 그 친구는
냉·난방 시설을 갖춘 큰 집에 없는 게 없이 해 놓고 산다. 몇
개의 낙원 중의 하나를 보는 것 같다. 친구의 낙원은 언제나 따
뜻하다. 비싼 그림도 사다 걸었다. 곧 아내와 아이들을 위한 승용
차도 갖게 될 것이다.

그러나 신애는 행복이라는 말을 **빼어** 놓는다. 아이들은 너무 빨리 늙어 죽는다. 마비 속에서. 신애는 육교의 층계를 내려오면서 생각했다.

병원에 입원한 동생을 보고 오면서 '육교' 위에서 신애가 하는 생각에서 우리는 작가의 시선을 찾을 수 있다. 여기서 작가가 강조하고 있는 것은 '물질적 풍요/정신적 행복'의 문제이다. 작가는 물질적으로 풍요해질수록 정신적으로는 빈곤해질 수밖에 없는 세태를 말하고 있다. 왜냐하면 물질적 풍요를 얻기 위해서는 정신적인 혹은 도덕적인 것에는 눈감아야 하기 때문이다. 즉, 당시 사회 현실이 도덕적으로 살아서는 물질적 풍요를 얻을 수 없을 정도로 비도덕적이었기 때문이다. 적어도 작가가 보기에는 말이다. 그래서 작가는 '도덕, 사랑' 등과 같은 덕목을 주장하게 된다. 현실의 문제를 해결하기 위해서는 이것들을 회복하는 길밖에는 없기 때문이다.

그렇다면 이 지점에서 우리는 질문을 제기할 수밖에 없다. 즉, 영수가 저지른 '살인' 행위를 어떻게 볼 것인가의 문제가 그것이다. 도덕과 사랑의 덕목에 기반하고 있는 작가가 살인을 문제해결의 한 방법으로 제기하고 있다는 것은 두 가지 의미를 함축한다. 우선, 영수로 대표되는 소외된 사람들이 겪고 있는 현실이 '살인'이라는 극단적 수단을 생각하게끔 하는 극한적 상황이라는 것이고, 다른 하나는 그러한 극한적 상황 속에서 저지른 '살인'은 그것이 비인간적 대상에 대한 것이기 때문에 정당화될 수 있다는 인식이다. 앞의 것은 일반적으로 생각할 수 있는 것이라서 크게 문제되지 않는다.

하지만 두 번째의 경우는 다르다. 즉 작가가 주장하는 사랑과 도덕을 지키기 위해서 과연 '살인'도 용납될 수 있는가의 문제가 제기되기 때문이다. 이 문제를 해결하기 위해서 작품을 잠깐 읽어 보자.

> 그러나, 은강에서 나(영호:인용자)는 일만 할 수 없었다. 우리 삼남매는 공장에 나가 죽어라 일했으나 방세 내고, 먹고…… 남는 것은 없었다. 우리가 땀을 흘려 벌어 온 돈은 다시 생존비로 다 나가 버렸다. 우리만 그런 것이 아니었다. 은강 노동자들이 똑같은 생활을 했다. 좋지 못한 음식을 먹고, 좋지 못한 옷을 입고, 건강하지 못한 몸으로 오염된 환경, 더러운 동네, 더러운 집에서 살았다. 동네의 아이들은 더러운 옷을 입고, 더러운 골목에서 놀았다. 버려진 아이들이었다. 나는 공장 주변의 아이들이 자라면서 나타낼 질병의 증세를 생각했다. 은강 공업 지역이 저기압권에 들면 여러 공장에서 뿜어내는 유독 개스가 지상으로 깔리며 대기를 오염시켰다. (중략) 나는 은강에서 일하는 사람들을 머릿속부터 변혁시키고 싶은 욕망을 가졌다. 나는 그들이 살아가는 사람이 갖는 기쁨·평화·공평·행복에 대한 욕망들을 갖기를 바랐다. 나는 그들이 위협을 받아야 할 사람은 자신들이 아니라는 것을 깨닫기를 바랐다.

이 부분은 「잘못은 신에게도 있다」에서 영수가 공업 도시 은강에서 목격한 비인간적 조건과 그 속에서 무기력하게 살아가는 사람들의 의식을 일깨워주고 싶은 강한 욕망을 드러내는 부분이다. 그리고 영수가 생각해낸 방법이 바로 '살인'이다. 즉, 은강 사람들을 괴롭히는 악은 바로 공장이고, 그 공장의 소유자가 바로 악의 근원이라는 판단에서 영수는 악의 뿌리를 잘라서 악을 없애려는 계획을 세우게 된 것이다. 여기서 우리는 작가가 왜 '살인'이라는 방법을 선택했는가를 알 수 있다.

작가가 사용한 '살인'의 문제 해결방법은 첫째, 극한적 상황을 표현하면서, 동시에 둘째로 그 극한적 상황의 만든 원인이 전적으로 비인간적 구조에 기반하고 있다는 것을 보여주기 위함이다. 공업도시 '은강'의 생명을 위협하는 환경은 대규모 공장제 산업이 이윤추구만을 위해서 작동할 때 나오게 되는 구조적인 악이라는 것을 작가는 말하고 있는 것이다. 그리고 그 구조를 작동시키는 정점에 비도덕적인 사람들이 위치하고 있는 것이다.

따라서 영수의 입장에서 볼 때 그 정점을 제거하는 것은 비인간적인 것을 제거하는 것이 되고 이러한 생각에서 영수는 살인을 저지르게 된 것이다. 작가가 보기에 현실적으로 문제가 해결되기 위해서는 이 방법 밖에는 없다고 생각되었던 것이다. 그런데 문제는 '살인'으로밖에는 해결될 수 없을 정도로 극단화된 구조적 모순이 결코 그것으로도 해결될 수 없었다는 데에 있다. 이것은 당연한 것이다. 산업사회의 구조적 모순이 결코 한 사람의 경영자가 사라진다고 해서 해결될 수 있는 문제가 아니기 때문이다. 이러한 점을 알고 있는 작가가, 그럼에도 불구하고 '살인'의 방법을 선택한 이유는 앞서 말한 현실 모순의 해결 방법을 어떻게든 제시하고 싶은 바람에서였다고 볼 수 있다.

이러한 논리가 가능한 이유는 신애의 경우에서도 이러한 면이 발견되기 때문이다. 신애가 등장하는 작품의 제목이 「칼날」이다. 여기서 신애는 난장이에게 폭행을 가하는 펌프집 사내를 향해 '생선칼'을 휘두른다.

사나이는 난장이를 한 손으로 잡아올렸다. 이번에는 주먹으로 가슴을 쿵쿵 쥐어박더니 두 손으로 번쩍 들어던졌다. 난장이는 바짝 마른 나무둥걸처럼 마당 가운데로 나가떨어졌다. 죽은 것 같았다. 그런데 죽지 않고 꿈틀거렸다. 사나이는 한 마리의 벌레를 다루듯 난장이를 다루었다. (중략) 난장이의 얼굴은 피범벅이 되었다. 숨 몇 번 쉴 사이에 일어난 일이었다. 신애는 사나이가 난장이를 죽인다고 생각했다. 사나이는 이제 난장이의 옆구리를 걷어찼고, 난장이는 두 번 몸을 굴리더니 자벌레처럼 움츠러들었다. 신애는 난장이를 살려야했고, 그래서 뛰었다. 한걸음에 마루로 뛰어올라 부엌으로 들어갔다. 그녀는 큰 칼과 생선칼을 집어

들었다. (중략) 신애는 사나이를 죽일 생각이었다. 단숨에 다시
마루로 뛰어올라 마당으로 내려섰다. 그리고 죽어, 죽어, 하면서
생선칼로 사나이의 옆구리를 찔렀다. (중략) 사나이는 운이 좋았
다. 난장이에게서 빨리 떨어졌기 때문에 칼은 빗나갔다. 옆구리
에서 빗나간 생선칼은 사나이의 팔에 빨간 줄을 그었을 뿐이다.
사나이가 피가 흐르기 시작한 팔을 손으로 감싸며 뒷걸음질쳤다.

　이 부분에서 보듯이, 신애가 펌프집 사나이를 향해 생선칼
을 휘두르는 장면에서 우리는 생존을 지키기 위한 방어적 차
원의 ‘살인’을 찾아볼 수 있다. 난장이와 동류의식을 느끼는
신애가 보기에 난장이가 당하는 것은 곧 힘없는 자신이 당하
는 것과 마찬가지이기 때문이다. 그리고 그러한 억압은 제거
되어야 한다. 이러한 맥락이 바로 영수와 같은 사고의 흐름이
다. 따라서 우리는 영수와 신애의 행위를 통해서 작가가 추구
하는 것이 바로 인간적 삶을 가능하게 하는 최소한의 조건이
고, 이것을 위협하는 악을 제기하는 섯이 곧 선을 구현하는
것이라는 도식을 찾아낼 수 있다. 그리고 이러한 도식 아래에
서 영수의 ‘살인’을 해석해야 하는 것이다.
　영수의 살인 행위가 사회의 근원적 악의 뿌리를 제거하기
위한 결단이었다고는 해도 그것이 역시 사회 속에서 용납될
수 있는 것은 아니다. 작가도 이점을 잘 알고 있었다. 그래서
작가는 마지막 연작 단편인 「에필로그」에서 영수의 죽음을

제시한다. 작가는 영수가 감옥 속에서 죽어서 나왔다고 제시함으로써 그 아버지인 난쟁이의 죽음과 같은 사회적 타살이 반복됨을 보여주고 있다. 영수의 아버지인 난쟁이는 행복동의 무허가 집이 철거되는 것을 막을 수 없게 되자 스스로 벽돌 공장 굴뚝에서 떨어졌던 것이다.

그런데 난쟁이의 죽음은 자살이 아니라 타살이라고 모든 사람들이 생각하고 있다는 점이 문제이다. 난쟁이는 죽음으로 내몬 원인은 바로 삶의 위협하는 조건들이었다. 작가는 영수의 입을 빌어 다음과 같이 말하고 있다.

> 아버지 시대의 여러 특성 중의 하나가 권리는 인정하지 않고 의무만 강요하는 것이었다. 아버지는 경제·사회적 생존권을 찾아 상처를 아물리지 못하고 벽돌 공장 굴뚝에서 떨어졌다.
>
> 그러나, 아버지는 따뜻한 사람이었다. 아버지는 사랑에 기대를 걸었었다. (중략) 아버지가 꿈꾼 세상에서 강요되는 것은 사랑이다. (중략) 나는 아버지가 꿈꾼 세상에서 법률 제정이라는 공식을 빼 버렸다. 교육의 수단을 이용해 누구나 고귀한 사랑을 갖도록 한다는 것이 나의 생각이었다. (중략) 아버지는 사랑을 갖지 않은 사람을 벌하기 위해 법을 제정해야 한다고 믿었다. 나는 그것이 못마땅했었다. 그러나 그날 밤 나는 나의 생각을 수정하기로 했다. 아버지가 옳았다. 모두 잘못을 저지르고 있었다. 예외란 있을 수 없었다. 은강에서는 신도 예외가 아니었다.

「잘못은 신에게도 있다」의 첫부분과 끝부분에서 제시되고 있는 이와 같은 '사랑'에 대한 언급은, 난쟁이와 영수 – 두 인물의 죽음의 의미를 알려준다. 작가는 영수의 살인을 통해서 '신'도 잘못을 저지르고 있는 잘못된 현실을 바로잡으려고 했던 것이고, 이들 부자(父子)의 죽음을 통해서 1970년대 한국 사회의 모순상황을 극적으로 드러내고 있는 것이다. 동시에, 그러한 죽음의 시대를 극복할 수 있는 방법으로 '사랑'을 제시하고 있는 것을 통해서는 우리는 작가의 시선이 도덕주의에 기초한 것임을 다시 한 번 확인할 수 있다.

3. 병든 사회에 대한 비판

작가의 이러한 도덕주의를 역으로 증명하고 있는 것이 이른바 '가진 사람들'인 경훈네 등의 경우를 통해서 제시된다. 앞에서 잠깐 이들의 공간적 특질이 '깨끗함 – 부도덕함'이라고 말한 바 있다. 거리를 걸어 다니는 사람을 찾아보기 힘들고, 집들은 높은 담장으로 가려져 있는 곳에서 사는 사람들의 생활 모습은 한 가족이더라도 서로 믿지 못할 정도로 '경쟁과 의심'이 팽배한 긴장 속의 삶이다.

> "우리 공장 노동자들이 행복한 마음을 갖고 일하게 할 수 있는 방법을 제가 알아냈어요."(중략)

"약을 쓰면 돼요."

"약이라니?"

"그들이 행복한 마음으로 일만 하게 하는 약을 만드는 거예요. 그들이 공장에서 먹는 밥이나 음료수에 그 약을 넣어야죠. 약은 우수한 연구진을 구성해 만들게 해야 돼요. 처음엔 경비가 많이 들겠지만 장기적으로 보면 이 이상 좋은 방법은 있을 수 없어요."

"그만둬라."

어머니가 말했다. (중략)

나는 한번도 어머니의 사랑을 의심해본 적이 없다. 자식들에게 주어지는 어머니의 사랑의 크기는 언제나 같았다. 아버지는 달랐다. 아버지는 경영자에게 가장 필요한 능력은 여러 이질적인 것들을 조화하여 전체를 만드는 재능이라고 우리들에게 말하고는 했다. (중략) 사람들의 사랑이 나를 슬프게 했다. 그때 수위가 철문을 밀어붙이는 것이 보였다. 이팝나무 숲을 끼고 돌아온 아버지의 승용차가 미끄러지듯 들어와 섰다. 내일 아무도 모르게 정신과 의사를 찾아가 보자고 나는 생각했다. 내가 약하다는 것을 알면 아버지는 제일 먼저 나를 제쳐 놓을 것이다. 사랑으로 얻을 것은 하나도 없었다.

위의 인용문에서 보듯이 「내 그물로 오는 가시고기」에서 경훈이의 시선을 통해서 말해지고 있는 은강그룹 경영자 가족 사람들의 의식세계란 바로 이러한 철저히 물질중심적이고 이해타산적인 것이다. 여기에 '사랑'이 개입할 여지는 없다. 경훈이를 통해서 나타나고 있는 이들 가족의 관계는 철저히 경제적인 논리에 의해 지배되고 있다. 이익을 추구하는 데 있어서 가장 좋은 능력을 가진 자식이 회사를 물려받고, 자식들은 회사를 물려받기 위해 철저히 계산적이라는 것을 인정받고, 그러기 위해서는 사랑 따위 감정은 폐기되어야 하는 것으로 생각하는 사고방식이 바로 대규모 공장을 소유한 경영자 가족의 의식세계인 것이다.

작가는 이러한 극단화된 의식구조를 통해서 70년대 한국 사회의 한 계층의 부도덕한 일면을 보여주고 있는 것이다. 여기서 우리가 다시 한번 생각해야 할 점이 바로 '도덕'으로 각 계층의 특질을 평가하고 있다는 점이다. 이것은 가진 계층과 못 가진 계층의 특질을 가르는 기준으로 작용하면서, 작가가 세상을 바라보는 중요한 기준으로 작용하고 있기 때문이다. '선/악'이라는 이분법적 사고체계를 통해서 바라본 세상은 '사랑'을 갖고 있느냐 그렇지 않느냐에 따라서 옹호되어야 할 계층과 비난받아야할 계층으로 구분되고, 그것은 공간의 외면적 특질로 역으로 드러나고 있는 것이다.

다시 말하면, 부도덕한 사람들이 자신들의 부도덕함을 지우기 위해 마련한 공간은 외면적 깨끗함으로 나타나고, 반대로 도덕적 덕성을 지닌 사람들은 부도덕한 사람들이 내던진 더러움의 요소들(예를 들면, 대규모 공장에 내뿜는 공해물질 등)을 공간적인 면에서 강요당할 수밖에 없다는 것이다.

이렇게 보면, 작가의 의식세계와 이를 바탕으로 짜여진 작품의 구조적 측면이 어느 정도는 설명될 수 있다고 생각한다. 작가는 1970년대라는 공업화 진입 시기에 표면에 나타나기 시작한 산업사회의 제문제(주택, 환경, 부의 불균등 분배 등)에 관해서 관심을 갖고 그러한 문제들이 일어나게 된 원인이 어디 있으며, 그 해결책은 어떻게 모색될 수 있는지를 탐색한 것이다. 그리고 이러한 탐색을 하게된 동기는 그가 느낀 긴박함 때문이었다. 즉 작가는 한창 모순이 깊어가는 당대의 현실을 증언하지 않으면 안되겠다는 위기의식을 느꼈던 것이다.

그리고 이 위기의식은 도덕적 위기의식과도 관련되면서, 세상을 도덕(다른 말로는 사랑)의 관점에서 파악하게 만들었던 것이다. 작가가 도덕이라는 관점에서 당대 현실을 바라보자 문제를 해결할 수 있는 방법은 극단적인 방법으로 나아가거나 혹은 현실로부터 멀어지는 결과를 가져올 수밖에 없었다. 여기서 극단적인 방법이란 '살인'과 같은 것으로 제시되었고, 현실로부터 멀어지는 결과를 가져온 것은 다름아닌 이 작가의 작품 활동과 관련된 것이다. 소설집 『난장이가』의 마지막 작품인 「에필로그」의 마지막 부분은 다음과 같이 마무리되고 있다.

서쪽 하늘이 환해지며 불꽃이 하늘로 치솟으면 내가 우주인과 함께 혹성으로 떠난 것으로 믿어 달라. 긴 설명은 있을 수가 없다. 내가 아직 알 수 없는 것은 떠나는 순간에 무엇을 대하게 될까 하는 것뿐이다. 무엇일까? 공동묘지와 같은 침묵일까? 아닐까? 외치는 것은 언제나 죽은 사람들뿐인가? 시간이 다 되었다. 지구에 살든, 혹성에 살든, 우리의 정신은 언제나 자유이다. 모두들 좋은 성적으로 원하는 대학에 합격하기를 빈다. 다른 인사말은 서로 생략하기로 하자. (중략) 교사는 상체를 굽혀 답례하고 교단에서 내려왔다. 그는 교실에서 나갔다. 나가는 그의 걸음걸이가 이상했다. 외계인의 걸음걸이가 바로 저럴 것이라고 학생들은 생각했다.

겨울 해는 이미 기울어 교실 안이 어두워 왔다.

여기서 수학 교사의 입을 통해서 제시되고 있는 내용을 작가의 목소리로 본다면, 작가가 현실을 어떤 태도로 바라보고 있는지 짐작할 수 있다. 작가는 마치 수학 교사가 학생들을 대하듯이 독자들에게 현실과의 거리두기를 선언하고 있는 것이다. 소설 속에서 수학 교사는 그가 현실의 삶에는 직접적으로 도움이 되지 않는(대학 입학 시험에 좋은 결과를 얻게 하지 못했다는 의미에서) 지식을 가르쳤다고 말하고 있다. 여기서 수학 교사가 가르친 학생들을 독자들로 치환시켜 놓고 보면, 작가 자신은 자신의 작품이 한 일이라는 것이 결국엔 현실의 변화에 별로 도움을 주지 못했다고 스스로 생각하고 있는 것으로 읽을 수 있다.

물론 이렇게 읽는 것이 지나친 견강부회라고 비판받을 수도 있겠지만, 전혀 근거가 없는 것은 아니다. 왜냐하면, 작가는 소설 속에서 줄기차게 도덕적 관점에 기반한 '사랑'의 가능성을 외치고 있었는데, 현실은 사랑을 가지고 변화될 만한 것이 아니기 때문이다. 이렇게 작가가 내놓은 대안이 현실에서 가능하지 못하다는 것을 인식했을 때 작가가 나아갈 수 있는 방향이란 현실을 떠나는 일밖에는 없는 것이다. 바로 이 '현실을 떠나는 일'을 수학 교사가 보여주고 있는 것이고, 이것을 다시 작가 조세희의 작품 활동과 결부시켜보면, 두 번째 작품집인 『시간 여행』에서 보여준 신애의 이야기로 나타나고 있는 것이다.

작가는 『시간여행』에서 현실을 떠나고 있다. 즉 난쟁이나 영수와 같은 하층민이 아닌 신애라는 중산층이 주인공으로 등장하면서, 현실의 문제의 원인을 찾아가는데 '시간을 거스르는 여행'을 통해서 우리의 현대사 속에서 그 원인을 추적하려고 시도하고 있는 것이다. 그런데, 그 과정에서 작가가 발견한 것은 바로 '눈물'이다. 이에 대해서는 『침묵의 뿌리』에서 다음과 같이 밝히고 있다.

> 나는 바로 그 「시간 여행」이라는 제목의 소설에 '눈물'이라는 말을 2백 번 이상 써 넣었다. '집단 통곡'에 의해 강물이 범람하는 이야기까지 나는 썼다. 작을 때는 가족 단위, 마을 단위, 클 때는 도시 단위 또는 세대 단위, 더 클 때는 무슨 일이 일어나도

결코 고통받지 않은 전체의 1 내지 2 퍼센트를 제외한 대규모의 집단 통곡! 우리 역사 속에서 수없이 마주치게 되는 그것은 도대체 무엇일까? 울 일이 별로 없었던 사람은 모르는 일이다. 눈물은 소금물처럼 맛이 짜다. 조금 울어본 민족은 진짜 눈물 맛을 모른다. 우리는 눈물 맛을 잘 아는 민족이다. 이 세계에 눈물 맛을 우리 이상 잘 아는 민족은 또 없을 것이라는 생각, 다시 말해 한 편의 작품에다 눈물이라는 말을 2백 번이나 집중해 쓰며 나는 다른 역사에서 전례를 찾아보기 어려운 한 가지 사실을 떠올렸다. 어떤 어른들이 이 말을 들으면 펄쩍 뛸지 모르겠지만, 이것만은 분명하다. 우리에게 운다는 것처럼 쉽고 자연스러운 일은 또 없었다. 우리는 언제나 제일 쉬운 방법으로 비극에 대처했던 셈이다.

역사 속의 눈물 얼룩을 들여다보아도 13, 14세기 눈물과 19, 20 세기 눈물의 다른 점은 발견할 수 없다. (중략) 이땅에서 살다 돌아간 어른들은 눈물로 자신을 표현해 왔다. 그러면서 왜 눈물로 '각성'할 수는 없었을까? (중략) 무엇이 우리의 각성을 방해했던 것일까? 그리고 그 무엇은, 앞으로도 우리의 각성을 방해할 것인가?

그가 여기서 말하고 있는 현실에 대한, 모순에 대한 '각성'을 방해하는 '눈물'에서 현재의 모순의 원인을 발견한다. 그리고 그 결과로 작가가 제시하고 있는 것은 모순을 발견하고 치유하기 위한 '연대성'이다. 작가는 같은 책에서 에세이를 마무리하면서 다음과 같은 어느 '학교'의 교훈을 제시하고 있다.

가난한 자의 벗이 되고,
슬퍼하는 자의 새 소망이 되어라.

작가 조세희가 이러한 경구를 통해서 우리 독자들에게 전
달하려는 메시지는 분명하다. 우리는 그 메시지의 내용뿐만
아니라 작가가 그러한 내용과 그것을 전달하는 방법을 예술
로 만들어낸 기반을 이해해야 한다. 그 결과로 우리가 여기서
말할 수 있는 것은, 조세희라는 70년대의 작가는 당대 사회
현실의 문제를 도덕주의의 관점에서 인식하고 증언하고 해결
하려는 의지를 보여준 작가라는 점이다. 조세희의 작품집 『난
장이가 쏘아올린 작은 공』은 이러한 의식을 중심축으로 형성
된 소설인 것이다. 그러므로 우리가 작가 조세희의 작품을 대
할 때에는 도덕주의자로서의 작가의 의식지형을 염두에 두어
야 그 의미의 지층을 더 세밀하게 읽어낼 수 있을 것이다.

이문열의 「필론의 돼지」

1. 작가 이문열

이문열은 1948년 경북 영양에서 출생하였다. 이문열의 아버지는 대지 200평에 40간 짜리 본가를 둔 천석꾼에다 영국 유학까지 다녀 온 엘리트로, 서울대 농대 교수를 지낸 엘리트였다. 그러나 928 수복 때 아버지가 가족을 버리고 월북하면서 그의 가문은 대공수사기관으로부터 끊임없이 감시 받는 사찰대상이 되고 말았다. 당연히 가세는 기울었고 그의 인생도 순탄할 수 없었다. 초등학교를 제외하곤 중학교, 고등학교를 전부 중퇴로 끝내며 검정고시로 간신히 진학을 한다. 21세 되던 1969년 서울대 사대 국어과로 진학하였고 작가가 될 생각으로 사대문학회 활동을 열심히 하였지만 생활의 문제로 중도에 그만두고 밀양 석골사에 틀어박혀 사법시험을 준비한다. 그러나 세 번의 연이은 실패로 고시를 단념하고 방향을 틀어 신춘문예에 도전했으나 이도 여의치 않았다. 훗날의 출세작 『사람의 아들』 원고를 출판사에 보냈지만 문전박대 당할 뿐이었고, 이도 저도 안 된 그에게 군대는 유일한 도피처였다.

그리하여 25세가 되는 1973년에는 결혼과 동시에 군에 입대하여 통신보급병으로 서울과 서부전선에서 근무한다. 제대 후에 대구 고시학원 강사를 거쳐 77년 「대구매일신문」에 단편 「나자레를 아십니까」가 당선작 없는 가작에 뽑히면서 비로소 문단에 첫발을 디뎠다. 이듬해 「대구매일신문」에 입사한 그는 다시 1년 후 동아일보신춘문예에 중편 「새하곡」이 당선되었다. 이 무렵 발표한 『사람의 아들』은 오늘의 작가상을 수상하게 하였고 평단과 독자의 주목을 한 몸에 받았다. 1980년에는 매일신문사를 퇴직하고 소설집 『그대 다시는 고향에 가지 못하리』와 『그해겨울』을 민음사에서 출간한다. 33세가 되는 1981년에는 민음사에서 『젊은 날의 초상』을, 백양출판사에서 『어둠의 그늘』을 각각 출간한다. 다음해 「금시조」로 동인문학상을 수상하고 동광출판사에서 『황제를 위하여』, 문학예술사에서 『어둠의 그늘』, 삼성당에서 『그 찬란한 여명』을 출간하고 동남아 및 유럽을 여행한다. 1984년부터는 상경하여 전업 작가로 나섰다. 그해 『영웅시대』(민음사), 『미로일지』(소설문학사), 『달팽이의 외출』(문학예술사)을 출간하였다. 1985년에는 소설집 『칼레파 타 칼라』(나남), 『황제를 위하여』(중앙일보사)를, 1986년에는 「변경」을 「한국일보」에 연재하면서 『그대 다시는 고향에 가지 못하리』(나남), 『황제를 위하여』(고려원), 『요서지』(상정출판사)를 출간한다. 1988년에는 『평역 삼국지』를 민음사에서 출간하면서 8월 미국 여행을 다녀온 후 자유문학사에서 『추락하는 것은 날개가 있다』를 출간하고 중국으로 여행을 한다. 1989년 『변경』의 일부가 문학과 지성사에서 출간되고 제 2부를 연재하기 시작하며 「세계일보」에는 「수호지」를 연재하기 시작한다. 이 무렵 소설집 『필론의 돼지』(동아), 『새하곡』(열린책들), 『귀두산에는 낙타가 산다』(열린책들), 『타오르는 추억』(한겨레), 『우리가 행복해지기까지』(문이당) 등을 출간한다. 1990년에는 「금시조」와 「그해겨울」이 프랑스에서 번역, 출간되었고 1991년에는 「새하곡」이 번역 출간되었고 산문집 『사색』(살림), 장편 『시인』(세계의 문학), 『수호지』(민음사) 등이 출간되었다. 이듬해에는 산문집 『시대와의 불화』(자유문학사), 『변경』 2부(문학과 지성사), 『우리들의 일그러진 영웅』(민음사), 「시인과 도둑」으로 현대문학상을 수상하였으며 「금시조」가 일본에서, 「우리들의 일그러진 영웅」이 프랑스에서 각각 번역되어 출간되었다. 1993년에는 『서울 오디세이아』(민음사), 『미로의 날들』(미래문학) 등을 출간하였고 1994년에는 『수호지』 전 10권이 발간되었고 「여우사냥」(「세계의 문학」)과 「아우와의 만남」(「상상」) 등의 단편을 발표하였으며 세종대학의 정교수로 취임하게 된다.

그의 작품 경향의 첫 번째는 백과사전적, 지적인 작품이 많다는 것이다. 이문열의 작품을 읽다보면 한편의 교양서적을 읽는 듯한 착각에 빠진다. 『사람의 아들』에서 종교적인 깊이는 가히 종교철학적인 수준에 이른다. 최인훈의 『광장』 논리를 확대보강한 것으로 보이는 『영웅시대』를 보면 마르크스주의를 비롯한 이데올로기의 문제가 또 그러하다. 『그 세월은 가도』, 『우리가 행복해지기까지』에 나타나는 것은 우리나라 독립운동사에 관한 매우 철저한 지식이며 『미로의 날들』, 『구로아리랑』에서 볼 수 있는 것은 기업 관련 지식과 노동문제에 대한 작가의 해박함이다. 『어둠의 자식들』에서와 같은 법률적 지식은 일반인들이 알아야 할 교양수준을 오히려 초월하는 것이고 『사라진 날들을 위하여』에서는 '갓'에 대한 고증과 지식이 유감없이 드러난다. 그는 작품집 『그해겨울』 후기에서 작품을 쓴 시간보다는 남이 쓴 글을 읽는 데 더 많은 시간을 보낸다는 말을 하였는데, 그의 이러한 광범위한 독서가 그의 문학을 통하여 드러난다. 철학, 예술, 정치, 경제 여러 분야에 있어서 폭넓은 교양이 작품에 녹아 들어있는 것이다. 그는 또 그의 일기에서 "작가란 모든 것에 대하여 알지 않으면 안 된다. 그는 작은 조물주이고 그래서 한 세계를 창조하기 위해서는 전지전능하지 않으면 안 되는 것이다. 나는 모든 것에 대해 다 알고 난 뒤에 내 얘기를 시작하리라"라고 말하였다고 한다.

이와 아울러 소재의 다양성도 그의 문학적 특징이 된다. 그가 종교의 문제, 대학생활, 군대생활, 노동자의 생활, 고아원과 감옥의 생활 등 다양한 곳에서 소재를 얻고 있는 것은 그의 인생 역정이 평탄치 않았음과도 어느 정도 관련이 있겠으나 그런 상황을 깊이 있게 읽어낼 수 있는 지적 기반이 있었기 때문에 가능했던 것으로 보인다.

다소 현학적인 그의 문학은 독자에 대한 작가 우위의 엘리트의식의 소산이라고도 파악될 수 있겠다.

또하나 특징적인 것은 이문열의 이야기꾼으로서의 솜씨이다. 다소 현학적이고 귀족 취향의 백과사전적 지식 나열을 보이는 그가 대중에게 어필할 수 있었던 것은 그의 평이한 이야기 솜씨에 놓이게 된다. 그의 이야기는 어렵지 않다. 때로 도식적이고 기계적이라는 비난을 받을 정도로 플롯을 쉽게 구성하는 것이 그의 특징이다. 문체의 템포는 빠르고 유장하면서 논리적이고 정확하여 매우 잘 읽힌다. 사법고시를 준비하면서 정확하고 논리적인 문장에 대하여 공부하였다고 하는데 그것이 도움이 되는 듯하다. 그토록 깊이 있는 철학적인 내용을 이야기하는 『사람의 아들』을 비롯하여 이문열의 많은 작품들이 베스트셀러가 되게 된 데에는 이러한 까닭이 있는 것이다.

마지막으로 그의 작품에 흐르는 것이 실존주의적 휴머니즘, 그리고 허무주의라는 것이 주목을 요한다. 이문열은 프랑스의 작가이며 실존주의 철학가, 사상가인 장 폴 사르트르에게서 많은 영향을 받았다고 스스로 고백하고 있다. 그래서 그의 작품에는 20세기 현대적 상황에서 어떻게 삶을 영위할 것인가에 대한 고민이 매우 많이 등장한다. 실존주의의 기본 개념인 삶의 일회성이 그의 문학에 짙은 회의로 작용하는 것이다.

"그렇다. 우리는 목적 없는 길을 홀로 걷게 숙명이 지어져 있다. 그 허망한 외로움을 달래기 위해 우리는 수많은 신화를 지어내고 미신에 젖어들지만 누구도 그런 숙명에서 벗어날 수는 없다" (『젊은 날의 초상』)

그리하여 그의 작품에 등장하는 인물들은 대부분 객관적이고 절대적 가치를 인정하지 않으려 한다.

"이미 만들어져 있는 세상의 여러 가치를 거부하고 스스로 찾고 확인하기 위해 떠났다" (『젊은 날의 초상』)

실존주의는 소외와 고립, 나아가 허무주의에 도달하게 된다. 이문열이 '지적 허무주의자'라는 평을 받는 것은 그의 작품에 소외, 고립이 지배적인 흐름을 형성하고 그의 문학이 대체적으로 구체적 현실 문맥을 벗어나 공허한 관념에 탐닉하는 것으로 보이기 때문이다. 작가 스스로도 허무주의를 가리켜 "영원히 매력을 잃지 않는 주제"라고 하면서 불교와 러시아혁명의 출발 등이 다 허무주의에서 기인하는 것이라고 이야기한 바 있다.

2. 「필론의 돼지」

이 작품을 살펴보기 전, 그의 장편 『우리들의 일그러진 영웅』을 간추려 되새길 필요가 있다. 비슷한 주제의식으로 읽힐 수 있기 때문이다. 『젊은날의 초상』과 함께 영화화되어 많은 인기를 끌었던 작품 『우리들의 일그러진 영웅』은 권력의 실상을 생활영역으로 확대하여 4.19 시대 낙후된 한국적 정치현상을 우의적으로 표현하고 있는 소설이다.

그 줄거리를 보면 다음과 같다. 자유당 말기 아버지의 정치적 바람으로 인한 좌천으로 서울의 명문 국민학교에서 Y읍의 초라한 곳으로 전학하게 된 '나'는 학급 반장 엄석대가 담임 선생의 두터운 신임과 아이들의 절대적 복종을 받으며, 마치 조지 오웰의 소설 『1984』에 나오는 전체주의적 권력기관인 '빅 브라더'처럼 급우들을 억압하고 통제하고 있는 것을 알게 된다. 학급의 아이들은 모두 거기에 순응해 살고 있는데

'나' 혼자 그러한 현실에 대해 저항해 본다. 그러나 '엄석대'는 '나'보다 월등한 학업 성적과 무소불위의 권력을 지니고 있는 터라서 달리 대항해 볼 방도를 찾지 못한다. 결국, '나' 역시 엄석대에게 굴복하고 동조하며 그의 시혜를 받는데, 6학년이 되자 민주적 의식을 가진 새 담임의 개혁 의지로 엄석대 체제는 몰락하게 된다. 학급은 새로운 체제의 환경에 시행착오를 겪으며 우왕좌왕하기도 하지만 점차 용기를 얻고 민주적 질서를 회복한다. 그 후 사회인으로 성장한 '나'는 부조리한 현실에서 힘겹게 살아가면서 아이러닉하게도 엄석대에 대한 일종의 향수마저 느낀다. 그러던 중에 피서 길에서, 수갑을 차고 경찰에 붙들려 가는 엄석대와 맞닥뜨린다.

이 작품에서 공간적 배경은 매우 상징적이며 우의적이다. 작품 속에 나타나는 초등학교 교실은 4.19 전후 시대를 압축적으로 보여주는 공간이 아닐 수 없기 때문이다. 혁명이 일어난 후 엄석대를 보지 못하던 '나'는 그를 잊었었다. 입시공부에 허덕이며 학생의 신분으로 있는 동안에 억눌림이나 가치 박탈의 경험은 하지 않아도 좋았기 때문이다. 그러던 '나'가 사회에 나오면서 엄석대는 다시 '나'의 의식의 표면으로 떠오르기 시작한다. 실업자가 된 후, 세상을 더 잘 볼 수 있게 되면서 '나'가 엄석대를 기억하게 됨은 실제 세상과 초등학교 교실과의 교묘한 알레고리를 보여준다. 또다시 낯선 사람들만의 질서로 다스려지는 어떤 가혹한 왕국에 다다른 느낌을 갖는 '나'는 과거 엄석대의 막강한 힘을 기억하고 그에게 의지하고자 한다. 그러나 그것은 환상에 불과한 것, 엄석대라는 인물이 주었던 한계적인 자유와 권리를 실제 세상에서 갖고자 한다는 것은 과거에 대한 묘한 환상에 지나지 않는 것이다. 엄석대의 왕국도, 엄석대 자신조차 파멸하고야 말기 때문이다. 여기에서 독자들이 알 수 있는 것은 부조리한 현실에 대한 저항의 무위성이다. 엄석대의 지배 하에서 순응하고 살아가며 훗날 그의 독재를 오히려 그리워한다는 것은 저항의 무의미함을 웅변으로 증명하는 것이기 때문이다. 부조리한 현실에 대하여 아무것도 안하기는 「필론의 돼지」에서도 반복되는 주제의식이다.

이 작품의 플롯은 다음과 같이 정리할 수 있다. 시간적 구성이므로 줄거리와 플롯은 일치한다.

1. 주인공 '그', 제대 후 군용열차를 이용해 고향으로 가고 있다.
2. 홍동덕을 만나게 된다.(그는 두메산골에서 머슴살이를 하다가 학력을 속여 그와 함께 훈련을 받고 다른 부대에서 근무하다가 함께 제대를 하게 된 인물이다) 그는 아무것도 모르고 순진하던 인물인데 세상 때가 가득 묻어 엉뚱하게 변해 있다.

3. 불량스런 현역 군인('검은 각반' – 공수부대를 의미함)들이 차에 올라 제대병들에게 강제로 돈을 뜯는다. 폭력적 사태에 아무도 손을 못 쓰고 서로 눈치만 보고 있다. 많이 배운 그나 못 배운 데다가 세상 때만 가득 묻어 주인공의 혐오를 사고 있는 홍동덕이나 마찬가지이다. 몇몇 사람들이 저항을 해 보지만 무력하기만 하다.

4. 마침내 부조리한 폭력에 단체로 저항할 것을 어떤 사람이 충동인다. 이제 사태는 집단 싸움으로 번지고 집단들은 이미 이성을 잃은 상태이다.

5. 속수무책으로 폭력 현장을 도망쳐온 주인공은 홍동덕과 만나게 되는데 자신 역시 홍동덕이나 마찬가지. 이때 필론[1]이라는 현자가 돼지를 만나게 된 상황을 떠올린다.

전개 부분부터 시작된 불합리한 폭력적 현실 앞에 주인공

---

1) 철학자 필론(B.C.15~A.D.45) – 알렉산드리아 출생. 유대인의 필론이라고도 한다. 헬레니즘 시대 유대철학의 대표적 존재이며, 최초의 신학자로 알려졌다. 부유한 명문에서 태어나 유대인 단체의 수장을 지냈고, 유대인의 황제예배 의무의 면제를 청원하기 위하여 39~40년에 사절로서 로마에 파견되었다. 플라톤·아리스토텔레스·스토아학파(특히 포세이도니오스) 등의 그리스철학에 조예가 깊었으며, 그리스철학과 유대인의 유일창조신 신앙과의 융합을 꾀하였다. 저서는 매우 많으며, 성서의 비유적 해석방법을 도입하여 유일신과 많은 물질세계를 맺는 중간자로서의 로고스설에 특징이 있다. 배타적인 유대인 세계보다는 그리스도교 세계의 환영을 받아, 고대 그리스도교 신학철학 사상 형성에 많은 영향을 끼쳤다. 뒷날의 플라톤 신주의로의 길을 연 것은 바로 그였다.

은 분노를 할 뿐, 아무런 행동을 하지 못한다. 그런 그와 대조적으로 저항의 모습이 나타난다. 3과 4부분에서 부조리한 현실에 대한 저항의 모습은 세 단계로 나타난다. 모두 소영웅의 출현과 함께 시작된다. 그들은 '나'가 하고 싶은 마음만 있지, 행동하지 못하는 행동을 하고 있다.

① "씨팔, 보자보자하니 정말 더러워서 못봐주겠네."(...) "너는 하사니 좀 알겠군. 백골섬 들어봤어? 나 거기서 집에 간다."

② "돈이 아까운 게 아니라, 내야 할 이유가 없기 때문이오." 야멸차고 카랑카랑한 목소리였다. 그는 원인모를 부끄러움을 느끼며 그쪽을 바라보았다. 창백하고 깡마른 제대병 하나가 검은 각반들과 꼿꼿이 맞서 있었다.

③ "야, 이 답답한 친구들아, 삼 년간 당한 것도 분한데 끝나는 오늘까지 당하고만 있을 거여!"(...) 검은 각반들의 반응도 그때쯤은 거의 신경질적이었다. 그러나 목소리의 주인은 얼굴을 숨긴 채 선동만 계속했다.
"우리는 백 명이란 말여. 그런데 다섯 명한테 당해서야 쓰겠어?"

첫 번째 영웅, 백골섬 출신의 제대병은 부조리한 폭력 앞에 저항을 하지만 곧 타협하고 만다. 같이 술이나 한잔 하자는 제의를 받으며 저항을 보류하고 나갔던 그는 '어디를 어떻게 맞았는지 얼굴이 알아볼 수 없을 만큼 부어'서는 '비참한 몰골로 두 명의 검은 각반에게 끌려 들어'온다. 첫 번째 영웅이 무력적인 능력을 가졌으나 계산이나 예측 등 머리를 쓸 줄 모르는 사람임에 비해 두 번째 영웅은 이성적으로, 논리적으로 저항을 한다. '안면방해'에 지나지 않는 노래를 부르며 노래 값을 달라는 검은 각반들의 행위의 부당함을 꾸짖는 것이다. 그러나 '갑자기 곁에 있는 검은 각반 하나가 주먹을 날'리는 무력적 상황에서 '침착하게 손수건을 꺼내 피를 닦'으며 "당신, 사람을 쳤소. 더구나 나는 아직 전역신고를 안 했으니 현역병장이요. 그런데 당신은 일병이오. 하극상이야. 내 반드시 군법회의에 당신을 걸겠소."라고 논리 정연한 이론으로 저항하던 그는 아무도 동조해 주지 않는 상황에서 검은 각반들의 폭력 앞에 제압당하고 만다. 이론이 맥을 못 추는 폭력적 현실을 보여준다. 마침내 저항이 성공하는 세 번째, 영웅은 숨어서 등장한다. ③의 언어적 선동은 모두 '얼굴을 숨긴 채' 이루어져 모든 사람의 군중심리를 자극하는 방법으로 나타난다. 그리고 그것은 성공을 거둔다. 주동자를 알아내 처단하기 전에, 군중들은 불합리한 현실과 그에 대한 대처 방안에 관한 설득을 당하고 모두가 하나가 되어 저항을 하게 되자 저항은 보다 효과적으로 이루어지게 된다. 그러나, 폭력에 저항하던 세력은 '검은 각반은 거의 손 한번 써볼 틈도 없이, 마치 무슨 가벼운 공기돌처럼 수십 개의 손바닥에 받쳐져서 의자 몇 줄을 건넌 후, 바로 그의 옆 통로에 내동댕이쳐'지고 '수십 개의 제대화 발이 소나기처럼 쏟아'지면서 다시 엄청난 폭력세력을 이루고 만다.

　　순한 양처럼 당하고만 있던 제대병들 어디에 그런 광포함과 잔혹성이 숨겨져 있었던 것일까. 제대병들은 검은 각반이 일어나면 주먹으로 치고 쓰러지면 짓밟았다. 개중에 어떤 친구는 담배 불로 지지기까지 했다. 그럴 때마다 검은 각반은 숨넘어가는 비명을 질렀다. 둔중한 신음과 함께 그런 찢어지는 듯한 비명이 객차 안 곳곳에서 들리는 것으로 보아 나머지 네 명의 운명도 그 검은 각반과 별반 다르지 않은 것 같았다.

『우리들의 일그러진 영웅』에서 보았던 집단적 이기주의와 그 집단의 비열성을 이 작품 역시 적나라하게 보여준다. 그리고 저열한 시민의식이 어쩔 수 없는 인간의 속성(←복지부동, 무사안일을 찌히는)임을 인정하는, 폭력적 현실에 대한 허무주의적 경도가 이 작품에서도 나타난다. 두 작품 모두 현대인의 위선과 모순이 주제의식이 되고 있는 것이다. 그런데 이 작품에서 중요한 것은 저열한 시민의식을 소유하고 있는 '나'의 스스로에 대한 합리화이다.

　　……필론이 한번은 배를 타고 여행을 했다. 배가 바다 한가운

데서 큰 폭풍우를 만나자 사람들은 우왕좌왕 배 안은 곧 수라장
이 됐다. 울부짖는 사람, 기도하는 사람, 멧목을 엮는 사람……
필론은 현자(賢者)인 자리가 거기서 해야 할 일을 생각해 보았다.
도무지 마땅한 것이 떠오르지 않았다.

　그런데 그 배 선창에는 돼지 한 마리가 사람들의 소동에는 아
랑곳없이 편안하게 잠자고 있었다. 결국 필론이 할 수 있었던 것
은 그 돼지의 흉내를 내는 것뿐이었다.

현실이라는 거대함에 압도된 주인공은 차라리 돼지를 본받
고자 하였던 현자 필론을 인용하면서, 홍동덕과 마찬가지로
폭력의 현장을 피해 나온 '무능한 지식인 자신'을 합리화한
다.

배우지 못하고 군생활에서 추악한 처세술만 배운 홍동덕과
자신을 현자와 돼지로 공식화하고 있는 것이다.(필론 : 돼지 =
주인공 '그' : 홍동덕)

작품의 앞부분에서부터 '나'는 배우지 못한 시골 농부인
홍동덕을 매우 무시하고 있었다.

　① 그러자 그는 문득 떠오르는게 있었다. 언젠가 전방 소총중
대에 검열을 나갔다 만난 사병들의 그 지치고 짓눌린 표정이었
다. 산촌에서 지게지기보다 나을는지는 모르지만, 홍처럼 번번히
편했던 것을 내세울만 한 곳 같지는 않았다.

　② 하지만 중대보급계 정도로는 어려운 일이었다. 더구나 생판

무식인 홍에게 그런 보직이 주어질 리도 없었다. 오히려 두 가지 모두 가능한 곳은 취사병 쪽이었다. 그리고 보니 홍의 몸이 유난히 비대해지고 뭉툭한 손끝에 어딘가 기름과 그을음이 밴 듯한 느낌이 들었다. 일반적으로 보직 분류를 할때 나이가 많거나 학력이 낮아 별 쓸모가 없는 병력은 취사부로 돌려지게 마련이었다. 그는 홍의 경력을 어느 정도 정확히 알아낼 것 같았다. 그러나 홍은 더욱 열심히 뻔한 얘기를 계속하는 데 신명을 내고 있었다.

③ 누구에게 들은 어느 시절 군대얘긴 줄 모르겠지만, 확실히 홍은 많이 변해 있었다. 그러나 감탄보다는 아아, 이 삼년이 순박한 농부 하나를 얼치기 건달로 바꾸어 놓았구나, 하는 느낌에 그는 왠지 쓸쓸해졌다.

위의 인용은 홍이 하는 이야기 하나하나에 대하여 그가 달고 있는 반론들이다. 그에 대한 무조건적인 불신과 무시의 태도를 볼 수 있다. 그러더니 막상 어려운 상황에 처해서는 그나 자신이나 같은 행동을 하고 있다. 이를 용납할 정도로 주인공은 관대하지 않다. 그를 돼지와 등가에 놓고 자기 자신은 그리스의 철학자 필론과 동일시하지 않고서는 그러한 상황을 견딜 재간이 없었던 것이다. 이 작품에서 독자들이 읽을 수 있는 것은 지식인의 소시민적 현실 도피겠지만 아울러 지적 오만도 찾아보아야 할 것이다.

권지예의 「뱀장어 스튜」

1. 권지예의 모습

권지예의 「뱀장어 스튜」는 90년대에 이어 2000년대에도 여전히 미시담론이 유행한다는 것을 단적으로 보여주고 있다. 이 작품은 가족을 중심으로 하여 부부란 무엇인가라는 물음을 제기하고 있다. 이러한 해묵은 테마를 중심으로 하여 전개되는 그의 소설은 그러나 그 기법적인 면에서 범상치 않은 기량을 선보이고 있다. 이 작품은 2002년 이상문학상을 수상하였으며 추천자들의 압도적인 지지를 받은 것으로 알려져 있다. 심사위원들은 이구동성으로 이 작품의 작품성을 높이 샀다. 그런데 특이한 것은 거의 대다수의 평자들이 이 작품에 대한 가치부여를 그 기법적인 면에서 찾고 있다는 것이다. "소설이란 빨랫줄과 같은 선이 아니라 모래알을 뭉쳐 만든 두꺼비집같은 건축물이라는 것을 다시 한 번 깨닫게 한다"는 이어령의 지적에 이어서 "권지예의 「뱀장어 스튜」는 상징과 비유를 내재한 일화, 삽화, 사건들로 직조해 낸 빼어난 작품이다. 현대 소설은 대상(주제 소재) 그 자체보다도 대상을 처리하는 거리, 각도, 배치 그리고 상징, 비유로의 변용과 승화가 승패를 가른다"는 유재용의 지적, 그리고 "소설에는 재료가, 부스러기가, 여분이, 진흙과 더러운 것이, 무의미와 혼돈이 있다. 이러한 혼돈 앞에 홀몸으로 서는 것이 얼마나 불안한 일이며, 손쉽게 거머잡을 수 없는 질료와의 싸움이 얼마나 힘겨운 일인가를 체험하지 못하는 사람은 소설을 이해할 수 없다. 그러나 혼란스러운 질료와 싸워서 성과를 얻어내려면 망치와 같은 엄격성, 수학과 같은 정확성이 또한 필요하다"는 김인환의 소설론 등은 모두 소설의 형상화방식과 관련한 말들이다.

2000년대에 쓰여진 이 소설에 대한 당대의 비평가들의 이러한 기준은 역시 문단이 처한 일종의 한계상황을 말해주는 듯하다. 이제 삶의 진실 따위의 기준은 쉽사리 찾아볼 수 없으며 평범한 소재라도 형상화가 어떠하냐에 따라 그 작품의 가치가 평가된다는 이러한 비평적 조류는 진실에 기댄 거대 담론이 이제는 사라져 아무런 힘을 발휘할 수 없다는 것을 반증하는 것이 아니겠는가. 말하자면 이제 삶이란 그저 그런 것, 거기에서 새로운 것이 찾아질 수 없다면 그것을 미학화하는 일만이 중요한 것이 아니겠는가 하는 것을 이러한 조류는 반영하고 있다는 것이다. 소설에 나오는 대로 "인생이란 화려하지도 않고, 더군다나 장엄하지도 않으며 다만 뱀장어의 몸부림과 같은 격정을 조용히 끓여내는 것"이며 유재용이 이 작품을 설명하면서 표현한대로 '다 낡아버린 듯한 내용'의 현실이 오늘날의 풍조인 것이다. 그러나 현실이, 그리고 삶이, 이렇듯 화려하지도, 장엄하지도 않긴 하지만 단지 '격정을 조용히 끓여내는 것'만으로 삶을 설명해도 되는 것일까. 그렇게 설명된 삶이란 무엇일까. 조용히 가족관계를 유지하면서 참아내는 것, 그것 뿐이라면 진정한 삶에 대한 추구는 버려도 되는 것일까. 그러나 우리는 또한 물어보아야 한다. 진정한 삶이란 무엇인가. 그 물음에 제대로 답하지 못한다면 우리는 이 작품이 대답하는 인생의 낡아빠진 설교를 묵묵히 받아들여야 할 것이다.

2. 작품과 시각

위에서 이 작품에 대한 비평가들의 지적을 살펴본 바 있지만 비평가들이 이처럼 극찬하는 이유 중에는 그들이 강조하는 미학적인 이유 말고 다른 요소가 개재되어 있지는 않을까. 그 이유는 이 작품의 주제와도 맞닿아 있지 않을까. 이 작품의 주제란 무엇인가. 서로 맞지 않아도 참고 살아야 한다는 것. 이러한 명제가 비평가들의 호응을 받게 된 것은 비평가들이 대부분 남자들이고 연령적으로도 보수적인 위치에 있다는 것이 작용한 것이라 보여진다. 남성 가부장제의 시각에서 이 작품처럼 좋은 작품은 없다. 그렇기 때문에 그들은 작품의 내용에 대해서는 슬며시 미끄러져 가면서 작품의 미학적 성과만 집중적으로 드러내고 있다. 어차피 현실이란 새로운 것이 없다는 것, 따라서 그것이 가부장적인 가치를 지닌 것이라 할지라도 그렇게 문제될 것이 없다는 것, 그렇다면 내용에 관계없이 기법적 미학이 살아있기만 하다면 더 이상 바랄 게 없다는 것 등등의 생각이 여기에는 결부되어 있는 것이 아닐까. 이런 것을 위선적이라 비판한다면 문학을 이해못하는 아마추어의 수준이라 질타할 것이다.

그렇지만 거대담론의 퇴조가 미시담론의 미세한 변화까지 몰수하는 것은 아닐 것이다. 가족과 관련된 수많은 현실적 담론들이 현실의 변화를 요구하고 있고 실제로 그러한 요구로 인해 현실적 관계 자체가 변화하고 있는 것이다. 만약에 이 작품의 내용이 보수적 기준을 크게 이탈한다면 그때에도 미학적 기준만을 들이대며 칭찬을 할 것인가. 따라서 우리는 작품이란 특정 집단의 기준에 맞는 틀 안에 있을 때라야만 비로소 작품이 될 수 있다는 것을 알 수 있다. 그것은 그렇다면 다른 기준도 제시될 수 있을 거라는 걸 말해준다. 아니 오히려 이렇게 다른 기준과 더불어 나타나는 담론의 풍성함이 우리를 어렵게만 느껴지는 문학에 한걸음 더 가깝게 데려갈 수 있을 것이다.

3. '집'과 그 안의 일들

이러한 전제를 두고 이 작품을 살펴 볼 때 가장 눈에 띄는 부분이 집이라는 것이다. 집이란 우리가 몸담고 살고 있는 곳, 외부에서 쌓인 피로를 푸는 곳, 가족들이 있는 곳이라는 표상을 흔히 떠올린다. 물론 이러한 집은 가족이 구성되었다는 것을 전제할 때 그렇다는 것이다. 그러나 이 소설에서 집이란 그렇게 편한 곳으로 존재하지 않는다.

> 부엌에 바퀴벌레를 잡기 위한 덫을 세 군데나 놓았다. 그건 종이로 접어서 만든 것이다. 마치 바퀴벌레를 위한 조립식 집처럼 생겼다. 커다란 창문처럼 사면에 통로가 있고, 안엔 바퀴벌레가 좋아하는 먹이가 들어 있다. 그러니 집의 조건은 갖춘 셈이다. 그러나 그 안으로 한 발만 디뎠다 하면 영원히 빠져나오지 못한다. 강력접착제가 바닥에 도포되어 있는 것이다.
>
> 밖에는 여전히 이슬비가 내리고 있고, 비가 내리고 있다는 그 사실은 그녀에게 바로 '이곳에' 왔다는 존재감을 비로소 느끼게 해준다. 습한 우기의 공기가 몸을 눅은 김처럼 길들이는 곳. 그렇다. 그녀는 이제 다시 집으로 돌아왔다. 집. 석달만이다.

이 지문에서 눈에 띄는 것은 바퀴벌레의 집과 여자가 살고 있는 집을 병치시킨 것이다. 말하자면 그녀가 살고 있는 집은 바퀴벌레의 집과 같다는 은유적 기법이 사용되고 있는 것이다. 이 작품은 이러한 은유가 무수히 펼쳐져 있다. 그런데 바퀴벌레의 집이란 '한 발만 디뎠다 하면 영원히 빠져나오지 못'하는 곳이며 그 이유는 밑바닥에 강력접착제가 붙어 있기 때문이라는 수식은 집에 대한 암담한 상상력을 보여준다. 그 암담함이 다음 문장의 '습한 우기의 공기가 몸을 눅은 김처럼 길들이는 곳'과 연계되면서 곧바로 바퀴벌레의 집은 사람이 살고 있는 집의 내용을 이루고 있음을 알게 해준다. 사람이 살고 있는 집 역시 한 발만 디뎠다 하면 영원히 빠져나오지 못하는 곳이며 그 이유는 그 집에 강력 접착제가 붙어 있기 때문이라는 것이다. 그렇다면 강력접착제는 무엇인가.

뒤에 다시 나오겠지만 그것은 성이다. 이 작품에서는 성에 대한 은유가 무수히 펼쳐져 있다.

① 그리고 좀전에 그녀가 씻어놓았던 닭을 끌어당겨 놓는다. 닭은 좀 외설스런 포즈를 하고 있다. 두 다리를 한껏 가슴에 치켜 올린 채 누워있는 닭의 뚫린 꽁무니에 남편이 대추를 집어넣고 있다. 그리고 인삼뿌리를 쑤셔넣으며 말한다.

② 지금 그녀의 남편은 그녀의 아랫배에 나있는 한 가닥 가시 돋힌 철삿줄 같은 그녀의 상흔에 입술을 대고 있으며 그녀는 곧 그가 그녀의 몸속으로 들어올 것을 잘 알고 있다. 그녀는 눈을 감아 버린다. 그녀의 몸은 이제 남자의 페니스로 핀업된 한 마리 곤충인지도 모른다. 또는 끈끈이에 붙어서 더듬이와 사지를 버둥거리는 바퀴벌레인지도 모른다.

③ 까칠한 뜨거운 턱이 허벅지 살에 닿자 여자는 남자의 뜨거운 머리통을 껴안고 식탁 위에 몸을 누인다. 여자의 어깨는 작은 식탁 끝에 닿아 있고, 머리는 식탁 밑으로 늘어졌다. 긴 머리칼이 바닥에 닿을 듯 말 듯, 여자는 물구나무 선 것처럼 거꾸로 비쳐진 창밖 풍경을 내다보았다. 하늘이 흔들리는 어항 속처럼 불안했고 천장의 알전구들이 와르르 무너질 것 같은 순간에 여자는 눈을 감았다. 남자는 오늘 하루종일을 여자와 이렇게 보낼 것이다. 여자는 다시 자신이 모래밭의 두꺼비집인 것처럼 생각됐다. 속의 공동을 넓히느라 손을 넣어 모래를 파내고 속을 비우는 찰나 무너져 내리는 모래집. 남자는 갈퀴손처럼 여자를 한없이 비우고, 여자는 부서져 내리고. 남자는 더 깊어지는 허기로 결국엔 나가떨어질 것이다.

위에 인용된 것처럼 이 작품엔 이러한 노골적인 성적 표현이 난무하고 있다. 말하자면 이 소설은 성과 인생에 대한 전형적인 담론이라는 것을 간접적으로 알 수 있게 해 준다는 것이다. 그런데 ①과 ②의 예문은 남편과의 관계를 말하고 있고 예문③은 애인과의 관계를 말해주고 있다. 하지만 남편과 관련된 예문은 섹스에 있어 부정적인 느낌을 보여주고 애인과의 섹스는 긍정적인 느낌을 보여주고 있음이 특이하다. 예문①은 남녀간의 섹스가 닭에 대추를 집어넣는 것으로 형상화되고 있고 예문②는 자신이 '남자의 페니스로 편입된 한 마리 곤충', 또는 '끈끈이에 붙어서 더듬이와 사지를 버둥거리는 바퀴벌레'로 표상되어 있다. 반면에 애인과의 섹스는 남자는 '갈퀴손처럼' 여자의 내부를 비우는 것으로 나타나고 있다. 이때 쓰인 비유가 두꺼비집이다. 두꺼비집이란 모래 속에 빈 공간을 만들어 내는 놀이의 일종인데 이 작품에서는 여자의 고인 정욕을 비워내는 방식을 비유한 것이다. 따라서 인간은 남녀를 불문하고 생물학적으로 성적인 정욕의 축적이 불가피한데 동시에 그 축적을 비우지 않으면 안되기 때문에 두꺼비집이 내포하고 있는 속성은 긍정적인 것이 되지 않을 수 없다. 이처럼 남편과의 부정적 섹스와 애인과의 긍정적 섹스가 대비된다는 것은 여자가 집에 대해 편안함을 느끼지 못한다는 것을 말해주는 것이다.

그렇다면 왜 이렇게 남편과의 불화가 깊은 것인가. 그것은 범박하게 말해 부부가 되어 산다는 것은 참으로 어려운 일이라는 것을 말하는 것이 아니겠는가. 왜 어려운가. 사랑이 일상으로 전락하기 때문에 그렇다. 남녀는 모두 처음에 사랑의 감정으로 가족을 구성하게 마련이다. 그러나 일단 가족을 구성하게 되면 사랑의 감정은 약화, 내지 사라지게 된다. 왜 그러한가. 이유는 많다. 우선 사랑이란 환상이기 때문이다. 연인이란 권택영의 지적처럼 '나도 그처럼 되고 싶은 이상형'이다.16. 그래서 '갖고 싶고 먹고 싶은 대상'이다. "그와 한몸이 되는 길은 그것뿐이다" 그러나 가족을 이루어 같이 살다보면 그가 결코 자신의 이상형이 아니라는 것을 알게 된다. 사람은 모두 결핍의 존재이지 누군가의 이상이 될 수 없다. 그럼에도 이상형이라고 믿게 되는 것은 인간의 내부에 문제가 있기 때문이다. 그 문제는 라캉의 지적대로 현실 속에서 여전히 무의식에 남아있는 어머니의 환영 때문이다. 오이디푸스 이전까지 아이는 어머니와 단순한 이자관계로 결합되어 있다. 언어를 습득하면서 현실을 알게 되고 아버지라는 존재가 나타나면서 이자관계는 삼자관계 혹은 다자관계의 세계 속으로 들어오게 된다. 그래서 어머니와의 이자관계는 끊어지지만 그 관계는 무의식에 여전히 남아 일종의 환상을 만들어내게 되는데 그 환상이 라캉이 말하는 오브제 쁘띠 아이다. 이 오브제 쁘띠 아가 여자의 애인인 것은 말할 것이 없다. 그러나 애인은 애인이지 결코 내가 아니다. 따라서 애인과 살림을 차린다면 역시 남편처럼 불화가 깊어질 것이다.

남편과의 불화는 단순히 사랑의 환상이 깨졌기 때문만은 아니다. 이제 그 둘의 관계가 일상의 원칙들을 수용하지 않으면 안되기 때문에 나타난 것이기도 하다. 일상의 원칙들이란 무엇인가. 그것의 기초적인 조건이 경제적인 요소가 아니겠는가. 이 작품에서 남편은 거의 생활력을 상실하고 있다. 그러한 상실을 여자가 일함으로써 보전해 보려 하지만 이것도 쉽지 않다. 경기침체로 장사가 잘 되지 않았기 때문이다. 이때 이 둘은 서로 불화를 겪게 된다.

어느 날인가의 말다툼 이후로 여자는 남편을 몸 안으로 받아들이지 않았다. 오래 참다 못한 남편은 결혼이라는 성적 계약을 얘기했고 여자에게 계약 위반임을 비난했다. 여자는 남편을 한참 쳐다보고 나서 씹어뱉듯이 부르짖었다.

"계약? 넌 나한테 화대를 제대로 지불한 적이 한 번도 없었어!"

그러자 남편이 떨리는 날숨 끝에 뱉었다.

"더러운 창녀 같은 년!"

남편은 폭발할 듯 위태로운 몸짓으로 집을 뛰쳐나갔고, 여자는 찢어진 잠옷의 앞섶을 내버려 둔 채 밤새도록 창밖을 내다보았다.

이러한 대화가 사랑을 나눌 초기에 상상이나 했을 법한가. 그러나 생은 곧잘 이런 삽화를 우리의 삶의 어느 순간에 쉽사리 제공하곤 한다. 삶의 어느 순간에 '균열'이 존재하게 마련인 것이다. 그런데 재미 있는 것은 이러한 삽화가 곧바로 가족을 구성하는 제 1원칙이 경제적인 조건의 형성이라는 것을 보여주는 효과를 산출한다는 것이다. 이 명제의 엄격성에 비추어 보면 이를 부정할 사람은 아무도 없다. 그러나 최소한 가족에 대한 보수주의의 시각을 가능케 하는 가장 중요한 일차적 요소인 것도 사실이다. 돈이 없으면 어떠한 것도 불가능한 것이다. 자본주의 시대에 이러한 명제는 너무도 당연한 것이다. 왜냐 하면 자본주의시대에는 돈 외의 정신적인 요소는 그다지 중요하지 않으니까. 그러나 반면에 이러한 사실이 표나게 강조된다는 사실은 한국사회에서와 같이 여자의 경제적 선택권이 제한된 현실에서 결국 보수주의로 회귀하게 하는 인식이 되지 않을까. 어쨌든 이처럼 돈이 중요한 이유는 그러한 돈의 문제가 사랑의 문제에 언제든지 개입할 수 있기 때문이다. 가령 여자의 과거에 대해 남자는 치유의 태도로 접근했었지만 일상의 개입이후 이 태도는 계산 가능한 일상성에 의해 쉽게 변질되어 버린다.

남자는 여자와 처음 만날 때 여자의 상처를 어루만져 주었다. 그녀의 자살의 흔적을 애무해 주었고 아이를 버릴 수밖에 없었던 과거를 쓰다듬어 주었다. 그것은 남녀가 처음 만났을 때 진실보다는 환상이 앞선다는 명제를 그대로 증명해 주는 것이다. 남자는 여자를 사랑했고 그래서 그 여자의 현실이 눈에 들어올 리 없었던 것이다. 마찬가지로 여자는 그러한 남자를 환상적으로 받아들이지 않을 수 없었고 모든 현실적 요소들을 배제한 채 그 남자에게 빠져들어갈 수 있었던 것이다. 그렇지만 일상이 개입하면 그러한 환상성은 사라지고 만다. 이러한 환상성은 어쩌면 일종의 덫일지도 모른다. 인간이라면 누구나 빠질 수밖에 없는 불가피한 운명적 덫.....

4. 현실의 발견

그런데 이러한 환상의 깨짐이 어느 정도인가. 그것을 가늠하기 위해서 다음과 같은 표현들을 보자.

① "닭을 다시 먹기 시작한 건 군대 갔다 오고부터야. 군대는 모든 걸 바꾸어 놓을 수 있으니까"

"이젠 그런 죄의식을 갖는 소년은 없을 거야. 집에서 닭을 죽일 필요가 없어졌어. 이렇게 손질이 잘 되어 있는 닭을 파니까"

"그래. 그럴 거야. 하지만 문제는, 무언가를 죽여보지 못한 사람은 무언가를 사랑할 수도 없다는 거야. 이렇게 죽어있는 닭들에 익숙해 진 사람들은 닭을 다시 키운다고 해도 애정 따윈 생겨나지 않지"

남편은 가끔 자신이 한 말에 스스로 도취되는 경향이 있다.

② "아니, 뭐야? 도대체 뭘 보고 있는 거야!"

그때 남편이 넙적한 손바닥으로 바퀴벌레의 집을 위에서 잽싸게 짓눌러 버린다. 그 와중에도 혼비백산한 새끼들이 사방으로 뛰쳐나갔다. 갑자기 남편에 대해 막연하지만 전부터 어딘지 익숙한 느낌이 잔잔하게 밀려오는 것 같다. 그건 남편을 향한 살의였다.

"당신이 바퀴벌레를 그렇게 사랑하는지 몰랐어"

그녀는 씹어뱉듯이, 그러나 웃으면서 말했다.

"당신만큼은 못하지"

남편의 얼굴이 잔인하게 빛났다. 바퀴벌레를 죽인 손으로 그녀의 목덜미를 어루만진다. 남편도 그녀에게 살의를 느끼는게 분명했다.

③ 언덕으로 오르는 왼편 길옆은 가파른 절벽이어서 몇 곳은 두발이 오그라질 정도로 위험하게 느껴졌다. 곳곳에 경고문이 써 있기도 했다. 뒤에서 남편이 떠다밀면 곧장 바다로 떨어질 것 같았다. 그녀는 뒤에 바짝 선 남편을 돌아보다가 공연히 놀라며 그에게 먼저 앞서게 했다. 그가 앞서자 이번엔 그녀가 그를 떠다밀고 싶은 이상한 충동이 느껴질까봐 두려워졌다.

위 세 인용은 모두 남편과 아내와의 사이에 발생하는 것들이다. 그런데 이 인용들의 공통점은 서로가 서로에 대해 살의를 갖고 있다는 사실이다. 처음에 서로 떨어져 있기라도 하면 죽고 못살 것 같은 그들이 왜 이렇게 극단적으로 그 사이가 벌어지게 된 것일까. 그것은 물론 앞서 말한 바와 같이 세월의 아이러니 탓이다. 그리고 그 아이러니를 가능케 한 일차적인 요소가 환상의 깨짐과 일상성에의 침윤이다. 그런데 이러한 일상성에 의해 살의가 나타난다는 지적은 약간의 매개가 필요할 듯하다. 일상성이 모두 살의로 연결될 수는 없기 때문이다. 그 매개란 어긋남이다. 서로 상대방에 대해 잘못 보게 된다는 말이다. 아니다. 정확하게 말하자면 제대로 보게 된다는 말이다. 말하자면 과거에는 서로에 대해 잘못 보았지만 일상성이 개재하면 서로 잘보게 된다는 말이다. 환상이 깨졌으니까. 아니 이 말도 정확한 것은 아닐 지도 모른다. 이렇게 말해보자. 과거에는 확신했던 것을 이제는 의심하게 되었다는 것을.

남편은 섹스할 때 먼저 여자의 오른 손목을 '혀로 핥'는다. 이 행위가 의미하는 바는 오른 손목과 관련된 여자의 과거 상흔은 위로한다는 것을 뜻한다. 여자의 과거 상흔이란 무엇인가. 그것은 자살의 상흔이다. 삶이 너무 고통스러울 때 우리는 때로 자살을 꿈꿀 수도 있다. 그 자살은 존재의 생애체험에 속할 정도로 강렬한 것이어서 평생 트라우마로 작용할 수도 있다. 그리고 그 이후 남편은 여자의 아랫배에 '철삿줄' 같은 흉터를 애무한다. 이 흉터는 여자가 애를 지울 때 생긴 것이다. 과거의 남자에게서 얻은 상처. 그 모든 것을 남자는 감싸안는 것이다. 그런데 어느날 남편은 묻는다. "그런데 왜 오른 손목이었지? 당신은 왼손잡이도 아니잖아?" 이것은 절대적인 사랑에서 한발 물러선 의심의 영역에서 나올 질문 아니겠는가. 이러한 질문에 여자가 느낄 감정은 무엇인가. 자신이 비겁했다는 것. 이러한 느낌은 결코 떠올리고 싶지 않은 것 아닌가. 일상성은 이처럼 서로에게 상처를 주는 방식으로 작용한다. 서로에게 상처를 줄 때 서로의 수용은 불가능한 것. 이렇게 그들은 서서히 균열들을 축적하게 되는 것이다. 이때 아내는 화대 없는 창녀로 전락하게 된다. 이럴 때 서로는 서로에 대해서 잘못 생각하게 된다.

예문②에서 여자는 바퀴벌레를 죽인 남편에 대해 살의를

품게 되지만 사실은 자신도 집에 돌아와 바퀴벌레의 알들을 죽인 일이 있다. 이처럼 자신은 죽여도 되지만 남편이 죽이면 남편의 잔인성으로 파악하게 되는 것도 어긋남의 일종이다. 이것은 모순이지만 살아가면서 이런 일은 비일비재하다. 자신을 돌아보지 않고 남의 단점만 보게 되는 경우 말이다. 이것은 일종의 자기중심 사고의 결과이다. 타자를 돌아보지 않고 자신만 옳다고 여기는 태도. 그러나 이것이 과거 그들이 처음 만날 때와 비교해 보면 얼마나 엄청난 차이가 발생했는가를 보여주는 바로미터이기도 하다. 처음 그들이 만났을 때는 자기의 단점만 보고 상대방의 장점만 보지 않았는가. 세월은, 일상은 언제나 우리를 이렇게 어처구니 없이 배반해 버리고 마는 것이다.

이렇게 균열들이 만들어질 때 집은 곧 바퀴벌레의 집으로 바뀌고 '습한 우기의 공기가 몸을 눅눅한 김'처럼 만드는 공간으로 바뀌게 된다. 그리고 이렇게 해서 여자는 일탈을 꿈꾸게 된다. 작품에 나타나는 원숭이와 관련된 편지는 여자의 일탈을 상징하고 있는 것이다. 과거의 오브제 쁘띠 아였던 남편은 이제 일상성의 늪 속에 빠져 버리고 과거의 남자가 오브제 쁘띠 아가 되어 버린 것이다. 과거의 남자는 무의식 깊이 사라졌다가 이렇게 다시 회귀하여 그녀를 부르는 미끼가 되고 있는 것이다. 그렇다면 그 여자가 애인을 찾는 것이 사랑하기 때문일까, 아니면 단순히 섹스 때문일까. 아마도 이 둘 모두일 것이다. 사랑없는 섹스가 가능하겠는가.

그렇다면 여자에게 남자는 무엇인가. 아마도 분신일 것이다. 우리는 자신의 분신을 사랑하기 때문이다. 남자는 결코 한 곳에 머무르지 않는다. 그는 결코 결혼하지 않고 혼자 살면서 여러 여자와 잠자리를 같이 하며 살고 있다. 남자는 '천성적으로 고독을 좋아'하며 '여자를 구속하고 길들이길 싫어'한다. 여자는 그런 남자에게서 늘 '허기진 야성'을 발견한다. 바로 그것이 '강렬한 스파크처럼 여자의 몸을 점화시키'는 것이다. 그렇다는 말은 여자 역시 그러한 삶을 원하고 있다는 것은 말해주는 것은 아닐까. 남자는 여자의 분신이니까. 그러나 남자는 이제 어딘가에 정박하고 싶어한다. 그도 나이를 먹은 것이다. 나이를 먹으면서 찾아오는 외로움. 그것이 그로 하여금 혼자 사는 삶을 다시금 생각하게 하는 것이다. 이때 여자는 깨닫는다. 인간의 원초적 외로움을.

인간이 원초적으로 외로운 동물이라는 인식은 어딜 가도 그 외로움은 가시지 않을 것이란 깨달음을 준다. 여자가 다시 집으로 돌아와 남편과 새로 살기로 작정한 이면에는 그러한 외로움에 대한 인식이 깔려 있다. 외롭기 때문에 누군가와 더불어 살아야 한다는 명제가 나올 수 있는 것이다. 그래서 여자는 집으로 돌아온다. 그 집은 예의 그 바퀴벌레의 집과 같은 집이고 눅눅한 김처럼 생기없게 만드는 곳이다. 그리하여 끊임없이 벗어나게 하지만 벗어나 갈 곳이 없는 사람에게는 참고 견뎌야 하는 곳이 또한 집인 것이다. 이 말은 마치 우리 전대의 여성들의 경제적 한계로 인한 집안에 머물기와 유사하지 않은가. 이러한 한계가 존재한다면 어떻게든 모든 시련을 참고 견뎌야 한다는 결론도 자연스럽게 도출될 수 있다.

6. 현실 알기

그런데 왜 이 작품에는 성과 외로움, 그리고 가족이라는 변수만 작용하고 있을까. 그 외의 변수는 없단 말인가. 여성도 사회 속에서 자기의 역할이 있고 새로운 삶에 대한 도전도 있을 수 있다. 그럼에도 불구하고 이 작품은 존재의 여러 요소 중 성과 외로움, 그리고 가족만 설정하여 가족저 삶의 불가피성을 주장하고 있다. 결론은 뱀장어 스튜를 끓이듯이 조용히 열정을 다스려야 한다는 것. 열정대로 뛰쳐나가 보았자 거기에는 외로움만 가득하다는 것, 결혼생활의 상대자가 어떻든간에 그보다 자신의 외로움과 그 극복으로서의 성, 이것을 불가능케 하는 홀로 살기의 외로움과 이 외로움을 해결하기 위한 법적 강제력, 즉 가족의 소중함의 강조, 이것이다.

이것은 온갖 성적 방종을 겪은 끝에 이제는 마치 거울 앞에 돌아온 누이같은 여자의 말이다. 세상 모든 편력을 해보았더니 가족의 소중함 밖에 없더라 하는 말과 다르지 않다. 이러한 말은 어딘지 익숙한 말이다. 어른들의 담론, 성장소설의 담론이 이런 식이었다. 그래서 이러한 결론 서두에서 말한 바처럼 인생은 화려하지도 장엄하지도 않다는 결론이 나온다. 인생은 화려하지도 장엄하지도 않지만 목숨을 걸만한 소중한 일들은 무수히 많다. 이러한 많은 일들이 한갓 가족 속으로 뭉뚱그려 넣어지기엔 우리에게 너무 의미심장한 일들이 아닌가.

이 작품에서 스튜를 끓이기 위해 제시한 조리법에도 이러한 인식이 어느정도 나온다. '4인용의 뱀장어 스튜를 위해선'이라는 구절이 그것이다. 왜 4인용인가. 핵가족의 구성인원이 4인이기 때문이다. 4인이 정상이라는 것, 4인이 아니면 이상하다는 것, 혹은 타자라는 것이 거기에는 은연중 있지는 않겠는가. 뿐만 아니라 피카소의 마지막 여자라는 표현도 우리 사회의 이데올로기적 무의식을 드러내는 것 같다. 여자는 남자에게 있어 자신이 마지막 여자이기를 바라고 남자는 여자에게 있어 자신이 여자의 첫남자이기를 바란다는 오래된 가부장적 통설과 그것은 어딘지 닮지 않았는가. 결국 이 소설은 이러한 전통적 무의식을 격렬한 성이라는 소재를 매개로 하여 그대로 답습하고 있는 꼴이다. 격렬한 성이 마치 성적 방종과 같이 전달돼 성적 자유가 전제되어 있는 듯하지만 결국은 산전수전 다 겪어 보았는데 가족만치 좋은 게 없더라 하는 옛말과 하등 다를 게 없게 되었다.

중요한 것은 90년대에 이어 2000년대에도 여전히 이러한 현실 소거적 성담론이 가족과 관련된 보수적 담론과 결합되면서 맹위를 떨치고 있다는 사실이다. 그런데 이것이 현실을 제대로 반영한 것인가. 현실도 이러한가. 그렇지 않다면 아직도 우리 문학은 현실에 대한 제대로 된 인식에는 실패한 것이 아닐까. 내가 이 소설을 감동적으로 읽고 그 내용에 개인적으로 전적으로 공감한다 할지라도(사실 그렇다! 앞의 평자들과 다를 바 없다) 여전히 현실은 다른 철학으로 흐름을 만들고 있다면 우리 소설에서 시급히 그것들을 수용하여 새로운 인식을 문학화해야 할 것이다.

II

여성 이미지 비평

여성이미지 비평이란 문학작품 속에 나타난 여성들의 이미지가 어떻게 그려져 왔는가, 혹은 그려져 있는가를 분석하는 방법을 말한다. 초기에는 주로 남성작가들의 작품 속에 묘사된 여성의 이미지가 얼마나 상투적인가에 대한 비판으로 구성되었다. 그러나 그 이후에는 문학작품 속에서 여성의 역할 모델이 어떻게 그려져 있는가를 지적하는 방식으로 바뀌었다. 다시 말해 여성들이 그동안 가부장제 사회 하에서 남성들의 시각에 의해 대부분 상투적인 여성성을 구현해 왔다는 반성에서 그것을 적발하려는 경향을 보였지만 그 이후에는 현실 속에서 마땅히 존재해야 할 여성상이 어떤 것인지를 작품 속에 구현해야 한다는 요구로 바뀌어 왔다는 것이다.

이때 문제되는 것은 현실의 진실된 재현에 관한 것이다. 여성 비평가들은 작가들이 작중인물인 여성의 진실된 삶을 창조해야 한다고 주장한다. 그러나 이럴 경우 바람직한 역할 모델의 여성과 이러한 현실의 진실된 여성적 모습이 어떻게 양립할 수 있겠는가 하는 것이다. 현실 속에서 대부분의 여성들은 수동적이고 나약하고 위축된 모습을 보이고 있지만 여성의 이상적 모델이란 그러한 여성상과는 전혀 다른 모습을 보이고 있는 것이다.

여기서 우리는 여성의 진실된 상을 구현해야 한다는 리얼리즘적 요구를 재고하지 않으면 안된다. 여성들은 대체로 지구상의 유력한 이론들에 대해 경시하는 자세를 가져왔다. 그 이유는 그러한 이론이 대부분 남성들에 의해 만들어졌고 따라서 그것이 아무리 자웅동체적 입장에 의해 현실을 객관적으로 분석했다고 할지라도 그 속에는 반드시 남성적 전제가 밑에 깔려 있다고 보기 때문이다. 여기서 여성들 자신의 경험이 무엇보다 중요하다는 인식이 강화된다. 이 인식에 의해 리얼리즘적 요구가 필연적으로 강조되어 왔던 것이다.

현실을 투명하게 그려야 한다는 이러한 요구는 거의 자연주의적으로 경사된다. 예컨대 여성들이 남성들에게 잘 보이기 위해 신체의 특정부위의 털을 깎아내거나 또는 미적 감각에 떨어지는 생물학적 행위를 하는 것이 작품 속에 그대로 재현된다면 독자들의 반응도 부정적일뿐더러 작품의 미학적 완결성에도 도움이 되지 않을 것이다. 그렇다면 우리는 어쨌든 현실의 재현과 현실의 왜곡이 동시에 작품 속에 작용하고 있음을 인정해야 할 것이다.

이런 의미에서 여성 비평가들의 모더니즘 경사는 다시 생각해 봐야 한다. 모더니즘은 형식 탐구에 열성을 보이고 있으므로 여성들의 현재 처해진 가혹한 현실을 눈감는다는 비판이 여성비평가들 사이에서는 보편화되어 있기 때문이다. 그러나 현실의 진실된 재현이 자연주의적이고 따라서 현실의 미학적 재구성, 혹은 왜곡이 불가피하다면 우리는 모더니즘을 폭넓게 인정해야 할 것이다. 현실은 중층결정되어 있기 때문에 단순한 재현으로는 포착이 불가능하기 때문이다. 그렇다면 우리는 보다 진실한 재현을 위해 형식을 변형시키는 모더니즘 작품을 통해 그 속에 그려진 것이 현실은 아닐지라도 가장 현실같을 수 있다면 오히려 그것을 선호해야 하고 그 속에 깃들인 이데올로기적 전제들을 통해 현실에 대한 새로운 접근을 시도해 봐야 할 것이다.

여기 모아놓은 여성이미지 비평들은 이러한 맥락에서 이루어진 것이다. 여기에는 영화나 문학작품 속에 그려진 상투적 여성상에 대한 비판도 있고 역할모델에 대한 사유도 있으며 모더니즘 작품 속에 그려진, 형식파괴를 통한 진실한 삶의 문제도 있다. 이를 통해 현실에 대한 여성의 모습을 작품 속에서 확인하고 그것을 다시 현실 속에서 검증하는 작업을 통해 독자들은 오늘날 여성의 모습이 어떠하고 또 어떠해야 할 것인가를 고민할 수 있어야 한다. 그리고 더 많은 작품들을 통해 현재 여성들이 처해진 고통의 무게가 어떠할 것인가를 추체험하여 여성에 대한 인식을 확대할 수 있었으면 좋겠다.

김기덕 감독의 《수취인 불명》

이러한 전제 하에서 우선 영화 속에 비춰진 여성 이미지 비평에 대해서 살펴보고자 한다. 그 대상은 김기덕 감독의 《수취인 불명》이다. 김기덕 감독은 저예산 영화의 대명사로 불린다. 그러면서도 그의 영화는 국제적인 영화상을 받을 정도로 작품성이 있다. 그렇지만 한국의 관객들은 그를 별로 주목하지 않는다. 그 이유는 그의 영화가 너무 폭력성이 많거나 정상적인 틀로서 설명되지 않는 부분이 너무 많기 때문일 것이다. 그러나 바로 그렇기 때문에 그의 영화는 우리의 주목을 끈다. 왜냐 하면 설명이 너무 자연스럽게 이루어지는 영화치고 현실을 제대로 반영하는 경우가 드물기 때문이다.

이 작품을 두고 여성의 이미지를 말할 때 우리는 상투적인 여성상으로부터 벗어난 인물들을 볼 수 있다. 그러나 그렇다고 그들이 모두 바람직한 여성으로서의 역할모델을 구현하고 있는 것도 아니다. 앞에서도 거론했듯이 바람직한 여성의 역할모델은 진실성을 담보하지 못하면 비현실적일 수 있다는 점에서 그것을 그렇게 강조할 필요는 없다고 본다. 따라서 여기서는 진실된 오늘날의 여성상에 대해서 말해보고자 한다. 김기덕 영화에 등장하는 여성들은 우리가 논하는 어떤 여성상에도 부합하지 않는다. 그래서 많은 여성들이 그의 영화에 등장하는 여성을 보고 감독 자체를 비난하기도 한다. 그만큼 그의 영화에 등장하는 여성들은 비루하다거나 속되거나 외설적이다. 그러나 그것이 진실된 여성적 삶의 재현이라면 우리는 그것을 회피해서는 안된다.

김기덕 감독의 <수취인불명>은 미군기지 주변의 변두리 인생들의 삶이 그려진다. 거기에는 훈장에 사로잡힌 참전 상이용사가 있고 개를 두드려 패서 팔아먹는 '개눈'이 있다. 그리고 미군의 아이를 가진 홀로 사는 '양갈보'가 있고 한쪽눈이 없는 소녀가 있다. 그 속에 사는 사람들은 모두 결여된 삶을 살고 있는 것이다. 이러한 결여된 삶이란 김기덕의 표현을 빌면 '시대 자체로 수신되지 않은' 인생이다. 정상성이란 시대적 틀을 벗어난 곳에서 벌어지는 사건을 다루고 그 속에서의 인간을 다루는 것이 김기덕 감독의 목표다.

여기 등장하는 여성들은 미화되거나 부정적으로만 존재하는 것은 아니다. 여성들의 삶은 있는 그대로 나타나 있을 뿐 그 이상도 이하도 아니기 때문이다. 이렇게 된 이유는 감독의 의도일 것이다. 김기덕은 인물을 주제 구현을 위한 단순 대리인이 되는 것을 경계한다. 그는 인물들이 자신들의 삶의 공간을 내비치길 원한다. 이 영화에서 주목되는 여성은 둘이다. 하나는 혼혈아 창국의 어머니이고 다른 하나는 한쪽눈에 백태가 낀 여학생 은옥이다.

창국모는 미국으로 떠난 미군남편을 기다리며 매일같이 수취인불명이라는 글씨로 되돌아오는 편지를 쓴다. 그 편지는 고달픈 한국생활을 청산하고 동시에 상처받기만 하는 아들 창국의 해방을 위한 것이다. 말하자면 그녀는 그런 식으로 힘든 시대의 삶을 살아가고 있는 것이다. 만약 그녀가 이러한 이미지로만 남아있다면 이 작품은 시대 자체로 수신될 작품으로 끝날 것이다. 그래서 이 시대의 전형적인 모성상으로 기억될 수도 있을 것이다. 그러나 창국모의 모습은 일순 변한다. 그녀는 식료품점에 가서 주인 여자와 영어로 싸운다. 그것은 그녀가 냄새나는 한국인과 다르다는, 혹은 달랐으면 좋겠다는 욕망의 표현이지만 그녀가 아닌 제3자의 시각에서 보면 양갈보의 티냄에 불과하게 된다. 어느쪽이든 결코 긍정적인 상은 아니다.

그녀는 또 남의 배추밭에 가서 주인의 허락도 없이 배추를 캔다. 그러니까 훔치는 것이다. 그것이 반드시 아들을 위한 것만은 아니라는 데서 그녀의 몰윤리성을 보여준다. 그녀는 누구에게나 욕설을 퍼붓고 타인과 절연하여 살고 있다. 이러한 그녀에게서 어떠한 긍정성도 발견할 수 없다.

또하나의 여성은 여학생 은옥이다. 그녀는 우리가 상식적으로 생각하는 여학생이 아니다. 이른바 모든 것으로부터 철저하게 버림받아 자폐적 공간 속에 유희를 즐기고 있는 인물이다. 그녀는 강아지를 데리고 자위행위를 하거나 외설잡지를 남자친구 지흠과 같이 보다가 아무런 통제없이 성행위를 하려고 하기도 한다. 그러다가 동네 불량배에게 윤간을 당하기도 한다. 그러니까 그녀의 그러한 행위는 시대 밖에 있는 그녀의 일상적 삶이다. 그녀는 우리 시대가 흔히 만들어내는 그런 소녀상이 아니다. 이 영화는 철저하게 버림받은 곳에서의 소녀의 훼손을 보여주고 있다.

이 소녀는 미군 병사 제임스에 의해 자신의 눈을 치료받고 그와 쉽게 동침한다. 그것은 그녀의 유일한 소망이 눈을 치료받는 것이었기 때문이다. 그리고 제임스와 같이 마약을 복용하기도 하고 폭력적 삶 속에서 폭력을 행사하지 않으면 안되는 삶에 노출되어 있다. 이 작품에서 제임스의 행위는 팍스 아메리카나의 이데올로기와 거리가 멀다. 그는 전쟁도 벌어지지 않는 곳에서 전쟁 흉내나 내는 이곳 미군기지에 염증을 느낀다. 이러한 캐릭터 설정은 반미감정에 쉽게 젖어드는 우리의 통념과도 거리가 멀다. 그것은 감독의 진실 구현의지가 만들어낸 것이라 할 수 있다.

이러한 여성상은 상투적인 여성상과도 거리가 멀고 여성의 역할모델과도 동떨어져 있다. 이러한 여성상은 우리의 정상적 인식 너머에 있다. 이를테면 타자인 셈이다. 그런데 이러한 타자의 삶이 남성의 시각을 통해 제시된다는 것이 특징이다. 그것은 창국모의 경우 창국을 통해 보여지고 은옥의 경우는 지흠을 통해 나타내 진다. 창국이나 지흠 모두 정상성의 기준 을 통해 보면 타자에 속한다. 즉 이 영화는 타자에 의해 타자 가 보여지는 구성을 택하고 있는 것이다.

그 시선은 연민으로 가득차 있다. 그리고 분노로 가득차 있다. 이 연민과 분노는 자신들의 타자성을 역으로 보여주고 있다. 그렇기 때문에 이들의 시선은 유토피아로 감싸이게 된 다. 창국이 개눈을 죽이고 논구렁에 처박혀 죽는 것이나 지흠 이 동네불량배들을 목졸라 죽이려는 것은 상상적 욕망에 다 름 아니다. 상상적 욕망이란 상징계로부터 상처받은 주체의 죽음욕망이면서 유토피아에의 회귀욕망이라 할 것이다.

그들이 그렇게 유토피아에 도달하려는 이유는 현실이라는 상상계적 질서의 질곡에 출구가 없다는 절망에 다름 아니다. 예컨대 '개눈'의 경우 선량성과 포악성 모두를 가지고 있다. 창국모에 대한 그의 사랑은 선량성에 이어진다. 반면에 잔인 하게 개를 잡아 팔아넘기는 것은, 그리고 결국 그러한 일을 창국에게 강요한다는 점은 포악성에 연결된다. 그러니까 창국이나 지훔에게 현실의 이러한 양면성은 그것이 설령 선량성을 내포하고 있을지라도 받아들일 수 없다는 점에서 유토피아적인 것이다.

그렇다면 이들에게 유토피아를 심어준 계기는 무엇이겠는가. 그것은 현실이 그들을 수용하지 않기 때문이다. '개눈'이 원래 가지고 있던 선량성을 버리고 포악하게 사는 이유는 그렇지 않으면 생존 자체가 불가능하기 때문이다. 현실은 선량하게 살 경우 무시되고 버림받는다는 체험이 그로하여금 포악성을 갖게 한 것이다. 그러한 현실에 절망한 그들이 바라본 여성적 삶에 대한 인식이란 그 자체로 연민이 될 수밖에 없다.

이 작품의 도입부에는 빨간버스가 가로놓여 있다. 그리고 창국모와 창국이 거기에서 살고 있다. 원래는 판자집이지만 감독은 빨간 버스로 설치해 놓았다. 김기덕 감독이 색상에 유난히 관심을 가지고 있다는 것은 주지의 사실이다. 그런 전제하에서 이 빨간색을 살펴 보면 그 색은 두가지 속성이 결합되어 있다고 할 수 있다. 빨갛다는 것은 정열, 혹은 열성을 내포하고 있고 또는 피, 혹은 소멸이라는 속성을 갖고 있다. 작품 속에 등장하는 인물들은 현실의 곤궁함에 의해 무엇인가를 하려고 열성을 보인다. 그러나 그 열성도 결국 죽음에 이를 수밖에 없다. 그런 의미에서 열성, 혹은 정열이라는 의미는 소멸과 연관된다. 이것은 감독의 삶에 대한 비극적 인식을 말해주는 것일까. 아니면 단지 삶 자체의 속성을 아무런 가치판단 없이 보여주는 것에 불과한 것일까.

이 작품은 이러한 비극적 삶의 모습을 보여주고 있다. 달리 말하면 여성의 삶도 남성의 삶도 이 비극적 사회에서는 불가피하다는 것을 말해주고 있다. 그렇다면 여성의 진실된 모습을 구현하고 있는 이 작품의 주제는 그러한 비극적이지만 진실된 삶의 모습이 결국은 비극적 사회로부터 비롯된 것이고 그 해결 또한 그 구조의 변혁을 통해 가능하다는 것을 말하고 있는 것이라 하겠다. 여성문제의 출발점은 결국 여기라는 것을 감독은 아마도 생각지 못할 것이다. 그럴까.

최윤의 『하나코는 없다』

1. 우리에게 페미니즘은?

근래에 와서 여성적 시각에서 현실을 바라보려는 글들이 부쩍 많아졌다. 그 이유는 많겠지만 눈에 띄는 요인으로는 아마도 90년대 들어와 뒤바뀐 이념의 지형도 때문이리라. 고르바초프의 페레스트로이카와 글라스노스트는 어쩌면 예정된 세계사적 수순일런지도 모르겠다. 동구권이 몰락하고 북한에서 발생한 식량난과 연이은 탈북사태, 그리고 중국의 시장화는 소련의 몰락이 단지 고르바초프의 예외적 결정에 의한 것만은 아니라는 것을 예증한다.

세계는 그래서 변했다. 80년대의 치열했던 변혁에의 의지는 이러한 세계사적 흐름에 의해 잠식당했다. 사회는 그 치열했던 현실에 대한 고민이 사라지고 대신 가벼운 유희가 대기 위로 스며들어갔다. 이념적 부담을 안고 살았던 사람들은 그것들을 홀가분히 벗어던지고 마침내 현실과 조우했다. 사람들은 거리로 나와 자본주의가 내던지는 소비들을 기꺼이 탐닉

했다. 소비가 주는 풍성함은 과거 그들이 되씹어야 했던 현실에 대한 고뇌를 가볍게 만들었다. 드디어 자유가 온 것이다. 자유.

그런데도 사람들은 자신들의 자유가 어쩐지 어색하다는 느낌을 지울 수 없다. 현실의 한편에는 여전히 경제적 부자유가 존재했고 의식의 면에서는 과거 자신들이 자연스럽다고 여겼던 것들에 균열이 발생하기 시작했다. 바로 여성들의 목소리가 80년대까지를 이끌었던 남성의 귀에 전해지기 시작한 것이다. 여성들은, 남성들의 거대담론의 그늘에 가리어져 왔던, 또는 가리어질 수밖에 없었던, 자신들의 목소리를 내기 시작했다. 더 이상은 못참겠다고, 이제 우리들은 우리들의 삶을 찾아야겠다고, 남자들에게 맡겨놓은 더 나은 사회에 대한 기대는 남자들에 의해 충족될 수 없다고 선언하게 된 것이다.

우리의 페미니즘은 이렇게 시작된다. 물론 그것의 역사는 멀리 일제시대까지 소급될 수 있다. 그러나 우리의 관심사는 오늘, 바로 이 자리에서의 여성의 삶의 문제이다. 페미니스트들이 문학에서 가장 관심을 가지고 있는 분야는 여성에 대한 기존의 이미지에 대한 것이다. 그들은 이러한 이미지가 가부장제 하에서의 남성에 의해 구축된 것이라 믿고 있다. 따라서 그들은 기존의 문학작품 속에 반영된 여성의 이미지가 어떻게 구축되었으며 그것의 이데올로기적 기초가 무엇인지를 검토하고 있다.

이 글도 그러한 문제의식하에서 시작하고 있다. 텍스트로서는 최윤의 작품 「하나코는 없다」이다. 이 작품은 1994년 이상문학상을 수상한 작품으로 변화된 90년대의 풍경을 드러내면서 여성문제를 형상화하고 있다. 최윤의 문장이 주는 상징성과 절제된 언어, 그리고 잘 짜여진 구조가 돋보이는 작품이다.

2. 여성에 대한 남성의 시각

최윤의 작품을 결정짓는 것은 무엇보다도 일상성으로부터 벗어나려는 의지라 할 수 있다. 그의 「아버지감시」나 「회색눈사람」이 감동적으로 그려보였듯이 최윤의 일상성으로부터의 탈출은 아름답기까지 하다. 작품 서두에 아름답게 묘사한 상징적 언어는 최윤의 언어세계에 접근하는 통로이기도 하다.

폭풍이 이는 날에는 수로의 난간에 가까이 가는 것을 금하라. 그리고 안개, 특히 겨울 안개를 조심하라 …… 그리고 미로 속으로 들어가라. 그것을 두려워 할수록 길을 잃으리라.

새삼스런 해석이지만 폭풍의 날이란 작가가 느끼는 현실이다. 그 현실은 소용돌이로 가득찬 것이기도 하다. 그럴 때 수로의 난간이란 우리가 이러한 어려운 현실에 처할 때마다 기대어야 한다고 생각하는 어떤 의존물이라고 할 수 있다. 안개란 낭만적인 은유체로서 일종의 퇴폐적 감상을 의미한다.(이태동, <최윤의 작품세계>, 최윤, <<하나코는 없다>> 해설) 어려움에 처할 때마다 우리는 감상적인 감정에 빠지기 쉽지 않은가. 그것을 경계하자는 말이다. 미로속으로 들어가라는 말은 결국 우리가 서있는 곳은 미로이고 우리의 출발점은 결국 거기에서 시작되어야 한다는 것을 함축하고 있다.

이 소설은 하나코라는 한 여자를 중심으로 이야기가 전개된다. 그녀는 '나'를 비롯한 남자들과 친구관계를 형성하게 된다. 그녀는 남자들의 모임에는 적극적으로 참여하고 그리고 그곳에서 여성다운 다소곳함으로 남자들의 인기를 끌게 된다. 그러면서도 그녀는 남자들의 질서에 자신의 정체성을 버리면서까지 참여하지는 않는다. 이렇게 쉽게 동화되지 않는 그녀이기에 하나코라는 별명이 붙었으리라.

일반적으로 <코>란 콧대를 의미한다. 거기에 하나라는 수식어가 붙음으로써 그 자존심은 보통 이상의 의미를 갖게 된다. 그러한 그녀가 남자들의 세계와 절연하고 이탈리아로 가 가방 전문가가 되어 돌아온다는 것이 서사의 줄기이다. 그것 역시 남자들에게는 신선한 충격이다. 자신들이 무시했던 여자가 자신들은 일상성 속에 허덕일 때 그 일상성을 꿰뚫고 솟

아오른 것이기 때문이다.

그렇다면 이 소설은 이제 이상이 사라져 버린 90년대 현실에서 갑자기 부각된 일상성의 문제를 통해 일종의 길찾기를 시도하고 있음을 알 수 있다. 그 일상성은 전술한 바 현실에 대한 거대담론과 관련되었다기보다 그것이 사라져버린 상황에서 갑자기 드러난 남녀간의 근원적인 문제와 연관되어 있다. 그 근원적인 문제를 감싸고 있는 것은 도구적 합리성의 세계라 할 수 있다. 물론 이것 역시 이전에도 엄연히 존재했었지만 90년대에 와서 갑자기 크게 눈에 띄게 된 것이다. 작중 남자들은 수량화와 경쟁적 이기주의라는 사회내 도구적 합리성에 좌초되어 허둥대고 있다.

도구적 합리성의 세계란 인간을 소외시키는 사물화의 세계이다. 이 사물화의 세계에서 인간은 자신을 상실하고 삶의 미로속을 헤매게 된다. 그 미로 속에서 제대로 길을 찾지 못하는 사람들은 극심한 고독을 경험하기 마련이다. 작중에서 남자들이 하나코와 관련된 일화들을 하나 둘 들추어내는 것은 그들이 도구적 합리성 속에서 자신들의 공허감을 인식했기 때문이다. 이른바 군중속의 고독인 셈이다. 그래서 그들은 자신의 고독에 의한 고립감을 피하기 위해 타인들, 즉 자신의 가까운 친구들을 찾아 의존하게 되는데 이러한 해결책은 진정한 문제해결방식이 될 수 없다. 왜냐 하면 그것은 더 큰 의

존과 고독을 낳게 되기 때문이다.

이 작품에서 남자들은 회사원이거나 사업가이다. 그들은 교환가치가 지배하는 사회에서 인간적인 사용가치를 상실하고 점차 무력감과 물질만능주의에 빠져들어가고 있다. 그렇다면 자신의 고독을 극복하기 위한 방법은 타인과 절연되거나 타인과 건강한 방식으로 결합하거나 둘 중의 하나가 될 터이다. 이 작품에서 남자들은 항상 복수로 등장하지만 하나코는 단수로 존재하면서도 고립되어 절연하는 방식을 취하지 않고 항상 타인의 부름에 적극적으로 응해 그들과 인간적인 관계를 통해 자신의 고립감을 벗어나려 한다.

반면 남자들은 하나코와 인간적인 관계를 맺으려 하지 않고 하나의 유희적 대상으로만 바라본다. 그리고 그녀가 유희적 대상으로 다루어지지 않자 광기의 순간을 갖게 된다.

그 뒤로는 누구도 예상 못한 방향으로 순식간에 미끄러져 버린 일이었다. …… 일곱시간 이상을 달려온 후라 이야깃거리가 고갈된 그들은 노래를 불렀다. 아니 악을 써댔다. 돌아가면서 돼지 멱따는 소리로. 그리고 이렇게 변질되기 시작하는 분위기 속에 당혹감을 숨기고 앉아, 조용히 술잔을 비우는 두 명의 여자에게 그들 모두가 집중적으로 노래를 강요하기 시작했다. 그것은 더이상 놀이가 아니었다. 하나코가 그런 자리에서 노래라면 질색한다는 정도는 그들 모두가 알고 있었고 실제로 그녀는 노래같은 것은 빵점이었다. 그것을 알고 있기 때문에 그들은 농담 반, 협박

반 노래를 요구했다. 하나코의 여자 친구가 일어났다. 모두가 입을 모아 하나코의 이름을 외쳐댔다. 하나코의 여자친구는 그때까지만 해도 쑥스러운 미소를 지으면서 다시 자리에 앉았다. 그래도 하나코는 웬일인지 일어나지 않았다. 그녀의 얼굴 또한 조금은 변했던 것 같다.

누군가가 벌떡 일어섰다. 부르나 안 부르나 내기하자면서 하나코에게 다가갔다. 그의 악물어진 이가 드러났다. 동시에 하나코 건너편의 누군가가 그녀를 일으키느라 팔을 위로 잡아당겼고 그녀의 친구는 하나코를 거머쥔 그 손을 떼어놓으려고 엉거주춤 일어섰다. 그가 일어섰다. 뒤에서부터 하나코를 일으켜 세우기 위해서. 누군가가 술병을 벽에 던졌다. 또 누군가가 고함을 내질렀다. 아무런 뜻도 없는 고함. 그리고 누군가가 잡아당기는 바람에, 하나코도, 그녀를 일으켜 세우려고 몰려든 두 친구도 주저앉았다.

이 광란의 시간은 남성의 여성에 대한 무시의 극단을 보여준다. 남성들은 왜 이러한 광기어린 행동을 보인 것일까. 그것은 그들의 현실속에서의 무력감 탓이다. 그것이 이렇게 광기의 형태로 표현된다는 것은 우리 사회의 남성들의 현주소라 할 수도 있다. 남성들은 자라면서 남자가 되기를 강요받으면서 성장해 왔다. 말하자면 남성들은 남자로 만들어져 왔던 것이다. 정신분석학에 의하면 자아가 형성되는 유아기에 이미 남성들은 남자로 만들어진다고 통찰한다.

이른바 오이디푸스 콤플렉스가 그것. 아이가 태어나 처음으로 접하는 타자는 어머니이다. 그러나 아버지라는 제3자가 등장하면서부터 그는 어머니로부터 멀어져가야 한다. 거세위협에 의한 불안이 그 원인. 따라서 아이는 어머니로부터 벗어나 점차 아버지라는, 사회의 법과 명령, 그리고 질서와 관습을 내면화하게 된다. 이렇게 어머니로부터 벗어나는 과정은 남자가 되는 과정이기도 하다. 다시 말해 남아는 아버지의 가치를 따르면서 스스로에게 남아있는 어머니적 가치를 억압하지 않으면 안된다. 이 억압이 여성에 대한 무시로 나타나는 것은 필연적인 경로이다.

그는 남성사회에서 도태되지 않으려면 필사적으로 어머니적 가치로부터 도망가지 않으면 안된다. 그래서 그의 눈은 빛나고 적의로 감싸이며 냉혹해야 하고 그리고 그래서 여성과 대등한 관계를 가져서도 안되고 오히려 여성을 보호해야 한다고 스스로에게 다짐한다. 그러므로 이 여성에 대한 보호의식은 남성성의 강화를 표현하는 것일 뿐 여성을 진정 위하는 것이 아니다. 그래서 여성이 자신들의 지배하에 있기 위해서는 그들이 가정이라는 사적 영역에 그 활동이 국한되어야 하고 사회 속에서 대등한 관계를 유지해서는 안되는 것이다.

그래서 모성이 강조된다. 모성은 여자들이 결코 가정 밖으로 나와서는 안된다는 가부장적 표현이기 때문이다. 남성들은 여성들을 가정이라는 울타리 안으로 밀어넣고 사회라는 공적 영역에서 자신들의 세계를 구축하게 되었다. 그러나 그 세계는 극심한 경쟁과 갈등, 투쟁의 세계이기도 하다. 그러므로 그 세계는 적자생존의 세계이기도 하여서 어느 누구도 긴장을 늦출 수 없다. 그 긴장을 해소하는 영역이 바로 모성이 존재하는 공간, 즉 가정이 된다. 따라서 여성은 경쟁에서 지치고 왜소해진 남성들을 받아들여 휴식을 통한 재충전을 가능하게 하는 모성적 성격을 가지지 않으면 안된다.

따라서 남성에게 있어서 여성은 모성적 따스함의 상징이 되지 않으면 안된다. 그것은 그래서 남성으로 하여금 가학적 공격성을 만족시켜 준다. 만약 가정내 여성이 그 남성의 가정 밖 피로를 해결해주지 않으면, 즉 모성적 부드러움으로 받아주지 않는다면 남성은 그녀가 한 인간이라는 것을 잊은 채 마치 사물처럼 학대한다. 이러한 가학적 공격성은 사회내 만연한 남성성의 한 징표이다. 따라서 이 공격성은 단지 가정 안에 국한된 것만은 아니다.

사회는 이렇게 해서 남성우월주의의 성격을 강하게 띠게 된다. 그러한 사회에서 여성은 혼란스런 인생을 살 수밖에 없다. 만약 여성이 똑똑한 말로 남자들의 말을 받아친다면 그 여자는 남자들에 의해 매도되고 반면 남성의 말을 고분고분 받아주면 백치라는 평가를 받게 되기 때문이다. 이 작품에서 하나코가 남자들과 어울리면서도 남성들 사회에서 배척되지 않을 수 있었던 것도 따지고 보면 똑똑한 말을 마치 백치처럼 했기 때문에 가능했을 것이다.

그들의 모임에 여성이 끼여든 것은 하나코가 처음은 아니었지만 하나코만큼, 모임의 균형을 깨지 않으면서 오래, 지속적으로 만나게 되는 여성은 많지 않았다. 왜 그랬을까. 그녀가 마치 공기나 혹은 적당한 온기처럼 늘, 흔적없이 그들 옆에 있다가는 사라져 버렸기 때문이었을까. 그 일이 일어나 그녀가 아주 그들의 모임에서 사라져 버리기까지. 그래, 그때까지 그녀는 그렇게 늘 없는 듯 있었고, 어느 누구도 그녀가 어느날 그들의 부름에 대답하지 못할 미지의 곳으로 사라져 버리리라고는 한순간도 생각해 본 적이 없었다.

그러나 극단적 상황, 다시 말해서 대학을 벗어나 갓 회사에 입사했을 때의 그들의 입사적(initiation) 당혹감은 그들을 허탈과 방기로 내몰았고 이 교환가치적인 도구적 합리성 속에서 그들은 갑자기 패배자가 된 듯한 느낌에 사로잡혀 오히려 건강성을 유지하고 있는 하나코에 대한 공격성이 고개를 들게 되었던 것이다.

그것은 여성은 모성적이어야 하고 휴식의 공간이어야 하고 수동적이어야 한다는 가부장제 사회에 널리 유포된 통념의 반영이다. 이러한 시각으로 보면 여성은 있는 그대로의 모습으로 비추어질 수 없다. 남자들은 자기들 편리대로 여자를 만나고 그리고 자신의 이기적 욕심이 채워지면 그 뿐이다. 그래서 남자들은 하나코가 도대체 어떤 여자인지를 알 수가 없고 알고 싶지도 않다.

> 그들은 그녀에 대해 아는 것이 거의 없었다. 어떤 대학에서 미술을 전공했다는 것외에 그녀가 그림을 그리는지, 조각을 하는지, 혹은 이런 모든 것을 다하는지, 알지 못했던 것이다. 그들 주변에는 이 방면에 정통한 사람이 없었기 때문에 가끔 그녀가 밝힌 사항들은 그들에게 매우 막연하게 들렸다. 그들은 마티에르라는 단어를 알고 있었지만 대학을 졸업하고 난 다음까지 왜 돌과 흙과 나무를 그렇게 중요하게 구분해야 하는지 깊게 알고 싶지 않았다. 그녀의 집안에 대해서는 더 말할 것도 없고, 그들이 알고 있는 것은 단지 그녀의 전화번호와 가끔 도착하는 편지봉투에 적힌 주소뿐이었다. 그들이 그녀를 알고 지내던 몇 년 동안에도 그녀의 주소는 여러 번 바뀌었거나 아니면 그녀는 동시에 여러군데 주소를 가지고 있었다. 한번은 기숙사였고 때로는 XXX씨 댁이었고 한번은 OO아틀리에 …… 이런 식이었다.

이처럼 여성성은 철저하게 가리어져 있다. 미술은 도구적 합리성의 사회에서 아무런 소용이 되는 것이 아니었고 그렇기 때문에 남성들은 자라면서 그러한 것들에 무관심한 채 어른이 된다. 남성들에게 있어 여성은 여성일반이지 특정한 여자 그 자체가 아닌 것이다. 그것은 자신들의 이기적인 욕심만 채워지면 될 하나의 사물에 불과하다. 남성들은 여성의 전부와 관계맺는 것이 아니라 여성의 일부분만으로 만족을 얻는 이기적인 속성을 보이고 있다. 사랑이란 끊임없이 성실과 애정으로 만들어가는 것임에도 남자들은 한순간의 섬광같은 만남으로 모든 것이 이루어졌다고 착각한다. 남성중심적 편견이 아닐 수 없다.

지금까지 살펴본 것처럼 남성의 시각에 비추어진 하나코라는 여성의 이미지는 하나코라는 한 개별적 존재에 대한 구체적 파악이 아니라 사회에서 주어진 일반적인 여성의 이미지에 불과하다는 것을 확인했다. 남성들은 도구적 합리성의 세계에 살고 있기 때문에 여성들을 그러한 수단적 가치로밖에 파악하지 못한다. 도구적 합리성의 세계에 살고 있기 때문에 그들은 경쟁적으로 교환가치의 틀 속에서 벗어나지 못한다. 그 숨막히는 경쟁 속에서, 또는 그러한 경쟁체제를 유지하기 위해서 사회는 공적 영역과 사적 영역으로 나누고 남성은 전자에, 여성은 후자에 배치시켜 놓는다. 그리고 사적 영역은 그 안에 있는 여성을 모성성으로 묶어놓음으로써 남성들의 가학적 욕망을 만족시키고 동시에 피지배계급을 착취한다.

남성들은 여성들을 모성적 이미지로 바라본다. 그 모성성은 부드러움이고 포용력이지만 동시에 남성들이 공격할 수 있는 수동성이기도 하다. 그 공격성이 만족되지 못할 때 남성들은 앞서 전술한 바와 같이 광기를 보이게 된다. 이제 이러한 남성에 의해 인식된 여성상을 여성 작가의 경우 어떻게 그리고 있는지 살펴보기로 하자.

3. 여성에 의한 여성적 이미지

이 작품은 최윤이라는 여성에 의해 씌어진 작품이다. 지금까지 보아온 것처럼 남성에 의해 바라본 여성과 달리 작가, 또는 서술자에 의해 그려지는 여성은 보다 긍정적이다. 남성들은 하나코라는 별명을 붙여 놓은 채 정작 본인 앞에서는 그 별명을 본인에게 발설하지 못한다. 남성들은 이렇게 숨어서 자신들이 만나는 여성에 대해 폄하하고 조롱한다. 그것은 그들의 남자답지 못한 모습을 상징한다. 그들은 여성 앞에서 당당하지 못하고 뒤에서 그에 대해 잡담을 주고 받을 뿐이다.

한 여자가 있었다. 물론 그 여자에게도 이름이 있었다. 그 이름은 그들의 도시적 감성에는 그다지 매력적으로 다가오는 이름이 아니었다. 그렇다고 그 때문에 암호를 사용한 것은 아니다. 그리고 하나코 앞에서 그녀를 별명으로 부른 적도 없다. 그들끼리만 모였을 때, 지루하고 전망없는 하루 저녁 술자리에서 그녀를 지칭하느라 우연히 튀어나온 농담조의 이 별명이 암호가 되었다. 그들은 암호 만들기를 좋아하는 삶의 그리 밝지 못한 단계를 지나고 있었다. 약간씩의 차이는 있지만 그들은 대충 스물네댓 정도의 나이를 먹었고 모두들 대학 졸업을 앞둔 상태였다.

여성에 대해 가학성을 갖고 있는 그들이 정작 여자 앞에 가면 당당하지 못하는 것은 그들이 여성들을 인간으로 대하지 않기 때문이다. 여성주의자들 중에는 자본주의의 가부장사회는 그 자체로서 강간을 무의식화한다고 주장한다. 남성들은 여성들을 무의식적으로 성의 대상으로 바라보는 것이다. 이렇게 진실하지 못한 감정으로 여자를 보니 그 여자 앞에 한 인간으로 당당하게 나설 수 없는 것이다.

가부장제 사회에서 여성의 일과 남성의 일은 나누어져 있다. 여성은 방청소라든가, 혹은 설거지 등의 구체적인 일을 주로 하고 남성은 주로 사무를 보거나 경영계획을 짜는 등 주로 추상적인 일을 한다. 남성들은 그래서 구체적인 일에는 무능하다. 반면에 여성들은 누구도 하기 싫어하는 구체적인 일을 하면서도 공은 남자에게로 돌아가고 있다. 이처럼 남성의 일과 여성의 일이 나누어져 있고 남성의 품성과 여성의 품성이 나누어져 있다.

각각의 남성문화는 서로 다른 가치들을 강조하지만 일반적으로 "남성은 '낮', 긍정적, 활력적, 공격적, 지배적, 객관적, 지적이며 강한 것으로 파악된다." 그와 반대로 "여성의 개념, 습관, 기술, 예술 및 도구들은 남성의 것들과 상이하며 남성적인 것들에 의해 경멸되고 억압된다." 여성문화는 거부당하며 남성문화와는 반대로, "약하고, '밤', 수동적, 감정적, 직감적, 신비적, 무반응적,

신경질적, 유아적, 종속적, 예속적이며 사악한 것"으로 규정된다. 비록 이러한 성격들이 남성에게는 바람직하지 못한 것으로 생각 되긴 하지만, 가부장제는 최소한 그것들 가운데 몇몇은 여성들에 게 적합한 것으로 간주한다. 수동성, 허영, 복종 그리고 자기희생 은 남성적인 미덕이 아니지만 여성문화는 이러한 것들을 수용하 고 그것들을 가치있는 것으로 본다.

(앨리슨 재거, 여성해방론과 인간본성, 이론과 실천, p.282)

위 인용에서 볼 수 있듯이 남성과 여성의 가치들이 서로 다르고 전자의 가치가 후자의 가치보다 우월하게 평가되고 있지만 여성들은 자신들의 가치를 오히려 더욱 긍정하려고 한다. 그럴 수밖에 없는 것이 자신들을 긍정할 수 있는 것은 자신들 뿐이기 때문이다. 이 작품에서도 작가 ― 서술자는 여 성인 하나코의 삶의 방식을 들추어내고 아무런 가치평가도 하지 않고 있긴 하지만 남성들의 사악성에 대비시킴으로써 그 자체 긍정하는 효과를 노리고 있다.

하나코가 보이고 있는 여성적 가치 중 하나는 진지함이다. 그 진지함은 모든 것을 농담으로 돌리고 있는 남자들에게 있 어서는 하나의 진기함이다. 남성들은 여성을 진지한 대상으로 여기지 않는다. 그들은 여성이 자신들과 다르다는 것을 알고 있고 조금은 깔보고 있다. 남자들은 '박물관에나 넣어둘 만한 그 진지함을 재미있게 생각'할 뿐이다. 왜냐하면 여성들과의 만남은 사적인 만남이고 그 사적 영역은 공적 영역에서의 고달픔을 해소해 주어야 할 유희적 공간이기 때문이다.

그러나 하나코는 결코 진지함을 버리지 않는다. 그녀는 '가끔 논리를 벗어난 그들의 객기에 대해 진지한 표정으로, 아주 심각하게' "왜 그렇게 생각하죠?"라든가, 혹은 "아마 우리가 모두 젊기 때문에 그럴 거예요. 어떻게 그 젊음을 써야 할지 모르기 때문에 말이죠" 같은 말을 해서 남자들 모두를 당황케 만들곤 한다. 그녀는 남자들과의 만남을 결코 사적 영역으로 만들지 않고 있으며 그렇다고 공적 영역으로 만들지도 않고 있다. 그 만남은 사적이면서 공적인 사적 — 공적 관계이다. 그것은 그 자체로 사적 영역과 공적 영역을 나누는 사회의 지배체계에 대한 위반이다.

하나코가 보이고 있는 두 번째 특징은 비동일성이다. 그녀는 결코 남자들의 세계에 대해 비난하는 경우가 없다. 만약 비난한다면 그것은 반동일성이 될 것이다. 반동일성은 반드시 동일성의 세계에 의해 분열될 수밖에 없다. 동일성은 반동일성(즉자적 반항)을 흡수하여 더 큰 동일성의 세계를 만들곤 한다. 역사상 무수한 반란들이 결국 체제를 더 강고하게 만들었다는 사실이 충분한 반증이 될 수 있다고 본다. 하나코는 남자들이 만나자고 하면 특별한 경우를 제외하고는 언제는 만나주었고 그리고 남자들의 말을 다 들어주었다.

그들 모임에 분위기 쇄신이 필요할 때라든가, 각자 사귀고 있던 여자와의 까다로운 심리전에 지쳐 있을 때, 또는 그렇고 그런 각자의 얼굴에 조금은 싫증이 나지만 안 볼 수 없는 관성 때문에 만나서 술잔이나 기울이게 되는 그런 모임이 있을 때 그들은 하나코에게 전화를 걸었다. 전화를 받으면 그녀는 늘 흔쾌히 그들과의 만남을 수락했으며, 기억하건대 한 번도 설득되지 않을 만한 이유로 그들의 제안을 거절하는 일이 없었다. 뭐 생리통이라든가, 고향친구가 와 있다거나 하는 어쩔 수 없는 이유들이었다.

이제는 그 광기의 시간 때문에 서로 연락을 끊고 지낸지 오래이건만 남자들은 한사코 하나코에게 연락을 하고 싶었고 그래서 어렵게 전화를 했을 때에도 베네치아의 하나코는 그들을 결코 부정하지 않는다. 어렵게 그녀에게 전화를 걸어 방해가 되지 않겠느냐고 물었을 때 대답대신 그녀가 한 말 "나를 그렇게 몰라요"는 남자들의 동일성, 혹은 반동일성의 세계와는 다른 또다른 그녀만의 비동일성의 세계이다.

세 번째 특징은 타인에 대한 배려이다. 하나코는 남자들 중 누구를 만나도 그의 얘기를 진지하게 들어준다.

그리고는 …… 이상한 힘에 이끌려, 마치 고해성사라도 하듯이 어느 누구에게도 말할 수 없었던 구질하면서도 내밀한 자신의 얘기를 그녀에게 하는 것이다. 사귀고 있는 여자애에 관한 얘기만 빼놓고는 모든 얘기를. 몇 살 때 자위를 시작했다든지, 자신이 은밀하게 가지고 있는 괴로운 습관같은 것, 또는 하나코도 잘 알고 있는 가까운 친구들에 대한 숨겨진 불만 같은 것까지도. 그녀는 그 얘기들을 고개를 약간 갸웃이 쳐들고 듣는다. 얘기가 무르익을 때까지 그녀는 결코 그의 얘기를 중간에서 끊는 법이 없었다. 아무리 충격적인 얘기를 해도 그녀 입가에 깃든 미소가 변질되는 일이 없어서, 어쩌면 일부러 과장해서 그의 숨겨진 악을 스스로 고발한 적도 있었다. 그녀처럼 집중해서 그의 시시껄렁한 얘기를 들어준 여자를 그는 알지 못했다. 그러면서도 언뜻 그의 친구들 중의 누구와 동일한 장면을 연출할 그녀의 모습이 떠오르기도 했다. 그것은 조금만큼의 질투도 자극하지 않았다. "하기 어려운 얘기였을텐데 내게 해주어서 고마워요" 매번 그런 것은 아니었지만 그녀는 드물게 이런 식으로 피곤함을 전달하기도 했다. 그녀가 집에 돌아가고 싶다는 의사를 표시하는 말이었다.

이러한 배려는 남자들에게는 찾기 힘든 가치일 것이다. 남자들은 타인에 대한 배려보다는 자신의 이기적 욕심을 더 채우려 한다. 그래서 그들은 타인과 대화할 때 가능하면 그 대화를 자신이 주도하려 한다. 쉽사리 남의 얘기에 귀기울일 줄 모른다. 그리고 타인이 상처받을까봐 그에게 모욕을 주지도 않는다.

이상의 여성적 가치는 사실은 남성중심 사회에서 무시되어 온 가치이다. 그러나 이 작품은 그러한 부정적으로 인식되어 온 여성성을 오히려 긍정하여 아름답게 표현한다. 여성이 바라보는 여성적 가치, 혹은 이미지는 남성이 인식하는 것과는 그 내용이 다르다. 여성들은 자신들 고유의, 혹은 가부장제에서 길들여온 것일지도 모르는 특유의 가치들을 남성들이 그랬듯이 부정적으로 보지는 않는다. 남성들의 왜곡된 시각에 저항하여 오히려 이 작품에서는 그것들을 전면에 내세운다. 그리하여 여성의 이미지에 대한 전면적인 교정을 요구한다.

이 작품에서 마지막으로 보이고 있는 하나코의 가치는 그녀가 사회 속에서 중요한 한 자리를 차지한다는 점이다. 이것은 그녀가 남자들의 세계와 절연하여 자신만의 고유한 전문성을 살려낸다는 것을 뜻한다. 그동안 여성들은 사적 영역에서 국한하여 존재해 왔지만 이 작품에서 하나코는 남자들도 이루기 힘든 전문적인 분야에서 자신의 자리를 당당하게 차지하고 있는 것이다. 여성도 공적 영역의 한 부분을 담당해야 한다는 작가의 강한 메시지일 거라고 생각한다.

4. 마무리

최윤의 「하나코는 없다」라는 작품은 제목만으로 보아도 반어적이다. 분명히 가방전문국가인 이탈리아에 가서 당당히 성공해서 돌아오는 장진자, 아니 하나코는 존재하기 때문이다. 그럼에도 불구하고 제목을 이렇게 단 것은 분명히 존재하는 하나코가 남자들의 왜곡된 시각으로서는 보이지 않는다는 말일 것이다. 이 작품은 따라서 여성을 바라보는 남성적 시각과 여성적 시각에는 큰 편차가 있다는 것을 그 주제로 하고 있다.

남자들은 남성중심적 사고로 뭉쳐있어 여성의 있는 그대로의 모습을 보지 못한다. 그들은 여성이란 가정에 있어야 하고 전투적인 사회생활보다는 모성적 따스함을 간직하기를 바란다. 그래서 사실은 하나코를 만난 것이었을 것이다. 그러나 가정밖에서는 기대할 수 없었던 모성성의 하나코는 그들에게 일종의 무너뜨릴 수 없는 성곽처럼 보였을 것이다. 그들의 가학성은 하나코를 모욕할 수밖에 없었고 그것은 그 자체로 자신들의 야만성을 드러낸 것에 지나지 않는다.

그들은 하나코를 조롱하기도 하고 별명을 불러 자신들과 그녀 사이에 울타리를 치기도 하고 스스로의 텅빈 공허를 메우기 위해 하나코를 모욕하기도 한다. 이 모든 것은 남성중심 사회에서의 여성무시에 다름 아니다.

그러나 여성, 곧 작가가 보는 하나코는 이러한 남성들이 바라보는 시각과는 전혀 다르다. 작가는 하나코의, 남자들이 결코 포착할 수 없었던 여성성을 드러내고 그것을 전면에 내세운다. 그것은 진지함, 비동일성, 배려, 그리고 현실속에서의 우뚝 섬으로 정리될 수 있다. 앞의 세가지는 지금까지 여성들이 억압된 상태에서 강요되어왔던 여성적 자질들이라 할 수 있다. 그러니까 그 자체 미덕임에도 불구하고 강요되어 왔던 것이라는 점에서 부정적 가치들이다. 그러나 그 강요성을 제외하고 그 자질들 자체에 초점을 맞출 때 그것은 어떠한 가치보다도 고귀하다고 할 수 있다. 작가는 이것들을 들추어내어 거기에 묻은 부정적 시선을 거둬내고 그 고유의 가치를 강조하고 있는 것이다.

이러한 가치가 현실적으로 중요한 미덕이 되기 위해서는 그 가치담지자가 현실 속에서 우뚝 서야 한다. 그래야 그러한 가치들이 무시되지 않을 수 있기 때문이다. 최윤의 이 작품은 우리로 하여금 남성이 바라본 여성상과 그 여성상을 전복하는 여성이 바라본 여성상을 탁월하게 보여주고 있다. 그러나 보다 중요한 것은 그러한 여성상이 가치있게 되기 위해서는 그녀의 현실 속 우뚝 섬이 보다 중요하다는 것이다. 따라서 이 작품은 여성 이미지 문제 뿐만 아니라 여성이 나아갈 길까지 제시했다는 점에서 의미있는 작품이라 하겠다.

『참을 수 없는 존재의 가벼움』/《프라하의 봄》
(문학과 영화의 비교)

1. 영화와 소설

영화와 소설의 관계는 어떤 것일까. 아마도 언어와 영상의 차이가 가장 본질적이리라. 따라서 언어로 된 문학작품을 영상으로 처리하기 위하여서는 문학에서 중요하다고 생각되는 것들을 상당부분 포기해야 하리라. 아마도 이것은 음악과 시의 관계와도 유사할지 모르겠다. 예컨대 정지용의 향수를 노래로 바꿀 때는 노래이면서도 시적 맛이 사라지지 않는다. 그러나 김영랑의 시를 노래로 바꾸기는 쉽지 않다. 그 이유는 이미 김영랑의 시 속에 노래가 잠재해 있기 때문이리라. 김영랑은 소문난 고수라지 않는가. 김영랑의 시는 이미 그 자체로 음악적이다. 음악적인 시를 음악으로 바꿀 때 실패하게 되는 경우는 장르의 특성이 각각 존재하기 때문이다. 다시 말해 회화적인 정지용의 시는 음악적이 아니기 때문에 오히려 음악으로 승화될 수 있다. 거기에는 음악으로 보완할 여지가 충분히 존재하기 때문이다. 그러나 김영랑의 시는 그자체로 음악적이어서 음악성이 이미 충족되어 있다. 음악적 보완이 불필요할 때 음악적 기량을 거기에 발휘할 여지는 상당히 줄어든다. 이는 유홍준이 한 말이지만 상당히 설득력이 있다고 판단된다.

그래서 그런지 밀란 쿤데라의 노벨문학상 수상 작품인『참을 수 없는 존재의 가벼움』을 영화화한『프라하의 봄』은 원작과 상당부분 다르다. 그런데 이 다름은 단지 장르적 차이에서 비롯된 것만은 아니다. 이 차이의 결정적 요인은 감독의 성향에 크게 좌우된 면이 없지 않다. 이 작품의 감독 필립 카우프만은 인간과 성의 관계, 사회적 금기의 경계에 있는 사람들 — 예컨대 사드와 같은 인물들 — 의 형상화에 주력했던 작가이다. 그는 이 작품 역시 남녀간의 성적 일탈에 초점을 맞추고 있다. 뿐만 아니라 감독이 성적 금기의 타파를 통해 권력에 대한 도전을 꿈꾸는 성향을 가졌으므로 이 작품 역시 원작과 달리 1968년 소련의 체코 침공을 강하게 부각시키고 있다. 이 과정에서 원작의 상당부분, 심지어 주제까지 변모되는 현상을 보이고 있다. 그러나 그렇다고 해서 이 작품이 원작에 못미친다는 말은 아니다. 원작을 상당부분 수정했음에도 불구하고 이 작품은 필립 카우프만 감독과 대니얼 데이루이스, 쥴리엣 비놋, 레나 올린 등의 뛰어난 연기로 새로운 작품으로 탄생했다. 흔히들 원작을 영화화할 때 영화가 원작에 못 미친다는 말을 많이 하는데 이 작품은 그런 점에서 성공한 작품이라 할 만하다.

2. 프라하, 1968

이 작품을 제대로 이해하기 위하여서는 체코의 역사를 약 간은 일별해 보아야 하리라 본다. 이 작품의 배경은 1968년 체코슬로바키아에서 발생한 민주화운동이다. 주지하다시피 체코는 2차대전이 끝난 후 소련의 지배하에 들어간다. 이때 체코의 노보트니 정권은 소련의 지배를 통해 자신의 권력을 강화하고 있었다. 그러나 1956년부터 발생한 스탈린 격하운 동으로 당시 자연스럽게 받아들이고 있었던 정치체제에 대한 비판이 쏟아지기 시작하자 노보트니 정권은 이를 무력으로 탄압하기 시작한다. 그러나 무력이 있는 곳에 항상 저항이 있 게 마련이다. 1960년부터 민주와 자유를 주장하는 체코슬로 바키아의 지식층들이 점점 늘어나게 되었고 마침내 조직적인 운동을 펼쳐나가기 시작했던 것이다. 이러한 엄청난 자유화물 결에 의해 1968년 노보트니 당 제1서기가 실각하고 개혁파 들, 이를 테면 두브체크, 체르니크, 스보보다 등이 각각 당제1 서기, 수상, 대통령직을 맡게 되었다. 이들은 과거와 달리 경 직된 공산주의체제보다는 인간의 얼굴을 가진 사회주의 노선을 강령으로 채택하여 많은 환호를 받았다. 이에 따라 각종 법률이 개폐되기에 이른다.

재판의 독립, 의회제도의 강화, 사전 검열제의 폐지, 선거법의 민주적 개정, 언론 출판의 자유, 자주독립의 천명 등의 조치가 속속들이 제시되기에 이르고 논의와 비판이 활발해지기 시작한다. 영화 속에서 토마스가 오이디푸스론을 투고하게 되는 것도 이런 배경속에서 이루어 진 것이다. 이렇게 자유의 물결이 넘실거리자 당시 국민들은 자기들의 시대가 계절적으로 만물이 소생하는 봄에 해당한다며 '프라하의 봄'이라고 스스로 명명했다. 이러한 물결이 지속되자 소련은 무력으로 침공하여 계속 자기들 지배하의 공산주의 체제를 고수하려 하였다. 1968년 8월 20일 소련군을 비롯한 바르샤바조약기구 5개국군 약 20만명을 동원하여 탱크와 장갑차를 몰고 프라하를 짓밟기 시작한 것이다. 이같은 계엄상황 속에서 소련군은 자유화물결을 일거에 잠재우고 개혁파 지도자들을 숙청하여 프라하는 다시 냉기류 속에 갇히게 된다. 1969년 4월 소련은 두브체크를 강제 해임시키고 후임 서기장에 후사크를 임명하였으며 개혁파를 추종한 50만여명의 당원을 제명 혹은 숙청하였다. 원작 속에서 토마스의 오이디푸스론을 게재했던 기자가 훗날 토마스의 아들과 함께 토마스를 찾아와 정치범 석방을 위한 서명을 부탁하게 된 것도 이러한 냉기류 속에서였다. 실로 수많은 사람이 실종되고 혹은 죽어갔던 것이다.

3. 삶과 흔적

그러나 원작은 이러한 정치적 맥락에서 상당히 벗어나 있다. 이러한 정치성을 복원시키고자 한 것이 카우프만 감독의 의도였다고 할 수 있겠다. 그렇다면 원작의 주제의식은 어떤 구조를 갖고 있는 것일까. 원작에서 강조되는 것은 삶이 일회성인가 영원회귀하는가 하는 질문이다. 이 작품에서 작가는 삶은 일회성일 뿐이지 니체가 말한 대로 영원회귀하지는 않다고 보고 있다. 영원회귀한다면 우리는 우리의 실수투성이의 체험을 보다 나은 단계로 발전시킬 수 있다.

한 번은 세어질 수 없다, 한 번이란 영원이 아니다, 란 뜻이다. 유럽의 역사와 마찬가지로 보헤미아의 역사도 두 번 다시 반복되지 않을 것이다. 보헤미아의 역사와 유럽의 역사는 인류의 치명적 미체험이 그려낸 두 개의 초벌그림이다. 역사란 개인의 삶만큼이나 가벼운, 참을 수 없을 정도로 가벼운, 깃털처럼 가벼운, 바람에 날리는 먼지처럼 가벼운, 내일이면 사라질 그 무엇처럼 가벼운 것이다.

토마스는 다시 한번 일종의 노스탤지어, 거의 사랑에 가까운 감정을 느끼며 구부정한 큰 키의 기자에 대해 생각했다. 이 남자는 역사가 초벌 그림이 아니라 완성된 그림인 것처럼 행동했다. 그는 자신이 하는 일이 영원회귀 속에서 셀 수 없을 정도로 무한히 반복되어야만 한다는 듯이 행동했으며 자신의 행위에 대해 한 번도 의심해 본 적이 없는 것이 틀림없다. 그는 자기가 옳다고 확신했고 그것이 편협한 정신의 징후가 아니라 미덕의 표식이라고 생각했다. 그는 토마스와는 다른 역사 속에서 살고 있었다. 초벌 그림이 아닌(혹은 그런 의식이 없는) 역사 속에서.

여기서 기자는 과거에 토마스의 오이디푸스론을 기고하게 해준 인물이다. 그는 소련의 침공으로 인해 해직되어 지하운동을 하는 인물이다. 그는 자기가 하는 행동은 삶에서 할 수 있는 유일한 것이고 모든 사람이 따라야 할 보편적인 규범 같은 것으로 이해하고 있다. 이러한 이해에 대해 토마스는 반론을 펴고 있다. 삶이란 반복되는 것이 아니다. 만약 반복된다면 인류는 매번 성숙도를 높이면서 다시 태어날 수 있을 것이다. 그렇게 되면 우리는 무엇을 어떻게 해야 할지를 알 수 있다. 그러나 삶이 반복되는 것이 아니라면 누구도 현재 자신이 선택해야 할 것이 최선의 것인지 아닌지를 확신할 수 없다. 역사나 개인의 삶은 일종의 초벌그림 같은 것이어서 항상 오류투성이다. 이것은 그 오류로 인해 가벼운 것이 되지 않을 수 없다. 오류가 아니라 분명한 걸음을 내디딜 수 있다면 그는 미래를 향해 일직선으로 걸어갈 수 있을 것이고 그의 삶은 분명한 것, 무거운 것이 될 수 있다. 그는 역사로부터 벗어나지 않고 언제나 역사의 중력을 느끼며 무겁게 살 수 있는 것이다.

그러나 토마스가 보기에 삶은 반복되지 않고 일종의 초벌 그림같은 것이어서 어떠한 것도 삶속에서의 선택이 올바른지 판단할 사람은 존재하지 않는다. 그래서 작품 속에서는 선택의 기로에 서있는 토마스의 모습이 자주 제시된다. 그 기로 속에서 토마스는 항상 불안해 하며 한발두발 걸어간다. 뒤에 올 상황이 어떤지 누구도 모르기 때문이다. "우리가 추구하는 목표는 항상 베일에 가려져 있는 법이다. 결혼을 원하는 처녀는 자기도 전혀 모르는 것을 갈망하는 것이다. 명예를 추구하는 청년은 명예가 무엇인지 결코 모른다. 우리의 행위에 의미를 부여하는 것은 우리에게는 항상 철저하게 미지의 것이다"라고 작가는 강변한다.

① 시금 그는 그 순간을 떠올렸다. 그때 체험한 것이 사랑이 아니라면 무엇이었을까? 그런데 그것이 사랑이었을까? 그는 그녀 곁에서 죽고 싶었다고 확신했으며, 그 감정은 명백히 과장된 것이었다. 그때는 겨우 두번째 만남인데! 그것은 자기가 사랑의 부적격자임을 뼈저리게 깨닫고 스스로에게 사랑의 희극을 연기하기 시작한 한 남자의 신경질적인 반응은 아니었을까?

② 테레사와 함께 사는 것이 나을까, 아니면 혼자 사는 것이 나을까?

③ 그 당시 토마스는 메타포란 위험한 어떤 것임을 몰랐다. 메타포를 가지고 희롱을 하면 안된다. 사랑은 메타포가 하나만 있어도 생겨날 수 있다.

예문 ①은 자기가 체험한 것이 사랑인지 아닌지 확신하지 못하고 있는 것을 보여주고 있다. 누구나 이러한 경험을 할 수 있다. 그리고 누구도 확신할 수 없다. 만약 그것이 사랑이라고 단정해 놓더라도 삶은 언제든지 그것이 사랑이 아니었노라고 우리를 배신할 수 있다. 반대로 사랑이 아니라고 단정했어도 지나고 보면 그것이 사랑이었노라 할 수 있는 일이 비일비재하다. 누구도 자신이 현재 처하고 있는 체험에 대해 그 성격을 단정할 수 있는 사람은 아무도 없는 것이다. 예문 ②의 경우도 마찬가지이다. ③의 경우에도 사랑이란 필연적인 이유에서 발생하는 것이 아니라 우연적인 것을 메타포가 필연화시킨다는 것을 환기하고 있다. 한 번 만난 여자와 사랑에 빠지는 것은 그 여자와 나의 관계를 필연적으로 연결시켜 주는 메타포 때문이다. 우연히 만난 여자에게 누구나 끌릴 수 있지만 그것이 사랑으로 상승하기에는 그 여자와 취미가 같거나 우연히 같은 시간에 무엇인가 같은 체험을 한 기억이 있거나 지나고 보니 초중등학교를 같은 학교에서 보냈다든가 하는 것을 이어주는 메타포, 예컨대 '사랑으로 소리없이 어둠 속에서 태초의 바람이 불었습니다' 같은 시구 같은 것이 필요하다. 그리하여 사랑에 빠진 사람은 사랑에 빠지기 전의 자기를 어둠 속에 있었다고 상정하게 되고 태초와 같은 신선한, 어느 누구도 경험하지 못했고 자기도 처음 경험하는 어떤 바람을 가슴 속에서 느끼게 된다. 그리고 그는 이것을 곧 사랑이라고 믿게 된다.

이 모든 것은 삶의 일회성이 주는 불확정성을 말하고 있으며 불확정성은 곧 우연으로 연결되고 있다. 그 우연이 비록 가벼운 것이라 할지라도, 그렇다고 무거움을 지향하는 것은 한갓 헛된 위선이지 않을 것인가. 무거움은 결국 '항상 같은 사람, 같은 단어들과 더불어 대열 속에 영원히 머무르'는 것이다. 진정한 아름다움은 사실주의의 그림을 그리려다 '실수로 붉은 물감이 흘러내'렸을 때, 그 반사실주의 예술 속에서 나타난다. 따라서 진정한 아름다움은 '실수의 아름다움'이다. 토마스와 사비나가 공히 갖고 있는 감각은 바로 이런 것이다. 그들은 플라톤이 말한 자웅동체의 자와 웅들이다. 그들은 서로가 간절히 원하고 서로가 서로의 분신임을 알고 있다. 그런데도 이 필연적인 자와 웅들이 결국 결합하지 못하는 것도 결국 필연에 대한 우연의 승리 — 토마스의 테레사와의 우연한 만남 — 를 말하기 위함인가? 그런데 이해할 수 없는 것은 그러한 토마스가 왜 오이디푸스론을 썼던 것일까. 그는 자유화의 물결 속에서 오이디푸스론을 써서 기고한 바 있다. 오이디푸스란 자신의 아버지를 죽이고 자신의 어머니와 동침한 인물이다. 그는 말하자면 근친상간이라는 인류의 범죄를 지은 존재로서 도저히 용서할 수 없는 인물이다. 그는 자신의 죄를 징벌하기 위해 스스로 자신의 두 눈을 뽑아버린다. 토마스의 요점은 이렇다. '지금 소련군과 협잡하고 있는 정권은 자신의 근친상간을 결코 인정하지 않고 있다, 오이디푸스시대의 윤리가 이 시대에 아쉽다' 하는 것이다. 다시 말해 정권과 그 하수인들은 스스로 자신들의 눈을 뽑아버려야 한다는 것이다.

그가 오이디푸스론을 쓴 이유는 아마도 '그때'의 그가 '현재'의 자신과 달리 역사의 무거움 쪽에 기울어져 있었기 때문이었을 것이라고 우리는 추정할 수 있다. 위 인용에서 노스탤지어란 언어는 그래서 나왔을 것이다. 노스탤지어는 향수라는 말이다. 그것은 돌아가고 싶지만 이제는 돌아갈 수 없다는 의미를 함축하고 있다. 아니 토마스의 경우에는 이제는 결코 돌아가고 싶지 않은 과거의 한때에 대한 상념 정도가 어울리겠다. 그래서 토마스가 보기에 역사란, 개인이란, 일종의 가벼움이어서 그는 어디에도 소속되려 하지 않는다. 그가 여성을 편력하는 이유도 여기에 있다. 그것에는 무겁지 않은 가벼운 어떤 것이 있다. 그가 여성을 수시로 바꾸는 이유는 각각의 여자가 백만분의 구십구만구천구백구십구의 공통점이 있지만 백만분의 일은 그 여자만의 특성이기 때문이다. 그리고 그 특성은 광장에서 확인할 수 있는 것이 아니다. 그것은 은밀함 속에서만이 발견할 수 있다. 광장이 무거움이라면 은밀한 공간은 가벼움이다. 그 공간에서는 어떠한 책임도 부과되지 않기 때문이다. 그 가벼움이 그를 도취케 한다. 이렇게 삶을 확정할 수 없는 어떤 것이라고 단정했을 때 삶은 필연적인 어떤 것이 아니라 우연적인 산물로 바뀌게 된다. 삶은 우연적인 것이지 필연적인 것이 아니다.

4. 존재의 가벼움

토마스가 테레사를 만나게 된 것도 우연의 연속 때문이다. 그는 유명한 외과의사로서 시골왕진을 가야할 친구의사가 사정이 생겼기 때문에 우연히 대신 가게 된다. 그리고 우연히 테레사를 만나게 되고 자신이 몸담고 있는 숙소가 6호실인데 테레사가 퇴근하는 시간이 6시여서 우연히 6이라는 숫자가 겹친다. 그러니까 이처럼 몇가지 우연이 작용하여 테레사와 만나게 된 것이다. 이 우연(가벼움)이 어떻게 필연(무거움)이 되었을까. 그것 역시 메타포 탓이다. 그는 테레사라는 존재가 마치 버림받은 인간으로 받아들여졌다. 그는 테레사를 처음 보았을 때 마치 '사람들이 바구니에 넣은 뒤 강물에 띄워 자기에게 보낸 아기'라고 확신했던 것이다. 그러니까 토마스의 테레사에 대한 감정은 일종의 연민, 혹은 동정심에 기반한다.

모든 것을 우연으로 돌리는 이러한 토마스, 혹은 사비나의 관념은 그들의 세계관을 가벼움에 대한 지향으로 만들었다. 그들은 가볍게 전통적인 관습을 뛰어 넘는다. 그 뛰어넘음이 바로 성적 탐닉이다. 그러한 공통점이 그들을 자웅동체로 스스로 인식하게 만든 것이다. 그러나 이러한 가벼움을 무거움으로 바꾼 것은 동정심이었다. 따라서 사랑하는 행위는 가벼움이자 무거움이고 무거움이자 가벼움이다.

그것은 상황에 따라 얼마든지 다르게 바뀔 수 있다. 토마스가 필연적인 사랑이라고 믿었던 테레사와의 사랑이 또다시 수정되어 가벼운 어떤 것이 되듯이 그 가벼움은 다시 무거움이 되기도 한다는 것이다. `

잠든 테레사 곁에서 뒤척이다가 몇 년전 그녀가 무심코 던진 말이 떠올랐다. 그들이 친구 Z에 대해 이야기하던 중에 그녀가 말했다. "당신을 만나지 않았으면 나는 틀림없이 그를 사랑했을 거예요"

당시에도 그 말을 듣고 토마스는 야릇한 맬랑콜리에 빠졌었다. 테레사가 그의 친구 Z가 아닌 자기와 사랑에 빠진 것은 철저히 우연이라는 사실을 문득 깨달은 것이다. 토마스와 이루어진 사랑 외에도 가능성의 왕국에는 다른 남자와의 실현되지 않은 무수한 사랑이 존재하는 것이다.

우리 모두에게는 사랑이란 뭔가 가벼운 것, 전혀 무게가 나가지 않는 무엇이라고는 생각조차 할 수 없다는 믿음이 있다. 우리는 우리의 사랑이 반드시 이런 것이어야만 한다고 상상한다. 또한 사랑이 없으면 우리의 삶도 더 이상 삶이 아닐 거라고 믿는다. 침울하고 흉측한 표정의 베토벤도 몸소 그의 <그래야만 한다!>를 우리의 위대한 사랑을 위해 연주했다고 확신한다.

토마스는 그의 친구 Z에 대해 테레사가 한 말을 떠올리고 그들의 사랑의 역사는 <그래야만 한다!>라기보다는 <얼마든지 달라질 수도 있었는데……>에 근거한다는 것을 확인했다.

여기서 베토벤의 <그래야만 한다!>는 인간이 자신의 운명을 <짊어지고 있다>는 것을 말한다. 그리고 토마스는 테레사에 대한 자신의 사랑이 바로 이 <그래야만 한다!>에 기초한다고 믿었다. 그런데 "토마스는 <그래야만 한다!>를 되뇌었지만 금세 의심이 들기 시작했다: 정말 그래야만 할까?"(43)라고 회의하고 있는 것이다. 그러니까 토마스는 우연성과 필연성 사이에서 방황하고 있는 것이다. 우연성이라고 믿었던 것이 어느날 필연성으로 바뀌게 되고 필연성이라고 믿었던 것이 순식간에 우연성으로 바뀐다면 우리의 삶에서 확정적인 것이 과연 얼마나 될 것인가. 결국 인간이란 이러한 가변성 속에서 불안을 감수하는 존재란 말인가. 『참을 수 없는 존재의 가벼움』이란 제목 역시 이러한 애매성을 내포하고 있다. 존재가 참을 수 없다는 것인가, 아니면 가벼움이 참을 수 없다는 것인가.

5. 존재의 무게

토마스와 사비나가 가벼움을 지향하고 있다면 프란츠와 테레사는 무거움을 지향하고 있다. 토마스와 사비나 옆에 혹은 앞에 프란츠와 테레사를 배치한 작가의 의도란 무엇인가. 토마스와 사비나의 삶과 대척되는 삶이 있다는 것을 보여주기 위함인가. 아니면 결국 무거움 역시 일종의 가벼움에 해당한다는 것을 보여주기 위함인가. 그것도 아니면 무거움이 곧 가벼움이고 가벼움이 곧 무거움에 다름아니라는 것을 말하기 위함인가. 테레사는 시골 마을에서 육체의 평등성을 믿는 어머니의 폭력 속에서 성장한다. 어머니는 육체가 영혼에 맞닿아있다는 믿음을 철저하게 부정한다. 육체는 육체일 뿐 영혼과 아무런 관련이 없다는 것이다. 육체는 각 개체의 개별성을 초월하여 누구나 비슷한 형태를 가지고 있다는 육체의 보편성이 그녀가 주장하는 바이다. 육체는 영혼과 무관하므로 똥을 누고 방귀를 뀌고 하는 것이 오히려 인간의 보편적인 진실이라는 것이다. 그래서 테레사가 목욕탕 문을 꼭 닫고 목욕을 하거나 세면을 할 때, 그렇지 않으면 계부의 성적 희롱에 노출될 수밖에 없을 때, 그까짓 육체가 뭐 대단하길래 그렇게 감추냐고 비난을 해 댄다. 영혼의 기록은 아무런 가치도 없으므로 그녀는 테레사가 몰래 숨겨놓은 일기장을 꺼내어 만인 앞에 공개하기도 한다.

테레사의 그 마을로부터의 탈출의지는 따라서 자연스럽다. 그녀가 토마스를 우연히 만나 그에게 과도하게 기울어지게 된 것도 토마스가 책을 읽고 있었기 때문이다. 이 마을에서 책을 읽는다는 것은 상상할 수도 없는 일이어서, 그래서 자신이 책을 읽는다는 것에 대해서 보이지 않는 질시를 받고 있었던 터라, 그리고 그렇게 질시를 받더라도 책을 읽음으로써 자기가 그 마을의 다른 평범한 사람들과 다르다는 지적 우월감을 지니고 있었기 때문에, 그녀는 토마스와 자기를 동류의식으로 묶고 토마스에게 맹목적으로 빠져들게 된 것이다. 그녀는 나아가 토마스가 유명한 외과의사이기 때문에 그를 통해 일종의 신분상승을 꾀하기까지 한다. 테레사가 무작정 상경하여 토마스를 찾아간 계기는 바로 이런 것이다. 그것은 철저한 무거움이다. 자기를 내미는 어머니의 세계로부터 자기를 받아들이는 세계로의 지향. 그리하여 테레사는 토마스에 대해 맹목적으로 집착하고 만다. 그녀는 항상 토마스가 자기를 버리지나 않을까 하여 불안해 한다. 그녀의 무거움은 바로 이러한 불안으로부터 발생한다. 그녀는 토마스처럼 결코 바람을 피우지 못한다. 왜냐하면 그렇게 되면 토마스가 자신을 버릴 것을 두려워하기 때문이다.

그녀의 무거움은 그녀의 일에서도 나타난다. 그녀는 자신의 일을 함에 있어서 일종의 전문직을 꿈꾼다. 그 이유는 그렇게 해야 자신이 토마스와 격이 맞다고 생각하기 때문이다. 그래서 그녀는 사진작가가 되기도 하는데 소련침공 당시 그녀는 죽음을 무릅쓰고 장갑차와 권총앞에서 셔터를 미친 듯이 눌러대기도 한다. 그 이유는 자신의 모국 체코가 약소국이기 때문이다. 자기가 약자이기 때문에 약소국인 모국에 대한 애정이 그녀로 하여금 소련군의 만행을 고발하게 이끈 것이다. 이처럼 그녀는 철저한 무거움에 사로잡혀 있다. 그녀는 그녀와 묶고 있는 끈을 결코 벗어나지 않는다. 그러한 가벼움은 그녀에겐 일종의 사치일 뿐이다. 그래서 그녀는 토마스가 하루에 심지어 두명의 여자와 성관계를 갖는다 해도 스스로를 방어할 힘이 없다. 그녀는 단지 그 사실 앞에 괴로워할 뿐이다.

이러한 무거움은 사비나의 애인 프란츠에게서도 예외가 아니다. 그러니까 프란츠는 사비나와 빗나간 사랑을 주고 받을 수밖에 없다. 사비나에게서 여자란 선택하지 않은 하나의 조건이다. 따라서 사비나에게 있어 여자란 아무런 의미가 없다. 그러나 프란츠에게 있어 여자란 존중해야 할 대상이다. 따라서 프란츠는 여자 앞에서 한없이 작아진다. 이러한 것은 프란츠가 여자를 대할 때 그녀를 일종의 어머니로 보기 때문이다. 프란츠의 어머니는 아버지와 결별한 이후 줄곧 혼자 살았다. 프란츠에게 있어 여자란 따라서 정조와 관련된다. "그것이 우

리 삶에 통일성을 부여하며, 그것이 없다면 우리 삶은 수천조
각의 덧없는 인상으로 흩어져 버릴 것이다" 여자와 남자를
이런 식으로 분류한다는 것은 프란츠가 남성적 삶과 여성적
삶을 분리하고 있음을 의미한다. 전자는 공적인 삶에 속하며
후자는 사적인 삶에 속한다. 따라서 그에게 있어 음악을 포함
한 예술이란 여자와 마찬가지로 공적인 삶이 아니라 사적인
삶에 속하게 되며 그렇기 때문에 그것은 아폴론적인 균형과
절제의 세계가 아니라 도취를 위해 창안된 디오니소스적 아
름다움의 세계에 가장 근접해 있다.

그런 그가 자기의 아내를 버린다는 것은 아내가 이제는 어
머니의 역할을 하지 않고 있음과 관련이 있다. 아내는 자기가
그녀를 버릴까봐 언제나 전전긍긍했다. 심지어 아내는 프란츠
가 자기를 버린다면 자살할 것이라고 엄포했다. 그것이 프란
츠에게는 단순한 엄포로 들리지 않고 일종의 감동으로 들렸
던 것인데 그 이유는 그의 내면에 잠재되어 있던 정조관념
때문이었던 것이다. 그런데 아내는 화랑을 경영하면서 이제는
남편이 없이도 홀로 설 수 있는 존재가 되었다. 홀로 설 수
있다는 것, 자기가 없어도 존재할 수 있다는 것은 프란츠에게
는 이제 그녀가 더 이상 자신에게 의미있는 존재가 아니라는
것을 함축한다. 프란츠는 결연히 아내 마리클로드를 떠나 사
비나의 곁으로 간다. 그러나 사비나는 반대로 그러한 프란츠

를 버리고 떠나 자신만의 세계로 접어든다.

테레사와 프란츠의 세계는 무거움의 세계이다. 그것은 세계의 관습적 규칙 혹은 의무를 수락한 자의 세계이다. 그들은 그러한 규칙과 의무로부터 벗어날 생각을 하지 않는다. 그들은 세계가 그들에게 부과하는 규칙과 의무감을 충실하게 재현하는 존재들이다. 토마스와 사비나가 존재의 가벼움쪽에 서 있다면 그들은 무거움 쪽에 서있는 것이다. 그러나 반드시 그런 것일까. 프란츠가 아내 마리클로드를 버리고 사비나에게 간 것은 사비나와 새로운 정착을 꿈꾸었기 때문이다. 그러나 그러한 의도와는 관계없이 그는 결코 사비나와 새로운 삶을 꾸려나가지 못한다. 사비나는 그와 어긋난 세계관, 즉 가벼움의 세계관을 가지고 있는 여자였기 때문이다. 여기서 다시 작가의 세계관이 나온다. 프란츠가 자신의 새로운 삶을 결정하는 순간 그 결정에 프란츠는 합리적인 필연성을 부여했다고 스스로 믿었다. 그는 아내와 헤어진 뒤 마땅히 사비나와 새로운 삶을 개척할 것으로 믿었다. 그러나 결과는 그 반대.

이러한 삶의 아이러니는 테레사에 있어서도 예외가 아니다. 그녀 역시 자신이 합리적으로 생각한 것이 배반당하는 아이러니를 숱하게 경험한다. 그녀는 토마스에게 자신을 의탁함으로써, 즉 전통적인 여성상이 됨으로써 자기를 구원할 수 있다고 믿었다. 그러나 그는 토마스에게서 지속적으로 배신만 경험할 뿐이다. 토마스와 테레사는 서로 어긋난 믿음으로 괴로워하고 있다. 그녀는 자신의 사진 찍기가 죽음을 감당하는 것이었고 그만큼 자신의 모국의 민주화를 위해 기여하리라 믿었다. 그러나 그것도 사진을 통해 거기에 찍힌 사람이 구속되는 역효과만을 결과했을 뿐이다. 마침내 테레사는 좌절감의 극대화를 자기학대를 통해 해결하려 한다. 나체사진 찍기가 그것.

6. 삶이라는 애매함

이러한 삶의 아이러니를 통해 작가가 말하고자 하는 바가 무엇일까? 그것은 삶의 아이러니, 혹은 애매성을 드러내는 것 같다. 작가는 삶은 확정된 것이 아니고 무한 반복되는 것도 아니어서 어떠한 선택도 그 확실성을 담보할 수 없고 어떤 것도 다른 것보다 우월한 선택이 아니라는 것을 말하는 것 같다. 수많은 선택과 배신을 통해 이러한 결론이 나온 것인데 그러나 이것은 삶에 대한 우리의 모든 의무를 방기하는 것이 아닐까? 예컨대 토마스가 아들과 기자가 와서 시국서명을 해 달라고 했을 때 그는 오직 테레사와의 행복만 염두에 둔다. 그리고 그 행복을 이 서명이 해칠 것이라는 두려움이 그로 하여금 서명을 거부하게 한 것이다. 그는 이 선택에 있어서 어떠한 객관적 근거도 획득할 수 없었다. 그는 객관적으로는 어쨌든 서명을 하는 것이 옳지만 그렇게 하지 않았다. 이 선택이 옳은지 그른지 아무도 모른다. 그러나 결과는 부정적으로 나왔다. 당국은 그들의 서명행위를 통해 반대자(서명자)를 숙청할 수 있게 되었고 그것이 민주화의 반향을 불러온 것이 아니라 그들이 장악한 언론을 통해 오히려 서명자들을 매도할 수 있게 된 것이다.

이것은 무엇을 말함인가. 사회적이고 공적인 판단보다도 개인적인 판단이 더 옳다는, 혹은 더 낫다는 것을 말하는 것은 아닌가. 그 개인적인 판단이란 무엇인가. 결국 나라야 어떻게 되든 개인적인 행복을 우리는 추구해야 한다는 말이 아니겠는가. 그리고 이 말은 얼마나 매혹적인가. 사회적 저항은 반드시 개인적 생활을 파탄에 이르게 하고 그들의 삶을 조각나게 한다. 그러한 맥락에서 개인적인 행복이란 얼마나 매력적인 말인가. 그러나 한편으로 개인적 판단이란 그것의 목표가 행복인 한에서 행복을 추구할 수 있는 계층에게 가능한 것이라 할 수 있다. 행복을 추구할 수 있는 계층이란 적어도 중산층 이상이 아닐 수 없다. 그 밑의 계층의 사람에게 행복이란 그날그날 살 수 있다는 것만으로도 만족해야만 할 그러한 것이다.

중산층의 이데올로기란 무엇인가. 중산층의 이데올로기는 흔히 자유주의로 불린다. 이 용어로 중산층의 모든 구성원들의 이데올로기를 규정하는 것은 당연히 무리가 따른다. 그러나 일반적으로 그 계층에 소속된 사람들이 이러한 이데올로기에 쉽게 경도되는 것은 그들을 둘러싸고 있던 물적 조건에 비추어보면 어쩌면 당연할 수도 있다. 자유주의는 대체로 소극적 자유를 추구하고 있기 때문이다. 중산층의 소시민적 욕망은 소극적이지 적극적인 것은 아니다. 자기를 둘러싸고 있는 억압으로부터 벗어나기만 하면 그로서는 그외에 대해서는 관심할 바가 아닌 것이다. 이처럼 자유주의는 개인주의와 쌍생아라 할 만하다. 자유주의는 무엇을 향한 자유가 아니라 무엇으로부터의 자유로 규정된다. 따라서 개인의 자유를 구속하는 어떤 것으로부터 자유를 쟁취하는 것이지 적극적으로 개인의 자유를 구속하는 어떤 것에 대한 투쟁이나 저항이 아니다.

이것은 물론 현재적 관점에서 규정한 것이다. 역사적 관점에 서게 되면 자유주의가 그렇게 무력한 것만은 아니라고 할 수 있다. 자유주의는 부르주아가 역사의 전면에 등장할 때 봉건적 지배계급의 특권과 전횡에 저항하기 위한 이데올로기적 무기였던 것이다. 그들은 봉건적 신분질서에 대립하여 개인을 전면에 내세웠으며 개인의 자유를 억압하는 그 어떠한 것도 인정하지 않았다. 그러나 이러한 초기의 자유주의는 시간이 지남에 따라 점차 정치와 경제의 분리를 낳게 된다. 정치적 자유주의와 경제적 자유주의로 나뉜다는 것이다. 이 중에서 후자에 보다 많은 가치를 부여하는 것이 현대자유주의의 특성이라 하겠다. 그래서 자유주의자는 정치적 자유는 경제적 자유를 위해 그 권리를 제한해야 한다는 논리를 편다. 이러한 논리는 시장경제가 가속화되면서 민주주의가 시장경제를 오히려 위협한다는 논리로 변하기도 한다. 말하자면 이제 정치적 자유주의는 축소되어 중산층에게나 해당되는 것이 되어 버렸다.(한수영의 글 참조)

그러나 중산층적 자유주의가 개인을 중심에 두고 있다는 점에서 문제가 된다. 개인이 무슨 힘이 있단 말인가. 개인주의적 자유주의의 핵심은 인간의 합리성의 강조이고 이것은 일종의 정신적 능력이라는 점에 있다. 다시 말해 자유주의는 정신과 육체를 분리하고 있다는 말이다. 그리고 이것은 어떠한 사회적 요소도 침해할 수 없는 일종의 천부인권적인 특성이다. 합리성이란 이처럼 사회와 무관한 개인이 스스로를 조화시킬 수 있는 능력으로 규정된다. 그러나 객관적이고 물적 인력을 거부한 상태에서 개인의 자유로운 사고란 결국 무엇인가. 그것은 일종의 주관적 상념에 불과하고 훨씬 좋게 말한다 해도 현실에 별 영향을 끼칠 수 없는 관념적 합리성에 불과하다고 할 수 있겠다. 이렇게 객관적 규정성을 초월해버리면 삶은 애매성에 둘러싸여 있고 확정할 수 없으며 일종의 불가지의 대상으로 전락해 버린다. 이 소설이 의도하고 있는 수많은 메시지는 결국 여기에 귀착된다. 토마스도, 프란츠도, 사비나도, 테레사도 이러한 삶의 애매성과 불가지론에 휩싸여 있다. 어떠한 것도 최선의 선택은 없으며 그랬을 때 최선의 선택을 위한 기준은 인간의 내면적 욕구, 즉 예컨대 토마스가 서명을 거부하는 선택의 기준이 되었던 '그가 진정으로 애착을 갖는 유일한 것인 그녀'와 같은 것들이다.

그러나 우리는 다시 물어보자. 이 내면적 욕구란 어디에서 기인한 것인가. 그것은 정치와 사회와 경제와 주체의 삶의 과정이 맞물려 발생한 것이 아닌가. 그것 자체가 현실로부터 동떨어진 어떤 것이 아니라 끊임없이 현실의 영향을 받고 영향을 주며 그 속에서 새로 태어나기도 하지만 어쨌든 그 탄생조차 현실의 자장 속에 있는 그러한 것이라 할 수 있다. 인간은, 문학은, 현실로부터 조월하여 존재하는 어떤 것이 아니고 현실로부터 굴절된 것이다. 그렇다면 왜 이렇게 내면적 욕구에 집착하는 것일까. 그것은 현실에 대한 혐오, 내지는 증오에서 찾아야 할 것 같다. 참을 수 없는 존재의 가벼움이란 현실에 대한 혐오, 내지는 증오의 결과라 할 수 있다. 무엇을 참을 수 없다는 말인가. 존재인가, 가벼움인가. 그 질문은 그리 중요하지 않다. 중요한 것은 참을 수 없다는 말에 있다. 하루하루의 삶, 눈에 보이는 정치와 경제, 그리고 주변적인 일들, 이 모든 것이 참을 수 없다는 것이다. 참을 수 없다는 것은 그것들에 대한 짙은 혐오, 내지는 증오에 의해 발생한 다.

7. 키치의 현실

작가에 의하면 참을 수 없는 현실이란 키치적인 것이다. 키치적인 삶이란 '본질적으로 똥에 대한 절대적 부정'이다.

이러한 모든 유럽인들의 믿음 이면에는 그것이 종교적이든 정 치적이든 간에 창세기의 첫 번째 장이 존재하며, 그로부터 이 세 계는 당연히 그래야만 한다는 식으로 창조되었고, 존재는 선한 것이며 따라서 아이를 가지는 것이 좋은 것이라는 생각이 퍼지게 되었다. 이러한 근본적 믿음을 존재에 대한 확고부동한 동의라고 부르도록 하자.

최근에 와서도 책 속에서 똥이란 단어가 점선으로 대치된 적 이 있는데 그것은 물리적 이유 때문만은 아니었다. 똥이 비윤리 적이라고 주장할 수는 없는 노릇이 아닌가! 똥과의 불화는 형이 상학적인 것이다. 배설의 순간은 창조에 있어서 수락할 수 없는 것에 대한 일상적 증거이다. 둘 중에 하나를 택해야만 한다. 똥은 수락할 만한 것이다, 라거나(그렇다면 화장실 문을 잠그고 들어 앉지 말아야 한다!) 또는 우리가 창조된 방식이 받아들여질 수 없는 것이다, 라는 것 중에서.

존재에 대한 확고부동한 동의란, 똥이 부정되고, 각자가 마치 똥이 존재하지 않는 것처럼 처신하는 세계를 미학적 이상으로 삼는 것이란 추론이 가능하다. 이러한 미학적 이상이 키치라고 불린다.

　다시 말해 키치란 우리의 진실을 감추고 허위를 진실로 강요하는 모든 예술 형태를 말한다. 쿤데라에 의하면 사회주의 리얼리즘은 완벽하게 키치적이다. 그것은 체제내의 모순을 은폐하고 삶은 살만한 것이라고 강변하기 때문이다. 사비나가 메이데이 행진에서 혐오했던 것은 '공산주의 세계의 추함이 아니라 공산주의가 뒤집어쓰고 있는 아름다움의 가면, 달리 말하자면 공산주의라는 키치'였다. 그 행사에서 사람들은 '가장 우울한 표정의 얼굴조차도 미소로 환해졌는데, 마치 그래야만 한다는 듯이 자신들이 즐기고 있다고, 또는 보다 정확히 말하자면 자신들이 당연히 그래야 하듯 동의하고 있다는 것을 증명이라도 하고 싶은' 듯이 보였다. 그것은 '공산주의에 대한 단순한 정치적 동의가 아니라 현실 속의 존재에 대한 동의에 관련되'어 있다. 말하자면 공산주의 만세!가 아니라 인생 만세!였다. 작가는 이를 '멍청한 동어반복'이라고 규정한다.

　똥을 거부하듯, 삶의 추한 진실을 은폐하고 이루어지는 예술, 감동을 강제로 자아내거나 감상에 젖게 하는 예술, 그리하여 존재하는 것에 대해 확고부동하게 동의하도록 하는 예술, 그것이 바로 키치이다. 따라서 그것은 아름다운 거짓말이다. 그 거짓말은 누구도 거부할 수 없다. 전체주의국가에서 누구도 그 거짓말에 대해 그것이 거짓말이라고 말할 수 없다. 그러므로 키치의 진정한 적은 그것에 대해 질문하는 것이다. 그 질문은 의혹이고 의혹은 인정될 수 없다. 그곳에서 똥(추함)은 존재하지 않으며 그저 좋은 것과 가장 좋은 것만 있을 뿐이다. 그렇다면 키치는 가벼움의 세계이다. 하면 진실은 무거움의 세계란 말인가. 진실이란 개인적인 것이고 그것이 전체주의적 시각, 또는 전체주의적 의무감으로 바라본다면 가벼움에 속한다 할 수 있는데 여기서는 그 반대로 무거움으로 정의될 수 있는 것이다. 그렇다면 무거움은 가벼움이 될 수 있고 가벼움은 곧 무거움이 될 수 있기도 하다. 중요한 것은 작가가 가벼움과 무거움의 애매성을 통해 말하고자 하는 바가 개인적 진실이라는 것이다. 그것이 비록 한 개의 비석으로 남아 존재와 망각 사이에서 다시 키치가 된다 할지라도 작가가 지향하는 세계는 어쨌든 개인적인 세계에 국한되어 있다는 것이다.

    캄보디아의 죽어가는 사람들에게서 남아있는 것이 무엇일까?
    품 안에 노란 아기를 안고 있는 미국 여배우의 커다란 사진 한 장.
    토마스에게 무엇이 남았을까?

비문(碑文) 하나: 그는 지상에서 하느님의 왕국을 원했다.

베토벤에게서 무엇이 남았을까? 우울한 목소리로 <그래야만 한다!>라고 말하는, 믿기지 않을 정도로 헝클어진 머리에 침울한 표정을 한 남자.

프란츠에게는 무엇이 남았을까?

비문 하나: 오랜 방황 끝에 귀환.

그리고 그 다음도 또 계속될 것이다. 잊혀지기 전에 우리는 키치로 변할 것이다. 키치란 존재와 망각 사이에 있는 환승역이다.

전체주의를 부정하고 관습적 낙관을 부정하고 오직 혐오감 속에서 개인적 행복만을 찾는 사람에게 있어 삶은 불가해하고 이해할 수 없고 이해하고 싶지도 않고 모두 부정하고 싶을 것이라는 것은 충분히 이해할 만하다. 작가는 이러한 부조리 속에서 그래도 일말의 타협을 하고 싶기도 한 것처럼 보인다. '우리가 아무리 키치를 경멸해도 키치는 인간조건의 한 부분인 셈'이라고 작가는 말하고 있는 것이다. 키치가 '아름다운 거짓말에 불과하다는 것'을 안 상태에서의 키치는 그 힘의 무력화로 인해 우리로 하여금 그 감동을 진지하게 생각하지 않게 하기 때문이다. 하지만 작가는 기본적으로 삶에 대해 '참을 수 없는' 혐오감에 지배되고 있다. 이러한 혐오감이 삶을 전면 부정하게 하고 삶을 자기 방식대로 재구성하도록 하는 유혹에 지배되게 하는 것이다. 이 작품은 보통 사실주의 작품처럼 시간의 선조성을 따르지 않는다. 어느 정도 진행되다가 다시 원점으로 돌아가 시점을 달리하여 반복하고 있는 것이다. 그리고 작품 자체의 결말구성도 앞에서 정의했던 것들을 재정의하는 것으로 마무리하고 있다. 이러한 형식은 삶이란 시간이 진행함에 따라 발전하는 것이 아니고 원환적으로 원무를 추고 있다는 세계관의 다른 표현이다. 왜냐 하면 개인의 내적 욕구란 기본적으로 시간이 진행함에 따라 발전하는 것이 아니라 시간의 변화에 관계없이 영원한 것이기 때문이다.

이 영원성에의 집착은 곧 라캉이 말한 바 상상계적 욕망이라 할 수 있다. 상상계적 욕망에 사로잡히면 현실의 제계기들에 대한 인식에는 무관심할 것이기 때문이다. 상징계적 현실세계는 주체에게 있어 혐오감을 자아내게 하고 거부하게 할 뿐이다. 주체는 따라서 영원히 상실한 어머니로 회귀하지 못하고 오브제 쁘띠 a에 사로잡힌 채 그 틀에서 결코 벗어나지 못한다. 오직 그는 결핍된 욕망을 채우기 위하여 대상을 환유할 뿐 결코 현실의 문제들에 참여하지 못한다. 현실의 문제나 사건들이 아무리 크다 할지라도 그것들은 주체의 환유대상에의 고착으로 인해 주체에게 부정되거나 무관심의 대상이 될 뿐이다. 상상계적 욕망구조의 기본항목이 이항대립이고 이 이항대립이란 다시 말해 이자관계를 의미한다고 하면 주체와

마주선 타자란 어머니이고 거울이라 아니할 수 없다. 이러한 관계는 기본적으로 오인관계를 형성하고 있기에 주체는 언제나 환상을 추종하게 된다. 이 환상 속의 이자관계는 일치와 불일치의 변증법적 관계 속에 있다. 대상과 일치된다면 그는 환호할 것이고 대상과 일치하지 못한다면 증오할 것이다. 현실에 대한 '참을 수 없는' 감정이란 주체가 현실적 대상과 결코 일치하지 못하고 있기 때문이다.

8. 소설과 영화의 시각

이러한 원작과 달리 영화는 시간적 선조성(線條性)을 충실하게 따라가고 있다. 이 점에서 영화는 소설과 뚜렷하게 구분되고 있다. 그런데 이 불가피한 장르적, 혹은 형식적 구분이 반드시 주제의 변화를 동반하게 되어 있다. 왜냐하면 형식과 내용은 불가분의 관련성 속에 있기 때문이다. 소설에서 시간이 어느 정도 진행된 다음 다시 시점을 달리하여 원점으로 되돌아온다는 말은 성찰과 관련이 있다. 인물 각자의 시각으로 본 정보들은 서로의 시각에 의해 보완되고 비판된다. 그 보완과 비판이 일종의 성찰이 되는 셈이다. 이러한 성찰은 삶에 대한 것이고 더 나아가면 철학적인 것이 된다. 이 작품은 그래서 성찰의 진일보, 즉 철학적 성찰이 지배적이다. 그러나 시간이 선조적으로 작용하게 되면 이러한 성찰이 약화할 수밖에 없다. 영화로 만들어질 때 영화 특유의 기법적 변화가 동반되지 않는다면 소설에서의 이러한 성찰은 표현되기 힘들다. 이 영화는 그러한 기법적 변화를 동반하지 않고 시간의 선조성을 충실히 따라가는 전통적인 방식을 따르고 있는데 그렇다는 말은 원작에서 그려진 도저한 철학적 성찰이 내면화하거나 혹은 소거될 수 있다는 것을 의미한다.

이 영화의 시작은 토마스가 수술실에서 나와 간호사에게 옷을 벗어보라는 말로 시작한다. 그리고 사비나를 만나 격렬한 정사를 벌이는 것으로 이어진다. 말하자면 영화의 초두에는 토마스의 성적 난행이 집중 부각되고 있다는 것이다. 이것은 원작과 별 차이없는 설정이다. 그리고 그는 친구 대신 시골로 왕진을 가 거기서 테레사를 우연히 만난다. 그리고 테레사가 토마스를 찾아 프라하로 오게 되면서 그들의 동거는 시작된다. 원작에서는 이것을 사랑의 우연성, 혹은 삶의 우연성이라는 철학적인 테마에 포커스를 맞추었는데 영화에서는 두 사람의 우연한 만남이라는 다소 상투적인 의미로 국한되어 있다. 소설적 성찰이 개입될 여지가 없기 때문이다. 따라서 두사람의 우연한 만남이라는 말 속에 담긴 우연성의 테마는 영화에서는 그다지 큰 의미로 부각되지 않는다. 그리고 토마스와 정사하기 전에 사비나가 거울 앞에서 변기에서의 포즈를 취하고 있는 장면이 나오는데 소설에서는 이것이 철학적 의미를 내포하고 있지만 영화에서는 그저 선정적인 것일 뿐이다. 마찬가지로 테레사가 잠을 잘 때 토마스의 손을 꼭 잡고 잔다는 원작의 설정은 영화속에서는 부각되지 않고 있다. 한 두 번 나올 정도이기 때문이다.

원작에 충실한 부분이 있다면 토마스와 사비나가 정사를 끝낸 직후 토마스가 사비나에게 말하는 장면에 있다. 사비나가 토마스에게 테레사를 사이에 둔 아쉬움(질투?)을 말하자 토마스는 "인생을 두 번 살 수 있다면 한번은 그녀와 살고 한번은 당신과 살 수 있고 그러면 누구랑 사는게 좋은지 알 수 있겠지. 하지만 인생은 한번으로 끝나는 것, 인생은 헛껍질 같아. 채워 놓을 수도 고쳐 좋게 할 수도 없어. 두려운 일이야"라고 말한다. 이것이 원작자가 말하는 인생의 일회성이다. 말하자면 토마스는 삶의 일회성을 알면서도 한 여자에 집착한다. 가벼움을 알면서도 무거움을 선택하고 있는 것이다. 이에 대해 사비나는 "나는 한군데 진득하게 있는게 지겹다"는 말로 어떠한 의무감으로부터도 자유로운 가벼움의 삶을 선택하려 한다. 이것으로 이 둘의 세계관은 소설과 영화에서 공히 일치하고 있음을 알 수 있다.

반면에 테레사는 꿈 - 자기가 보는 자리에서 토마스와 사비나가 정사를 하는 꿈 - 을 꿈으로써 사비나에 대한 질투심을 표현하고 자신의 토마스에 대한 집착을 알려주고 있다. 이 집착으로 인해 토마스는 스스로 테레사에 대한 의무감 - 무거움 - 을 수용하고 있는 것이다. 이것은 가벼움과 무거움의 대비를 통해 인생을 말하고자 하는 원작의 의도와 일치하는 것이다. 그러나 테레사가 사진찍기를 업으로 하고 난 뒤 그녀, 혹은 그가 부닥친 현실은 그들로 하여금 원작을 훌쩍 뛰어넘게 한다. 테레사와 사비나, 토마스와 그의 직장 동료들이 유흥업소에 들러 술을 마실 때 거기서 그들은 일단의 공산주의자들의 회식을 보게 되는데 - 이들은 홀에서 특별한 자리와 대접을 제공받고 있다 - 그들은 이들 공산주의자들에 대해 도둑놈이라 칭하고 그들이 자신들이 도둑놈이라는 사실조차 모른다고 자기들끼리 쑥덕인다. 말하자면 10만명 이상 투옥되고 죽어갔는데 위정자들은 그러한 사실을 몰랐다고 강변하는데서 이들의 분노가 촉발하고 있는 것이다.

장면은 바뀌어 회식하던 공산주의자들의 요청으로 노래는 공식적인 노래로 바뀌는데 이것은 그들이 자신들의 악덕을 근엄함으로 은폐하고 그 근엄함을 통해 국민들을 지배하려는 의도를 가지고 있음을 보여주려는 감독의 의도적 산물이라 할 수 있다. 이때 토마스는 매력적으로 오이디푸스론을 펼친다. 오이디푸스는 아버지를 죽이고 어머니와 근친상간한 존재로서 자기의 죄를 뉘우치고 결국 자신의 두눈을 뽑아버리는데 이들 공산주의자들은 그러한 죄의식조차 없다는 것이다.

그리고 다시 흥겨운 노래로 바뀌고 분위기가 바뀌면서 외설적인 춤과 장면이 제시되고 있는데 이는 바로 앞 장면의 공산주의자들의 위선적인 엄숙함과 날카롭게 대비시키려는 대비적 효과의 장치라 할 수 있다. 다시 말해 이것은 근엄한 위선에 대해 성적 노출을 통해 공격하려는 것이다. 이 장면은 영화화되면서 삭제된 수많은 원작의 내용들과 달리 상당히 클로즈업되고 있는데 이 부분이 원작자와 감독의 차이라면 차이다. 감독은 이를 통해 공산주의에 대한 강한 공격성을 보여주고 있는 것이다. 물론 토마스가 자신의 직장동료와 테레사가 격렬하게 춤을 추는 것을 보고 질투하는 것을 보여주지만 그것이 토마스가 현실적인, 정치적인 문제를 전면 거부하고 있다는 원작의 의도를 보여주기에는 한계가 있다. 원작에서는 현실적이고 정치적인 문제도 중요하지만 보다 중요한 것은 테레사에 대한 애정, 또는 현실에 대한 전면적 거부라는 허무주의 등이 주로 전달되고 있는 것이다. 영화에서는 이와 달리 바로 이어서 토마스가 자신의 오이디푸스론을 신문사에 기고하는 장면을 더 부각시킨다. 그러니까 토마스와 테레사의 영화 속 세계는 정치 권력에 무기력한 일상성의 세계이지 우리가 원작에서 볼 수 있는 무거움/가벼움을 통한 현실에 대한 전면적이고 철학적인 부정은 아니라는 것이다.

그러한 것은 토마스와 테레사가 꿈이야기를 두고 다투는

장면에서도 나온다. 테레사가 수영장 꿈을 꾼 뒤 토마스의 바람기를 못이기고 나와 부닥치는 소련군 탱크 신은 원작에는 없는 부분이다. 이 부분은 상당히 긴박성을 동반하고 제시되고 있는데 이러한 긴박성은 원작의 현실에 대한 전면적 거부와 달리 정치적 현실/일상성의 대립을 극명하게 보여준다. 뒤이어 이들의 잔인한 만행이 치밀하고 자세하게 그리고 오랫동안 묘사되고 이들에 대항하는 민주 행렬에 토마스와 테레사가 동참하는 장면이 리얼하게 그려지고 있다. 이 무수한 만행과 긴장을 뚫고 기총 소사 속에 수없는 사람들이 죽어가지만 테레사는 죽음을 무릅쓰고 카메라의 셔터를 눌러댄다. 이 장면에서 나오는 음악은 장송곡의 곡조를 띠며 애잔하게 울려 퍼지고 그 음악에 감싸여 소련군의 행렬과 만행이 흑백사진으로 처리된다. 오래된 성들과 탑들이 마치 몽타주기법으로 제시되고 평화를 상징하는 거리 바이올린 소리가 울려 퍼진다. 이 장면은 원작에서 강조하는 것 훨씬 이상으로 화면 전면을 뒤덮고 있으며 또 지속되고 있다. 사람들은 사선을 뚫고 스크럼을 짜고 죽음 앞에 서서 행진하고 있다. 포격과 폭격으로 시가는 불타오르고 사람들은 죽어나간다. 이러한 묘사는 분명히 일상성에 사로잡힌 토마스와 테레사로 하여금 조국의 부름에 기꺼이 나서야 한다는 강요로 보여진다.

　원작에 충실한 것은 오히려 프란츠와 사비나에게서 엿보인다. 사비나는 망명자들의 모임에 가서 검지를 높이 세우며 말하는 사람의 용기있는 참여론을, 그렇다면 조국에서 왜 망명했느냐며 시비하고 오히려 다시 돌아가서 싸우라고 말한다. 그리고 박차고 나오는데 사비나에게 있어서는 공산주의체제 그 자체가 거부대상이었기 때문이다. 그녀는 기본적으로 가벼움을 추구하는 여자이다. 반면에 프란츠는 학대받는 사람에 대한 무한한 연민에 사로잡혀 있고 심지어 데모대에 대한 찬미론 마저 펴고 있다. 그러니까 이 두 세계관이 서로 맞지 않는 것은 사실이지만 그들의 대화는 충분히 원작에 충실하고 있다는 말이다. 그러나 이들에 대한 삽화는 경미하게 처리되고 있다. 프란츠가 나중 캄보디아에 출정하는 부분도 삭제되어 있고 이들의 삽화 역시 간단한 몇 개의 장면으로 국한되어 있는 것이다. 그러니까 영화는 대체로 토마스와 테레사를 중심으로 엮어가고 있다고 말할 수 있다. 토마스와 테레사가 스위스로 가는 장면도 일체의 과정이 생략되어 있다. 이것은 관객으로 하여금 채워넣을 수 있게 한다는 점에서 일종의 여백에 해당한다고 할 수 있다. 그 여백을 우리가 채워넣자면 아마도 체코내부에서는 더 이상 사진을 찍고 기고한다는 것이 검열로 인해 더 이상 가능하지 않았기 때문이라고 추정할 수 있다.

그러나 스위스로 와서도 테레사의 현실고발의지는 실현될

수 없다. 왜냐하면 그것은 이미 시의적절한 것이 아니었고 사진찍기로 테레사가 할 수 있는 일이란 고작 나체 사진 찍는 것 - 서방사회에서 각광받고 있는 - 밖에 없었기 때문이다. 테레사는 이 나체사진을 찍기 위해 사비나를 찾아가는데 이는 자학의 한 상징이다. 자학한다는 것, 이것은 무거움이 아니겠는가. 결국 테레사는 프라하로 다시 돌아가게 되는데 이 장면이 돌연한 것 같은 느낌이다. 왜냐하면 테레사의 귀향은 그 자체로 보면 스위스에서도 자신의 할 일이 별 의미를 찾지 못했기 때문으로 해석되는데 정작 토마스에게 남겨놓은 메모에는 토마스의 외도를 견디기 힘들기 때문에 돌아가는 것으로 표현하고 있기 때문이다. 이것은 원작을 영화가 다 보여줄 수 없기 때문에 발생한 한계로 이해할 수 있다. 하지만 관객이 보기에는 개연성의 부재로 읽을 수도 있다.

그리고 뒤이어서 테레사를 좇아 다시 프라하로 돌아온 토마스의 취업문제가 부각된다. 그는 자신이 예전에 썼던 오이디푸스론에 대한 반성문을 쓰지 않으면 결코 복직이 될 수 없다. 그런데도 그는 자신의 소신을 꺾지 않기 위하여 스스로 나락으로 빠져들어간다. 이 과정도 그가 삶의 무거움을 감당하는 부분으로서 원작의 토마스의 내면을 그리고 있다기보다는 현실에 대해 저항하는 인텔리로 보이게 한다. 그리고 현실적 삶의 전면적 무의미를 말하기에는 토마스의 행동 - 서명서를 갖고 온 내무서원에 대한 ― 이 너무 단호하다. 그는 현실의 악에 싸우는 투사적 인테리의 이미지로 부각된다. 그리고 그 악과 싸우기 위하여 스스로 유리닦기라는 나락으로 깊이 빠져든다. 테레사 역시 마찬가지이다. 그녀는 토마스의 일탈행위 ― 토마스의 일탈행위는 한번만 나타나고 있다. 그것이 반복되고 있다는 것은 테레사의 그에 대한 불평에서만 감지될 뿐이다. 다시 말해 그렇게 함으로써 원작에서 강조되고 있는 사적인 성적 일탈의 의미는 축소되고 토마스의 현실에 대한 저항의 이미지만 더 크게 부각되고 있다 ― 에 대한 반작용으로서 자기도 역시 외도를 하게 되는데 그 외도조차 비밀경찰이 몰래 엿보고 있다는 망상에 사로잡혀 있다. 현실의 무게를 압도적으로 느끼게 하는 장면이다. 그들이 이 모든 것을 버리고 전원으로 가 행복하게 사는 장면도 현실의 중압감에 벗어나기 위한 그들의 행복찾기, 즉 현실 관련성을 강하게 보여주고 있다.

소설(문학)에서 영화로 가는 길은 이처럼 다르고 그 다름은 무수할 수도 있다. 그것은 다시 말하면 소설이 영화로 창조될 수 있는 무수한 가능성이 있다는 것이다. 소설은 영화와 뗄래야 뗄 수 없는 관계에 있다. 영화는 원작에 너무 충실하면 오히려 실패한다. 두 장르간의 차이를 인식하지 않으면 창조도 존재하지 않는다. 새로운 창조를 위하여 소설이 무한한 가능성 속에 놓여 있음은 소설의 미래를 위하여 시사하는 바가 많다. 이 작품처럼 소설이 영화화할 때 반드시 실패하는 것만은 아니다. 소설을 통해 새로운 작품으로 탄생할 수 있는 것이다. 그 성공은 감독이 원작을 얼마나 깊이 소화하고 그것을 자신의 주제의식에 어떻게 연결시키느냐에 달려 있다.

III

사이버소설의 이데올로기 연구

사이버소설은 오프라인에서 생산되는 소설보다 훨씬 자유롭다. 그 자유로움은 익명성에 의해 권장되고 확대된다. 사이버공간에서의 익명성은 개인의 현실규정성을 상당부분 약화시키기 때문이다. 개인들은 현실의 무수한 담론에 분열되며 자기정체성의 혼돈을 경험하고 있다. 더구나 현실 사회주의 사회의 붕괴 이후 방향성을 상실한 담론들의 혼합이 이러한 혼돈을 더욱 부추기고 있다. 이러한 혼돈에 질식할 것 같은 개인들이 가상의 공간에서 주체를 회복하려 몸부림치고 있는데 이러한 몸부림의 결과들이 사이버소설에 고스란히 담겨져 있다고 할 수 있다.

그래서 사이버공간에서의 소설쓰기는 일탈의 모습, 혹은 현실적인 압박감으로부터 벗어나려는 형태로 진행된다. 독자와 작가가 위치적 역전을 보인다든가 언어의 변형, 혹은 문학의 고전적 형식들의 파괴 등은 그 비근한 예라 하겠다. 이데올로기에 있어서도 예외가 될 수 없는데 사이버소설에서 현실 이데올로기는 여전히 삼투되어 있다. 그러나 그 삼투는 이러한 파괴에 의해 일그러지고 변형된다. 다시 말해 사이버소설에서의 이데올로기는 현실의 공식 이데올로기를 전복시키는 형태로 나타나고 있는 것이다.

1. 지배이데올로기에 대한 공격과 그 한계

이데올로기와 관련해서 사이버소설에서 우선적으로 나타나고 있는 현상은 정치적 상상력이다. 정치적 상상력이란 현실 사회주의의 몰락과 불가분의 관계가 있다. 그리고 그러한 몰락과 더불어 진보적 이데올로기의 종언과 정치권력의 개량화가 가져온 허탈함이 배경적 정조를 형성하고 있다. 이러한 현상은 비단 사이버소설에서만 나타나는 것은 아니다. 본격소설이라는 말이 허용된다면 공식 문단에서 생산되는 본격 소설에서도 90년대 이후에 이러한 양상이 일종의 후일담 형식으로 계속 제출되었던 것이다. 사이버소설만의 특징이라면 보다 그로테스크하고 알레고리화하고 있다는 것을 들 수 있다.

이러한 정치적 상상력으로 쓰여진 것이 김홍택의 「멸절」과 영지성의 「벌에 관한 실험」이다. 김홍택의 「멸절」은 정치적 알레고리로 읽혀진다. 물론 이것을 현대 사회의 온갖 병리 현상을 간략화한 것으로 해석할 수도 있으나 권력과 개인의 문제가 그 핵심에 자리잡고 있다는 점에서 정치적 상상력의 소산이라 할 만하다. 이 작품의 시간은 지구에 '대재앙'이 몰아닥친 어느 먼 미래이다. 여기에는 바퀴벌레와 인간의 유전자 결합으로 생긴 인간 - 바퀴벌레라는 존재들이 살고 있다. 이러한 발상 자체는 인간의 멸절은 새로운 종의 변이와 탄생을 가능케 하는데 그 탄생이란 것이 이렇게 인간 - 바퀴벌레의 형태를 띤다는 것을 보여줌으로써 역설적으로 인간이 멸절하지 않고 오래 평화로워야 한다는 것을 말해주고 있다.

이 소설은 만약 인간이 자신들의 모순을 끝내 해결하지 못하고 멸절할 경우 이렇게 흉칙한 존재로 변할 수 있다는 점을 강조하고 있는 것이다. 그렇다면 인간 시대의 모순이란 도대체 무엇인가. 이 소설에서는 그러한 모순의 구체성이 전혀 나오지 않고 있다. 소설은 단지 인간이 '대재앙'으로 멸절된 오랜 이후를 그려내고 있을 뿐이기 때문이다. 따라서 우리는 인간 시대의 모순을 현재의 인간 - 바퀴벌레가 어떠한 모순을 지니고 있는가를 통해 유추해 내지 않으면 안된다. 말하자면 작가는 바퀴벌레를 보면서 인간과 바퀴벌레의 유사성을 이끌어냈고 이 유사성으로 인간 - 바퀴벌레를 상상했으므로 '인간 - 바퀴벌레라는 존재는 결국 인간 시대의 알레고리'라는 해석이 가능하다는 것이다.

이 소설에서 인간 - 바퀴벌레는 바퀴벌레와 유사한 생활을 하고 있다. 그들은 거대한 돔 속의 어두운 지하터널에서 이차원적인 생활을 영위하고 있다. 이차원적 세계라는 말은 점이 이어진 선분의 세계(2차원은 면의 세계이지만 이 작품에서는 이를 선분의 세계로 표현하고 있다)를 말한다. 이 산분의 세계에서는 위와 아래가 없다. 말하자면 입체적이지 않다는 말이다. "열심히 기어가는 그들 중 하나를 단순히 '위'로 들어올리면 함께 가던 동료는 자신의 눈앞에서 친구가 갑자기 사라져 버리자 어리둥절해" 지는 그러한 세계이다. 이러한 세계는 반성이 없는 세계이다. 그저 어두운 터널 속을 죽도록 노동만 해야 하는 세계라는 것이다. 그들은 반성없이 지배자가 시키는 대로 일해야 한다. 지배자의 의도가 어떠하든지간에 그들에게 그에 대한 반성은 없다. 이차원의 세계이기 때문이다.

그러한 그들이 성인이 되면 1년에 한 번씩 태양의 중매로 성인식과도 같은 일광욕을 즐기게 된다. 지배자는 인간 - 바퀴벌레에 죽도록 일을 시키고 1년에 한 번 일광욕을 줌으로써 그들의 저항의식을 둔화시킨다. 그런데 그 일광욕이라는 것이 난교라는 것은 현실세계의 알레고리로 읽힌다. 말하자면 이들은 죽도록 일만 하고 1년에 한 번 섹스라는 보상을 받고 있는 것이다. 그런데 이러한 발상은 정치적 상상력이라기보다는 사회학적 상상력처럼 보인다. 아무 생각 없이 일만 하다가 그 일에 놓여날 때 할 수 있는 일이 섹스밖에 없다는 발상은 현실 사회의 구조적 축도이기 때문이다.

이러한 일/섹스의 구조는 이차원적인 세계임에 틀림없다. 일과 섹스 사이에 다양한 문화적 공간이 존재하지 않고 단순히 이 둘로 이원화되는 세계는 이차원적인 세계이면서 동시에 일차원적 인간에 해당할 것이다. 뿐만 아니라 이 소설에서 그려진 사회의 구도도 단순하기 이를 데 없다. 남자들의 구역과 여자들의 구역, 그리고 군인들의 구역이 그것이다. 중요한 것은 남자들의 구역과 여자들의 구역에 군인들의 구역이 포함되어 있다는 것이다. 아마도 남자들의 구역과 여자들의 구역으로만 분류했다면 사회학적 상상력의 소산이라 할 터이지만 여기에 군인들의 구역을 설정함으로써 사회학적 차원에 권력의 차원을 덧붙인 형국이 되어 버렸다. 다시 말해 이렇게 함으로써 이 작품은 정치적 상상력의 소산임이 분명해 졌다는 것이다.

뿐만 아니라 이 작품에는 소위 말하는 '지도자'에 대한 반군도 설정되어 있다. "군중 앞에 여태껏 한 번도 모습을 드러낸 적이 없는 그에게 반기를 든 조직이 있었"고 그들은 "우리가 태양이라고 굳게 믿고 있는 이 고마운 빛이 만들어진 가짜 빛이라는 주장을 굽히지 않"았으며 그래서 그 조직의 우두머리가 돔의 외부를 돌아보고 와서 '집단섹스를 중단할 것과 돔 외부를 개방할 것'을 외치다 '산채로 껍질이 벗겨진 후 불에 태워지고 무지막지한 총알 세례'를 받았다고 텍스트는 진술하고 있다. 그래서 인간 – 바퀴벌레는 더 이상의 저항의식이 없이 묵묵히 노예처럼 일할 수밖에 없었던 것이다.

서술자는 이러한 노예 생활로 벗어나기 위해 결연한 의지를 세운다.

> 떨어지기가 무섭게 정액의 거품으로 목욕을 한 여자들이 내게로 달려든다. 나는 성인이 되던 3년 전을 생각한다. 그때 '여자'라는 존재를 처음 보았다. 왜 우리는 이런 식으로 만날 수밖에 없는 것인가? 함께 벽을 타고 돔 밖으로 나가자. 그래서 태양이 정말 가짜인지 확인해 봐야 할 거 아닌가. 이건 소모다. 더럽고 역겨운 액체만이 줄줄 흐르는 참담한 모임이다. 차라리 서로를 죽이자. 하나가 죽으면 다른 하나가 그를 벽에 걸자. 서로를 계속 걸고 또 걸어서 마지막 하나가 남을 때까지 그렇게 하자. 이제, 마지막 하나는 걸려 있는 모든 친구들에게 경의를 표하자. 그리고 동료들로 이루어진 새로운 벽을 타고 가장 높은 곳으로 기어 올라가 스스로 자신의 손을 찢고 온몸에 구멍을 내서 마지막 완성의 순교자가 되자. 그것은 거대한 그림. 후세가 발견할 우리에 관한 기록이며 봉인이다. '돔'이라는 거대한 알 속에서 이리저리 꿈틀거리는 우리는 자웅동체며, 결코 깨어지지 않는 견고한 껍데기 속을 우주로 삼는 저차원의 생물이다. 마음껏 나를 가져라. 내의식이 아직 나를 점령하고 있을 때.

이 인용에서 노예와 같은 삶의 해결을 위해 순교의 삶을 살지 않으면 안된다고 주장하고 있다. 그것은 일종의 죽음에의 충동이고 해결의지의 극단화를 표상한다. 이러한 작품 내용의 구조로 보건대 이 작품은 현실 전체를 파시즘으로 읽어내고 있는 듯싶다. 개인들은 죽도록 일을 하고 일년에 하루 자유롭게 난교를 한다는 것은 현실이 가혹한 노동의 과정이고 이 노동에서 벗어나는 길은 섹스일 뿐이며 그러한 노동과 섹스를 강요하는 것이 정치권력이라는 것을 함축하고 있기 때문이다. 파시즘의 이데올로기는 대중들의 국가권력에 대한 충성심을 요구한다. 그 충성심은 한없는 자기희생과 헌신이라는 요구를 통해 이루어진다. 거기에는 개인의 자율적인 공간이 존재할 수 없다. 이러한 파시즘적 과정을 인간이 아니라 인간 – 바퀴벌레를 통해 그려낸다는 것은 현실의 파시즘적 경향에 대한 혐오와 예민한 저항을 말한다 하겠다. 그러니까 이 작품은 현실의 파시즘적 이데올로기를 비참한 현실의 축약적 구도로 보여줌으로써 그 이데올로기로부터 벗어나려 하고 있는 것이다.

영지성의 「벌에 관한 실험」 역시 이러한 파시즘적 경향을 비판하고 있다. 그런데 이 작품에서 눈에 띄는 것은 그 독재에 국민들이 자발적으로 종속되려 하고 있다는 것이다. 라이히가 말한 대로 억압에 대한 자발적 욕망이 발생하고 있는 것이다. 이 작품에서 비극적인 것은 불사신과 같은 권력의 재생산과 대중의 권력에의 자발적인 종속을 말하는 부분에서이다. 물론 이 자발성은 일종의 강요된 자발성이다.

이 압제자와 피압제자 사이의 생태를 가만히 들여다보던 나는, 압제자의 절대권력이 피압제자들에게서 비롯되었다는 사실을 발견하고 적잖이 실망했다. 여왕벌을 향한 일벌들의 충성심은, 가히 신격(神格) 이상이었다. 그가 조금만 움직여도 가련한 추종자들은 불안에 떨며 그 뒤를 따랐으며, 여왕벌에게 조그마한 위험만 닥쳐도 아낌없이 목숨을 바쳤다. 참으로 이해할 수 없는 복종이었다. 그러나 그것은 한때의 착각이었다. 좀더 세밀히 그들의 관계를 파고들자 일벌들의 충성행위가 자발적인 것이 아니라 강요된 것이었다는 사실을 쉽게 알 수 있었다. 거역할 수 없는 본능. 철저한 독재. 무저항. 내가 그들의 생태를 살피면서 느낀 패배감이었다.

문제의 핵심은, 여왕벌만이 번식능력을 가지고 있다는 데 있었다. 종족보존을 위한 개체들의 본능적인 노력이, 스스로를 노예화시켰던 것이다. 나는 그 점에 분노를 느꼈다.

벌들의 세계를 관찰하는 화자는 경악을 금치 못한다. 독재는 대물림되고 있으며 대중들은 자기보존의 욕망 속에서 본능적으로 스스로를 노예화시키는 생물의 세계, 그것은 인간 세계의 알레고리에 다름 아니다. 사실 이 작품이 창작되어진 동기가 인간 세계의 이러한 생물적인 모습에 있었고 보면 작가의 현실에 대한 비관의 정도가 어느정도인지 가늠해 볼 수 있다. 이러한 화자의 현실에 대한 인식은 정치의식이 마비된 군중들의 소비생활을 통해 이루어진 것이었다.

"아직도 꿈을 꾸고 있나? 변한 건 아무 것도 없어"

깨어있는지 잠들어 있는지를 분간하지 못할 정도로 기능에 장애를 일으켰을 때, 촉수가 나를 바깥 세상으로 이끌었다. 촉수가 가리키는 손가락 끝에는, 자유분방한 젊은이들이 먹고 마시고 배설하는 일에 열중하고 있었다. 그들의 틈새 어디에도 압제자를 향한 고뇌의 그림자는 없었다. 비칠거리는 걸음으로 그들에게 다가가 세상이 변하지 않았느냐고 물었다. 그들은 그 말이 무슨 말인지도 모르고 있었다. 내가 아무리 설명을 해도 그들은 알아듣지 못했다. 투쟁이라는 단어도 이미 사어가 된지 오래였다. 그의 말대로 세상은 아무것도 바뀐 것이 없었다. 내가 없는 사이, 변한 것이라고는 '소비'라는 거대한 매카니즘이 자리잡은 시대의 흐름뿐이었다. 그야말로 순응의 시대였다. 내가 가졌던 의식도, 아니 그 당시에 누구나 가졌던 의식들도, 결국 시대의 흐름위에 떠 있는 낙엽에 불과했다.

이 작품의 화자는 민중운동을 하던 사람으로서 그러한 운동이 현실의 거대한 흐름에 봉쇄당하자 현실을 떠나 산 속에서 양봉을 하며 살고 있다. 그러한 생활 중에 벌들의 생태를 엿보게 되었고 벌들 중에서 지배자에 해당하는 여왕벌을 현실 정치의 독재자로 상정해 놓고 그 여왕벌을, 마치 현실 정치의 독재자인양, 보복 차원에서 고문하고 마침내 죽여버리는 놀이를 하고 있다. 그러면서 여왕벌을 시험관 아기 탄생시키듯 여럿을 탄생시켜 실험을 한 결과 그 중 두 마리가 여왕벌로 선택되었는데 그들의 처절한 암투를 보면서, 그리고 그러한 암투를 지켜보던 일벌들의 행태를 보면서 역시 독재는 불가피하고 대중은 노예에 불과하다는 인식을 펼쳐보이고 있다. 이러한 인식은 패배주의에 다름 아니다. "여왕벌이 성욕을 느낄 때, 섹스 파트너가 되어 주는 것. 그것만이 수벌이 할 수 있는 일의 모두"라는 인식은 대중에 대한 인식이 얼마나 패배주의적인가를 여실하게 보여주는 것이다.

특이한 것은 사이버소설에서 정치의식을 보이는 것이 이렇듯 알레고리의 형식으로 되어 있다는 것이다. 왜 이렇게 알레고리화하는 것일까. 그것은 정치와 개인의 관계를 선명하게 함으로써 정치와 개인의 대립을 예각화하기 위해서라고 할 수 있다. 그러나 그 예각화는 현실극복의 비전에 의해 나타난 것이 아니라 현실 부정의 염세적 전망에 의해 나타났다는 점에서 비극적이라 할 만하다. 반면에 그러한 비극성은 정치적 지배이데올로기를 선명하게 거부한다는 점에서 이데올로기적으로 자유롭거나 공식이데올로기로부터 일탈의 자세를 취하고 있다. 그런 점에서 긍정적이라 할 만하지만 이러한 긍정성은 그 구도 자체가 너무도 선명하여 현실의 미세한 흐름들을 제대로 포착하기에는 한계를 갖고 있다. 이처럼 정치에 대한 혐오와 경멸이 방향성을 포획하지 못하고 주체를 부유하게 할 수도 있다는 점에서 문제적이라 하겠다.

2. 주체, 혹은 중심 이데올로기의 해체

기존의 형이상학에서 주체, 혹은 중심의 문제는 중요하다. 사실 이것들을 가운데에 두고 모든 개념들이 서열화된 것이 기존의 형이상학이었던 것이다. 아닌 게 아니라 내가 나라는 인식이 없다면 나는 한순간도 어떠한 행동도 할 수 없다. 그러나 내가 하는 그 '어떠한' 행동이라는 것이 결국 모순된 현실의 체계를 강화시켜주는 것이라면 그 '나'라고 하는 것을 재고해 보지 않으면 안될 것이다. 그러나 그럼에도 불구하고 재고해 봐서 고치는 '나'도 역시 주체이기 때문에 주체의 문제는 그렇게 쉬운 문제는 아니다.

이러한 것을 구조화해 주었던 이론으로 욕망이론이 있다. 자크 라캉으로 대변되는 이 이론은 주체가 사실은 만들어진 것에 불과하다는 사실, '나'는 '나'라는 명제는 사실은 환상이거나 상상이라는 것 등을 함축하고 있다. 이 상상된 '나'를 부르는 것이 지배이데올로기라고 말했던 사람은 알튀세르였다. 그는 말한다. 이데올로기는 개인을 주체로 호명한다고. 사실 우리는 라캉이 상상계라고 말했던 영역에 너무 지배를 받는다. 라캉은 프로이트가 오이디푸스라고 불렀던 시기를 언어의 습득으로 해석하면서 언어의 세계로 진입했느냐 안 했느냐에 따라 상징계와 상상계로 나눌 수 있다고 하였다. 상징계로 진입하면서 주체는 상상계를 버려야 하지만 상상계는 상징계 속에 스며들어 무의식으로 남아 있다.

라캉은 이를 '오브제 쁘띠 아'라 부르면서 상징계 속에서 계속 주체를 사로잡게 하는 일종의 미끼라 하였다. 주체는 미끼가 존재하는 한에서 주체다. 그 미끼를 제공하는 것이 지배이데올로기라면 주체는 지배이데올로기 안에서 비로소 주체가 된다고 말할 수 있을 것이다. 주체에게 약속하는 지배이데올로기의 목소리는 주체에게는 상상계적 욕망을 불러일으키게 한다. 이러한 주체가 80년대 본격문학의 대다수 작품에 주인물로 나타나고 있다. 아니 그 이전에도 주체는 이러한 주체였다. 여기서 벗어날 수 있었던 인물이라면 50년대 손창섭에게서나 가능했을까.

그런데 사이버 소설에서는 이러한 주체가 과감하게 해체되어 나타난다. 주체는 자신을 당당하게 내세우지 못한다. 그 주체는 오히려 소멸의 공포 속에 있다. 굳건하고 확신에 찬 주체는 사라지고 자신이 언제 죽음을 맞이할 지 모른다는 불안심리가 사이버소설의 대종을 이루고 있는 것이다. 이러한 양상을 보이고 있는 소설이 작자 미상의 「살인게임」, 남주현의 「광고」, 조동근의 「어느 아이의 죽음과 복수」 등이다. 「살인게임」은 가상의 공간에서 벌어진 살인의 게임이 마치 현실처럼 재현되고 있는 이야기이고, 「광고」는 복수를 대리해주는 상품의 광고와 친구에 대한 복수 – 살해를 연결시킨 이야기이다. 그리고 「어느 아이의 죽음과 복수」는 실수로 자신을 죽음에 이르게 한 친구에 대한 복수를 그리고 있다. 그 결말은 모두 죽음이다.

「살인게임」은 밀폐된 게임방에서 살인게임을 하는 것이 스토리이다. 이 소설은 일종의 액자소설로서 바깥이야기는 토막살인에 대한 뉴스를 듣고 약간의 불안의식을 갖는 것으로 시작하여 게임방에서 살해당하는 안 이야기를 거쳐 그것이 꿈이었다는 바깥이야기로 다시 회귀하는 구조를 갖고 있다. 아마도 이 이야기는 게임방을 자주 찾는 화자가 어느날 게임방에서 문득 든 상상이 발상이 되어 씌어진 게 아닌가 생각된다. 말하자면 게임방 안에서 게임을 하는 사람들이 게임에 몰두하는 무방비한 자기를 살해할 지도 모른다는 불안의식의 체험에 의해 이 글이 씌어진게 아니냐는 것이다.

확실히 게임방은 여럿이 모여 게임을 하고 있지만 누구에게도 신경쓰지 않고 자기 게임에만 몰두하게 한다는 점에서 타인과의 교류가 단절되어 있는 방식으로 존재한다. 이때 타인에 대한 불신이 작용하게 되고 자신이 그러한 타인에 의해 살해당할지도 모른다는 불안을 가질 수도 있다. 더구나 현실에서 토막살해 뉴스가 빈번한 상황에서는……

그런데 특이한 것은 그러한 불안의식을 자극하지만 그럼에도 불구하고 또다시 그러한 불안을 생산해 내는 게임방으로 끝없이 가려고 한다는 점이다.

　　– 하나, 둘, 셋, 넷
　　그는 나를 자기쪽으로 붙이며 내가 손에 쥐고 있는 도끼채를 받아잡았다.
　　– 일곱, 여덟
　　– 여덟!!!
　　그리고 내가 한사람이 비었다는 것을 깨달은 다음 순간 그에게 잡혀진 도끼에 의하여 나의 팔은 저멀리 날아가고 있었다.
　　"지난 15일 일어난 살인 사건의 동일범의 범행으로 여겨지는 시체가 오늘 또다시 발견되었습니다."
　　제기랄.... 더럽게 더워서 땀이 삐질삐질 나오는데 버스 라디오에서도 재수없는 뉴스만 나오고 있었다.
　　"야!! 동길아. 보충도 끝났겠다 나랑 당구장 가자!"
　　"싫어...... 나 오늘 겜방 갈꺼야"

　　말하자면 자기가 살해당할지도 모른다는 불안에도 불구하고 그 불안을 어떻게 보면 즐긴다고밖에는 말할 수 없는 행동을 자진해서 하고 있는 것이다. 불안이라면 주체의 분열이고 그 분열을 자진 즐긴다는 것은 중심으로 존재하기의 버거움을 말해주는 것이 아니겠는가. 이 말은 다시 말하면 주체로서의 중심으로부터 끊임없이 벗어나려는 것을 의미하면서 한편으로는 주체를 중심화하려는 현실에 대한 날카로운 부정, 혹은 나아가 비판까지도 함축한다고 말할 수 있지 않을까. 이 부정, 혹은 비판이 지배이데올로기에 대한 흠집내기라고 적극적으로 말할 수도 있을 것 같다. 단순히 지배이데올로기로부터의 도망이라고만 말할 수는 없다는 것이다.

남준현의 작품 「광고」 역시 엽기적인 내용을 이루고 있다. 이러한 엽기성은 사이버소설의 익명적 공간이 가능하게 한 것이라 하겠다. 이 소설 역시 「살인게임」처럼 액자소설의 형식을 취하고 있다. 그런데 「살인게임」과 다른 점은 안이야기와 바깥이야기의 구조가 병렬되어 있다는 것이다. 다시 말해 안이야기를 바깥이야기가 감싸는 것이 아니라 바깥이야기가 안이야기를 위한 도입부의 역할만 할 뿐 마무리의 역할은 하지 않고 있다는 것이다. 엄밀하게 말하자면 이러한 형식은 삽화의 나열이라 부를 수 있겠다. 바깥이야기는 현실에서의, 비록 엽기성을 띠고 있긴 하지만, 광고로 이루어져 있고 안이야기는 친구간의 복수가 벌어지고 있다. 그리고 작품은 바깥이야기 없이 끝을 맺고 있는 것이다.

광고는 복수하려는 사람이라면 누구나 이용할 수 있는 살인상품이다. 이 상품은 사람을 마치 동물처럼 잔인하게 죽일 수 있도록 설계되어 있다.

상대가 쇼크 상태이거나 지쳐서 멍하니 귀하를 공포의 눈으로 바라보게 된다면 서서히 일을 시작하십시오. 귀하의 불편한 심기를 제거하기 위해서라도 제일 먼저 눈을 제거해내는 작업을 하시는 게 좋을 것입니다. 어떤 방법으로 하고 싶으시던 귀하의 손에 쥐어진 상품이 다 알아서 해주겠지만, 만약 아무런 방법도 생각이 나질 않으시더라도 상관이 없습니다. 눈을 빼놓으셨다면 다음엔 손톱을 도려내시거나 귀를 자르셔도 좋습니다. 대신에 심장이나 목 등을 공격하여, 단숨에 상대의 숨을 끊지만 않으시면 됩니다. 죽음이 눈 앞에 닥친 사람일수록 단 일분이라도 자신의 생명을 연장시키고 싶어하는 심리를 가졌기 때문입니다.

이렇게 바깥이야기를 펼쳐놓은 후 안이야기에서는 김준우와 남주현의 대화가 나온다. 재미있게도 작가의 이름이 그대로 나오고 있다. 김준우는 친구 재형의 여자친구를 장난삼아 자기 애인으로 삼는다는 것이 진짜 애인으로 삼게 돼 재형에 의해 목이 잘린 인물이다. 그런 친구가 남주현에게 채팅으로 대화하면서 자기가 사랑했던 사람을 가로챈 놈을 죽이겠다고 하는데 '그 놈'이란 다름 아닌 현재 채팅 상대인 남주현이었다. 작품 결말에서 남주현은 죽은 김준우에게 살해당하게 된다는 믿을 수 없는 이야기가 스토리의 전부이다. 이렇듯 화자인 남주현의 죽음 이야기는 「살인게임」에서 화자의 죽음과 유형적으로 똑같다. 이 작품에서도 가장 믿을 수 있는 친구마저도 적으로 돌변하는 불신과 불안이 잠재하고 있다. 중심으로서의 주체가 해체되고 있는 것이다. 조동근의 「어느 아이의 죽음과 복수」역시 자신의 실수로 인해 죽은 친구가 유령이 되어 자신에게 복수 - 살해한다는 스토리의 소설이다.

이처럼 사이버 소설에서 주체는 소멸의 불안을 언제나 지니며 나타나고 있다. 이러한 소멸은 구체적으로 죽음으로 나타난다는 점에서 그 정도를 짐작케 한다. 이는 공식 지배이데올로기에 당당히 응답함으로써 대주체에 종속되는 형태가 아니라 이데올로기로부터 끊임없이 벗어나 자신만의 공간을, 그것이 비록 죽음에 이르게 할지라도 간직하려 한다는 점에서 탈이데올로기적이라 할 만하다. 그러나 그 탈이데올로기라는 것이 죽음으로 상징되는 나르시즘의 세계라는 점에서 사이버 소설의 가능성과 한계성을 동시에 보여준다. 나르시즘이 상징계의 권력그물망을 벗어나게 한다는 점에서 일종의 가능성이지만 방향성을 제시해 주지 못한다는 점에서 한계성으로 작용하고 있는 것이다.

3. 가족주의, 혹은 가부장제로부터의 일탈

90년대 들어와 갑자기 담론의 중심에 자리잡게 된 것이 가족주의에 대한 비판이다. 이 비판은 정치적 상상력, 또는 저항담론의 내부에 가족주의적 지향이 강하게 자리잡고 있었다는 비판으로 말미암은 것이었다. 사실 가족주의와 저항담론은 양립할 수 없는 것이었다. 저항담론은 가족의 틀을 벗어나 사회적 변혁을 꿈꾸는 것이었고 그에 반해 가족주의는 그러한 가족 외부로 인식을 넓히려는 주체를 가로막는 방해물이었기 때문이다. 그럼에도 불구하고 저항담론 안에 이러한 가족주의가 내재해 있었다는 것은 아이러니컬한 적과의 동침이라 하지 않을 수 없다. 90년대 들어와 저항담론의 내부에서 저항성이 사라지고 나자 갑자기 돌출한 듯이 보이는 이 가족주의는 기실은 이미 오래전부터 그 담론안에 자리잡고 있었다는 점에서 그렇게 당황할 일은 못된다.

저항담론을 자신의 문학적 지향성으로 설정한 작가들이 90년대 들어와 가족주의로 선회한 근저에는 이러한 사정이 있었다. 그렇지만 이러한 가족주의는 파시즘의 사회적 합의 도출에 지대한 공헌을 한다는 점에서 문제적이다. 일단 가족과 권력의 관계만이 앙상하게 드러났던 50년대 현실에서 작가들이 대체로 파시즘적 과정을 거쳤다는 문학사적 근거에서 볼 때 가족주의의 파시즘과의 관련성은 어쩌면 당연한 것인지도 모른다. 선우휘의 50년대 소설에서 '완전한 가족'이라는 구조가 그로 하여금 파시즘으로 가지 않을 수 없게 하였고 오상원의 경우에도 아비부재가 불러온 아비되기의 메카니즘이 파시즘을 적극적으로 수용하게 한 것에서 볼 수 있듯이 가족주의와 파시즘은 일란성 쌍생아라 할 만하다. 따라서 이념부재의 50년대 현실에서 가족과 파시즘이 직접적으로 조응했던 것처럼 90년대 들어와 이념 상실이 본격화하자 작가들의 작품에 역시 이처럼 가족주의가 도드라지게 된 것은 어찌 보면 당연한 것인지도 모르겠다.

그렇지만 사이버소설에서는 이러한 가족주의가 과감하게 해체되고 있다. 이 또한 앞서 밝힌 바처럼 주체의 나르시즘의 영향이 큰데 주체의 욕망에 의해 가족주의가 해체된다는 사실은 현실의 제도나 구조가 주체의 욕망을 방해한다는 인식의 결과라 할 수 있다. 이러한 양상을 가장 잘 보여주는 작품이 신인류의 「얼음과자」이다. 이 작품은 현실의 과감한 해체를 행사하고 있는데 우선 공간적으로는 남한이 아닌 북한의 평양이 설정되어 있고 시간적으로는 남북교류가 적극적으로 이루어지는 먼 미래가 되고 있다. 그리고 이 작품에서 사건은 장기동면이라는 하이테크놀로지를 통해 이루어지고 있다.

작품의 시작은 제니퍼라는 11살짜리 여자아이가 부모님을 따라 평양으로 전학을 가면서부터 시작된다. 평양의 문화가 남한의 문화와 여러 모로 다른데 따른 왕따 아닌 왕따의 소외상태를 경험하게 되고 그런 그에게 민우라는 친구가 접근한다. 제니퍼는 민우에 대해 첫눈에 반하게 되고 여기에 준호라는 친구가 가세하여 평양생활의 낯섬을 서서히 극복해 나간다. 이런 그들의 세계에 그들의 부모들이 가세한다. 민우의 아버지와 준호의 어머니가 결혼을 약속함에 따라, 그리고 민우가 준호의 어머니를 연모함에 따라 이 세친구들의 관계는 소원해지기 시작한다. 이러한 소원성을 해결해주는 것이 독극물 사건이다. 북조선해방연합의 일원들이 아이스 쿠키(이 아이스 쿠키는 혜민의 아버지가 근무하는 공장에서 생산된 것이다)에 독극물을 넣어 세 아이들이 병원에 입원하게 되어 준호는 죽고 혜민(준호가 평양생활을 잘하게 하기 위해 지어준 제니퍼의 우리식 이름)과 민우는 기적적으로 살아나게 된 것이다. 그런데 이 사건의 주동자가 민우의 아버지라는 사실이 밝혀짐에 따라 준호의 어머니는 25년간이라는 장기동면에 들어가게 된다.

그렇지만 그렇다고 민우와 혜민이 연인관계를 형성하는 것은 아니다. 혜민은 뜨거운 관계를 원했지만 민우는 아름다운 관계를 원하고 있었기 때문이다. 그 이유는 곧 드러난다. 25년이 지난 후 준호의 어머니는 동면에서 깨어나고 민우는 그녀를 아내로 삼아 결혼을 하게되면서 민우와 준호어머니가 단순히 어른/아이가 아니라 남/여의 관계였다는 것이 드러나게 된 것이다. 이에 실망한 혜민은 45년이라는 동면기에 접어들고 동면에서 깨어나자 다시 민우의 아들 토미와 만나 결혼하게 된다.

'해동자 만남의 방'이라는 이름이 붙은 대기실에서 민우는 초조한 기색을 감추지 못했다. 그는 계속해서 줄담배를 피워댔다.

"해동 재생자 번호 3972번 황은주씨가 사회로 복귀합니다. 축하합니다"

대기실의 장내 방송이 황은주의 복귀를 알렸다.

이윽고 대기실 한쪽 벽의 하얀 문이 열리더니 한명의 아름다운 여인이 두리번거리며 걸어나오는 모습이 보였다.

그녀는 25년 전의 젊은 모습 그대로였다. 그리고 그녀 앞에는 성숙한 남녀가 두 명 서있었다. 민우와 내가 그 둘이었다. 은주는 우리 두 사람의 모습에 무척 당황해 했다. 그녀의 기억 속에는 11살짜리 꼬마 두 명이 자리잡고 있었을 터이다.

"은주씨"

민우가 입을 열었다. 그녀(그?)는 더 이상 준호 어머니라고 부르지 않았다. 25년간의 긴 잠은 그녀와 민우 그리고 나의 지위를 바꾸어 놓은 것이다.

"민우씨? 혜민씨랑?"

"예. 저 혜민이여요, 요새는 다시 제니퍼라고 불린답니다"

민우와 나를 바라보는 은주의 눈빛은 경이 그 자체였다. 그리고 민우의 눈빛은 25년 전에 준호의 마마를 처음 보던 날의 그 애틋한 눈빛이었다. 나는 순간 두려움을 느꼈다. 불길한 예감 하나가 스치고 지나간 것이다.

그 불길한 예감은 3개월이 채 지나지 않아 현실로 나타났다.

민우로부터 청첩장이 날아 온 것이다.

「신랑 성민우......, 신부 황은주.....」

나는 내가 더 이상 이 세상, 정확히 말하면 이 시대에 있어야 할 아무런 당위를 느낄 수 없었다. 그만큼 나에게 민우의 자리는 큰 것이었다.

이 작품에서 눈에 띄는 것은 부모세대와 자녀세대의 결합이다. 이러한 결합은 소년기에 있는 아이들이 한번쯤 꿈꾸었을 내용이다. 프로이트는 아들은 자신의 실제 아버지가 자신의 아버지가 아니라고 하면서 또다른 아버지를 꿈꾼다는 가족로망스이론을 만들어냈다. 소년들은 실제 아버지가 자기가 꿈꾸는 그러한 아버지에 비해 고루하고 비합리적이며 부정해야 할 존재로 인식하면서 새로운 아버지를 찾아 나선다는 것이다. 여기서 중요한 것은 현실과 상상의 부조화이다. 아이들은 남의 집에 가면서 그 집이 자기집보다 여러 모로 낫다고 상상하면서 자기집을 부정하게 마련인데 이러한 부정심리가 또다른 세계를 상상하게 한다는 점에서 주체는 부조화를 경험하게 된다.

이 작품에서 민우는 이러한 일반적인 무의식의 구조에다가 어머니 부재가 겹쳐 더욱 준호의 어머니를 연모하게 된다. 이 연모까지는 현실생활, 또는 현존하는 작품에서 얼마든지 확인할 수 있는 것이지만 이러한 연모가 현실화되는 설정은 거의 나타나지 않는다. 이러한 설정은 기존의 가족주의의 틀을 깨는 것이 되기 때문이다. 그러나 이 작품에서는 그러한 탈피가 과감하게, 그리고 아름답게 이루어지고 있다. 이러한 탈피란 현실에 막강하게 작용하고 있는 가족주의에 도전한다는 점에서 가족주의라는 화두에 대한 사이버소설에서의 입장이 어떠

한 것인가를 여실하게 보여주고 있다. 이러한 가족주의로부터
의 탈피를 아름답게 보여주고 있는 작품이 이인미의 「걸어가
는 나무」이다.

이 작품의 주인물은 화자인 나와 친구인 권제이이다. 제이
는 지금까지 세명의 엄마를 둔 아이인데 그렇다는 것이 말해
주는 것이 가족주의의 파탄이다. 어머니가 셋이라는 사실은
아이의 입장에서는 이해할 수 없는 것이다. 4인 핵가족이 정
상이라고 이데올로기화한 현실에서 이러한 정상성에서 벗어
난 가족을 체험한다는 것은 주체의 입장에서는 당혹스러운
것이면서 동시에 현실의 가족주의, 혹은 가족제도에 대한 날
카로운 비판이 될 수도 있다. 이러한 가족주의로부터의 탈피
를 고무나무, 즉 '걸어가는 나무'를 매개로 하여 잘 보여주고
있다.

어느날 제이가 나의 집에 놀러온다. 나의 집에는 고무나무
가 있다. 제이는 이 나무의 이름을 '걸어가는 나무'로 지어준
다. 그 이유는 자기 집에도 이러한 고무나무가 '걸어가는 나
무'라는 이름으로 있기 때문이다. 그런데 그 나무는 아빠가
애인이 있을 때마다 사들고 온 것이어서 어머니는 그 나무를
들고 집을 나가곤 한다. 그리고 그 애인이 어머니가 된다. 이
렇게 세 번이나 거치면서 이제 네 번째 어머니가 집에 들어
오게 된다. 따라서 '걸어가는 나무'란 가족제도라는 틀을 벗

어나는 하나의 상징을 이루고 있다.

이후 제이는 결혼을 하게 되는데 보따리 장수를 하고 있는 나에게 전화를 걸어 '걸어가는 나무'를 샀다고 한다. 그말은 이제 나는 이혼을 하겠다는 말이다.

"나, 고무나무 샀다……"

"고무나무? 그래? 잘 자라고 있어?"

나는 가슴 한 쪽이 서늘해지는 것을 느꼈다. 불안감, 묘한 불균형감이 가슴을 서늘하게 하고 있었다.

(중략)

"걸어가는 나무가 왜 걸어가는지 알아?"

그녀의 목소리가 들렸다 안들렸다 했다. 진작에 전화기를 좋은 기계로 바꿨어야 했다.

"글쎄, 왜 걸어가는데?"

"걸어갈 수 있다는 걸 알려주기 위해서 걸어가는 것이더라…… 이제야 그걸 알았지 뭐냐?"

그리고 그녀는 조그만 소리로 웃었다.

"실제로 걸어가지 않으면 다들 모르잖아. 그게 걸어갈 수 있는지 없는지를……"

"그래, 그렇겠지"

나는 달리 할 말이 없었다. 나는 길가의 신록을 바라보며 "그래, 그렇겠지"라는 말밖에 하지 못했다. 여기 신록의 나무들은 걸어갈 수 있을까?

"너는 어떻게 생각해?"

"나무가 걸어가는 거?"

"응....... 내가, 걸어갈 수 있을 거라고 생각해?"

나는 얼른 대답을 하지 못했다. 그녀 질문의 앞 뒤 맥락을 따져보느라고 머리 속이 점점 더 복잡해지고 있었다.

"견딜 수가 없어. 왜 견딜 수가 없을까? 왜 나는 견딜 수 없는 거지? 모르겠어. 음, 그런데...., 있잖아, 내가 정말 이혼할 수 있을까? 걸어갈 수 있을까?"

여기서 제이는 왜 이혼을 꿈꾸고 있을까. 그 구체성은 나오지 않지만 아마도 아버지의 사례에 비추어보면 남편의 외도에 있지 않을까 한다. 서로의 사랑이 식었다면 이혼을 해야 한다. 그런데 그것을 막는 것이 제도이고 제도를 감싼 상상적 담론이다. 이 제도와 담론을 벗어나 자신있게 홀로 선다는 것은 누구나 어렵다. 그래서 이러한 홀로 서기는 단지 욕망에 불과할 뿐 그것을 현실화하기는 지난한 일이다. 그러나 이 작품에서는 '걸어가는 나무'라는 매개체를 통해 과감하게 홀로 서기를 시도해야 한다는 것을 말해주고 있다. 이러한 주제는 현실의 가족주의에 대한 날카로운 비판이면서 부정이다.

사이버소설은 욕망의 소산이면서 자라나는 젊은 세대의 감수성과 변혁의지를 담고 있다. 여기서 살펴본 것처럼 그들은 현실의 이데올로기로부터 벗어나거나 과감하게 탈피하여 새로운 세계를 꿈꾸고 있다. 정치적 상상력에 있어 사이버소설은 지배이데올로기에 과감하게 반기를 들고 있다. 그 방식은 알레고리이고 그 효과는 아이러니적이다. 다시 말해 알레고리 방식으로 권력에 패배하는 모습을 보임으로써 반어적으로 지배이데올로기에 대해 부정과 거부의 자세를 견지하고 있는 것이다. 이는 현실 사회주의의 패배와 권력의 개량화로 인해 변혁적 사고가 더 이상 가능하지 않게 되었다는, 그래서 현실이 파시즘으로 변화되고 있다는 부정적 인식의 결과라 할 것이다.

사이버 소설에는 또 중심, 혹은 주체의 해체가 두드러지게 나타나고 있다. 주체가 현실에서 제 힘을 발휘하지 못할 때 주체는 현실의 상징계적 질서를 버리고 나르시즘이라는 무의식의 공간으로 장소를 옮기게 된다. 그 무의식의 공간에서 주체는 자기소멸의 메카니즘을 체현하고 있다. 그 소멸은 죽음에까지 이르고 있다는 점에서 극단적 양상을 보인다고 하겠다. 주체는 끊임없이 현실의 질서를 버리고 대주체에 응답하기를 거부함으로써 주체의 드라마에 종지부를 찍고 있다. 바야흐로 포스트모더니즘적 글쓰기가 사이버소설의 대종을 형성하고 있는 것이다.

이러한 상징계의 거부와 주체의 소멸은 필연적 귀결로 욕망의 드라마를 생산하게 되는데 그 드라마는 나르시즘과 불가분의 관련성을 갖고 있다. 나르시즘은 일종의 이드의 세계로서 상징계적 질서를 무차별적으로 교란시킨다. 사이버소설에는 이 사회에 막강한 힘을 발휘하고 있는 가족주의를 그 이드적 욕망으로 철저하게 부정한다. 부모세대와 자녀세대가 욕망에 의해 결합된다는 것은 상상계적 차원에서나 벌어질 이야기이다. 이러한 이야기는 현실 제도나 구조, 그리고 그에 기반한 담론을 전복시킨다.

그렇지만 사이버소설의 이러한 현실전복적 담론이 가진 한계는 그 전복의 방향성이 부재하다는 데에 있다. 전복과 혼란으로 특징지어질 오늘날의 문학에서 방향성 부재는 이제 흔한 이야기가 되었다. 그러나 방향성, 혹은 전망이 없이는 문학의 생산적 자리매김이 불가능하다는 점에서 방향성과 전망에 대해 꿈꾸어 볼 때가 되었다. 사이버소설은 한동안 이러한 전망 부재를 넘어서지 못할 것이다. 아니 영원히 전망이 보이지 않을 수도 있다. 그렇다면 이러한 사이버소설의 전복과 해체의 드라마에 자극되어 본격문학에서 그 전망, 방향성을 모색해야 하지 않을까. 사이버소설이 본격문학에 기여할 수 있는 부분이 있다면 바로 거기에서 찾아야 하지 않을까.

건국대학교 문과대학 국어국문학과 및 동대학원 졸업(문학박사, 현대소설전공)
「이태준론」, 「장용학론」, 「김승옥론」, 「박태순론」, 「최인호론」 등 여러 논문이
있으며, 『한국근현대소설연구』, 『손창섭의 무의미 미학』, 『한국현대작가론』(공
저), 『페미니즘 문학의 이해』(공저) 등 다수의 저서가 있다.

현대소설을 찾아서

2004년 2월 23일 인쇄
2004년 2월 28일 발행

지은이 김진기
펴낸이 김흥국
펴낸곳 도서출판 **보고사**

편집디자인 황효은
표지디자인 윤인희

인쇄·제본 대명인쇄제책사

등록 1990년 12월(제6-0429)
주소 서울시 성북구 보문동 7가 11번지
전화 922-5120~1(편집), 922-2246(영업)
팩스 922-6990
홈페이지 www.bogosabooks.co.kr
메일 kanapub3@chollian.net
ISBN 89-8433-223-2(93810)
잘못된 책은 교환하여 드립니다.

정가 10,000원